Ile Valuec
Er Houalherez
Karreg Houat
Er Billod
Béniguet
Le Grand Coin
chalutage
interdits
Passage
Ile Guric
Men er Brog
Beg er Vachif
Beg Run er Vilaine
Er Hastellic
Tréac'h er Béniguet
Le Rouleau
Ile Séniz
Basse des Pitachets
Men Portz Plouz
Basse Occidental
Chaussée
ORIGINE DES RENSEIGNEMENTS HYDROGRAPHIQUES
Levés du SHOM
Autres sources
3°W
47°

SKY
LAND

Supervisore del testo: *Davide Morosinotto*

I Edizione 2009

20145 Milano - Via Tiziano, 32
info@edizpiemme.it - www.edizpiemme.it

Stampa: Mondadori Printing S.p.A. - Stabilimento NSM - Cles (Trento)

David Carlyle

ISOLE *nel* VENTO

F. Spazzirri

PIEMME FREEWAY

PROLOGO

18 APRILE 2078. ISLANDA, BASE DEL PROGETTO.
64° 23′ N, 21° 13′ O. 150 M SUL LIVELLO DEL MARE

Nuda, la dottoressa Lily Carlyle avanzò lungo il corridoio, mentre dal soffitto cominciava a piovere una nuvola di disinfettante.

Il pavimento era coperto da uno strato sottile di liquido verde e gelido che le bagnava la pianta dei piedi intirizziti. Al di là della parete trasparente, il soldato di guardia le fece l'occhiolino.

Lily gli rispose allo stesso modo: il fatto di essere senza vestiti non la imbarazzava. Dopotutto lavorava nel Progetto da sette anni, ormai. Prima in Alaska e adesso lì, in Islanda. E poi sapeva di essere una bella donna. Non aveva nemmeno trent'anni, un corpo snello con un seno piccolo e sodo, i lunghi capelli castani che, a causa del disinfettante, le si attorcigliavano in piccole liane e le ricadevano sulle spalle ben tornite.

Al termine del corridoio, Lily posò la mano su una piastra metallica che riconobbe le sue impronte digitali. La porta si aprì con un soffio. Dall'altra parte un cubicolo stretto, una parete trasparente, un altro soldato protetto dal vetro spesso. Dal soffitto scaturirono getti d'aria calda che la investirono.

Il soldato nella sala di controllo afferrò il microfono. – Abbiamo quasi finito, dottoressa. Ora la mando al piano di sopra per i controlli sull'identità, poi un'altra breve disinfezione e potrà uscire.

– Nessun problema, grazie. Ci sono abituata.

– Lo vedo dal registro. È passata solo una settimana dalla sua ultima volta, e per superare tutta la procedura quanto ci vuole? Un'ora?

– Due ore e mezzo per uscire, altrettanto per rientrare.

Il soldato fischiò piano. – Ma ne vale la pena? Là in basso avete di tutto, perfino piscina e palestra!

– Niente sole però – disse Lily. – Avevo voglia di un po' d'aria.

Lo sguardo negli occhi chiari dell'uomo le rivelò che no, lui non capiva. Poco male. La dottoressa Carlyle sorrise.

– Farà fresco là fuori, dottoressa. Diciotto gradi.

In Islanda quella era una temperatura quasi estiva.

Lily era una biologa con specializzazione in ecologia e studiava ogni aspetto del pianeta, temperature comprese. E le temperature si stavano alzando. Poteva essere colpa dell'effetto serra o dell'inquinamento, o forse... No, non doveva nemmeno pensarci. Era solo una sua paura, niente di più.

Forse qualcosa di peggio.

Il soldato le fece un ultimo cenno e il cubicolo schizzò verso l'alto per portarla al piano successivo.

In lontananza, alla sua sinistra, si trovava la cascata di Glymur. Era completamente nascosta alla vista da un alto dirupo erboso, ma Lily poteva udire il rumore sordo dell'acqua che cadeva da quasi duecento metri d'altezza.

La terrazza panoramica era battuta dal sole. Sotto la suola quasi inesistente delle scarpe usa e getta Lily sentiva il cemento che diventava sempre più caldo.

Un uccello si posò a poca distanza sullo spiazzo deserto e lei lo osservò con attenzione: un colombo, che zampettava alla ricerca di qualche briciola.

– Dannate bestiacce – fece una voce dietro di lei.

Il dottor Kimor si avvicinò a Lily e le posò le mani sulle spalle, poi allungò un piede per scacciare il volatile, che si limitò a saltellare un po' più lontano.

– È una *Columba palumbus* – spiegò Lily. – E non dovrebbe trovarsi qui. Ogni tanto se ne vedono, ma solo in piena estate. È una specie che ama il caldo, le città. Qui però non siamo in piazza San Marco a Venezia.

– Per fortuna – sbuffò Kimor.

Il dottore aveva cinquant'anni ben portati, un fisico muscoloso e i capelli grigi tagliati a spazzola. Era anche abbronzato: passava interi pomeriggi nel solarium interrato del Progetto. Avrebbe senz'altro potuto impiegare il suo tempo in modo molto più utile.

– Dottore...

– Chiamami Andrew.

– *Andrew*... comincio a essere preoccupata. Questo sole, il caldo, il colombo. Sono tutti indizi, secondo me. Qualcosa non va come dovrebbe.

Kimor esplose in una grassa risata che la fece innervosire, poi disse: – Sempre uguali, voi ecologisti! Vi preoccupate per i cambiamenti climatici, i ghiacciai e mille altre stupidaggini, invece di godervi il bel tempo. Guarda, anche la neve si è sciolta. Peccato che dobbiamo stare rinchiusi in questo buco sottoterra.

L'uomo allungò le mani e le afferrò di nuovo le spalle, e Lily dovette trattenersi per non ribattere che lei era un'ecologa, una scienziata, non un'ecologista. Kimor era viscido, ma era anche uno dei vice di Newman. E quindi avrebbe potuto aiutarla. – Ho preparato una breve relazione per la riunione di domani – disse con voce calma. – Vorrei presentare al comitato scientifico i risultati delle ultime simulazioni su ALFA-12. E forse lei... *tu*, Andrew, potresti darmi il tuo appoggio.

Kimor sorrise. – Ma certo, bambina. Che cosa hai simulato stavolta? L'estinzione dei panda?

Il dottore non sembrò accorgersi dello sguardo gelido della collega e proseguì: – Comunque per me va bene. Anzi, questa sera potremmo cenare insieme, io e te. In camera mia. Così avrai occasione di mostrarmi la tua relazione e, magari, trascorreremo una serata piacevole.

Ammiccò, e Lily voltò la testa di scatto.

Quel porco poteva scordarsi la cena, relazione o no. A tutto c'era un limite.

Il colombo si alzò pigramente in volo in direzione della cascata.

PRIMA PARTE

Sospesi nel vuoto

UNO

18 messidoro 2251. Neraforesta.
47° 57′ n, 8° 29′ e. 706 m sul punto zero

Gli alberi erano malati. I tronchi si moltiplicavano in fusti più piccoli e contorti, che si alzavano verso l'alto soffocando i pochi rami spogli. Più che alberi, a Lorenzo ricordavano degli ammassi di spine troppo cresciuti.

Il ragazzo staccò con la mano un frammento di corteccia e annusò la muffa secca che lo ricopriva. – Sono tutti morti – commentò. – Ormai questa è solo legna da ardere.

Suo padre José, che lo precedeva di qualche passo sul fianco della collina, finse di non aver sentito: era bravissimo a ignorare tutto quello che poteva spegnere il suo entusiasmo. La sua attenzione era completamente concentrata sulle bacchette da rabdomante, due lisci bastoni di legno chiaro che teneva tesi davanti a sé: contenevano crini di unicorno, ed era questo, diceva José, che dava loro il potere di trovare l'acqua. A Lorenzo non interessava, purché facessero il loro lavoro.

Marciavano spediti da ormai sei ore, e non si sentiva più le gambe. Aveva solo diciotto anni, contro gli oltre cinquanta del padre. Eppure il ragazzo, che aveva ereditato dalla madre la corporatura alta e sottile, insieme ai capelli e agli occhi scuri come la notte, era già spossato. José, invece, più basso e massiccio, non rallentava il passo nemmeno dopo tre ore filate di marcia con il condensatore d'acqua sulle spalle.

– Avanti – lo incitò il padre, mentre riponeva con cura le bacchette nel fodero appeso alla cintura. – Dobbiamo superare quel piccolo avvallamento e poi potremo accamparci per la notte.

Lorenzo accolse la notizia con un sorriso stanco. Seguivano quei ritmi forsennati da troppe settimane. Pratile era già passato e avevano ancora poco più di un mese, fino al 25 termidoro, per consegnare a Urzak i mille litri d'acqua che gli dovevano. Per il momento ne avevano raccolti poco più di duecento e ogni giorno che passava lui e José ne consumavano tre solo per sopravvivere. Una brutta faccenda.

Quando il padre decise che poteva bastare, scelse uno spiazzo libero fra gli alberi spinosi e poggiò a terra il cubo metallico del condensatore. Si sgranchì le spalle più volte e fece a Lorenzo un ampio sorriso. – Piantiamo la tenda per la notte.

Il ragazzo si liberò dello zaino con l'equipaggiamento e sistemò sotto il bocchettone del condensatore la borraccia che portava appesa al collo. Il grosso apparecchio militare vibrò emettendo un cupo ronzio e riversò nel recipiente alcune gocce d'acqua. Un liquido prezioso, che Lorenzo bevve avidamente. Era una delizia, dopo la marcia sfiancante della giornata.

– Ne vuoi un sorso? – chiese a José, ma l'uomo fece un sorriso e scrollò le spalle per lasciare intendere che non aveva sete, anche se non era vero.

Lorenzo non insistette. Se non avessero trovato i mille litri, Urzak si sarebbe preso la loro aeronave a saldo del debito. E due cacciatori d'acqua senza aeronave erano come morti che camminavano.

José scavò nel terreno sabbioso una buca profonda mezzo metro e sul fondo vi sistemò qualche pezzo di corteccia, degli aghi secchi e la sua borraccia. Quindi coprì la buca con un telo di plastica tenuto fermo con dei sassi. Con il calore del sole del giorno successivo, l'umidità del terreno si sarebbe raccolta nella borraccia, riempiendola di ottima acqua potabile.

– Così, per quando torneremo qui un po' d'acqua è assicurata! – disse José, soddisfatto. – Il mio alambicco solare è prodigioso.

Lorenzo sbuffò: la soluzione al loro problema non era certo il mezzo litro scarso che avrebbero ricavato dall'alambicco. Con il buio, sulla foresta era calato il freddo e lui si era già infilato nel sacco a pelo. In bocca sentiva ancora il sapore dolciastro della zuppa arricchita di sali minerali che avevano preparato per cena.

José prese la vecchia mappa e si accoccolò accanto al figlio, per permettergli di leggere al chiarore del fuoco. La sua allegria era forzata, ma Lorenzo sapeva che era un modo per non cedere alla disperazione, e ammirava la forza d'animo del padre.

– Noi siamo qui – disse José, indicando un punto sul foglio incartapecorito – e domani, se tutto va bene, arriveremo qui. Alla sorgente.

– La fonte di questo... Dinubbio? E secondo te ci troveremo dell'acqua? Questo posto è più secco del deserto.

– Il Dinubbio era uno dei fiumi più importanti della vecchia era. Secondo la leggenda, era lungo tremila chilometri...

– E dovrebbe nascere qui? Ma cosa sono queste due piccole scritte sulla mappa, *Briga* e *Brego*?

José si grattò il naso, pensieroso. – Non ne ho idea. Potrebbe essere il nome che gli antichi davano alla sorgente del fiume. Ma la cosa importante è che secondo me c'è ancora un sacco di acqua a disposizione. Fresca, potabile, forse appena in profondità. Riempiremo il condensatore e salderemo il debito con Urzak. Potremo anche comprarci un'aeronave nuova e rientrare in affari in grande stile... Vedrai!

Non era la prima volta che Lorenzo sentiva quella storia. Socchiuse gli occhi e si abbandonò al suono della voce di suo padre che descriveva il fantastico futuro che li aspettava. Serviva solo un colpo di fortuna per cambiare la loro sorte per sempre. E poi tutto sarebbe andato per il meglio...

Riaprì gli occhi che erano le sette passate. Suo padre l'aveva lasciato dormire più a lungo per permettergli di recuperare le forze e aveva preparato altra zuppa. Poca, in realtà.

Fecero i bagagli e si rimisero in marcia, e questa volta toccò a Lorenzo caricarsi sulle spalle il condensatore, mentre suo padre faceva strada a passo di corsa, un occhio alla bussola e un altro alla mappa.

Dopo mezz'ora, il ragazzo smise di pensare e di guardarsi intorno, per concentrarsi solo sui propri scarponi che battevano il terreno a colpi regolari. A ogni movimento, il fardello pesantissimo gli segava le spalle: con duecento litri d'acqua al suo interno, il condensatore pesava quasi cinquanta chili.

Quando il sole raggiunse il suo apice nel cielo, José e Lorenzo si scambiarono i carichi. Il padre fece un veloce sopralluogo con le bacchette da rabdomante e scosse la testa. Poi ripresero a correre.

Alberi morti ovunque: tronchi contorti che facevano pensare a dita protese verso il cielo.

– Guarda – disse José indicando un ramo poco distante. – Quello non si è ancora seccato del tutto. L'albero deve essere morto da poco.

– Pensi che sia un buon segno?

José rise forte: poteva scommetterci. Briga e Brego erano parole magiche: indicavano la sorgente del Dinubbio e la loro fortuna.

Iniziarono a inerpicarsi per una collinetta e l'uomo controllò un'altra volta la bussola e la mappa. Ormai erano quasi arrivati. Oltre la cima avrebbero assistito allo spettacolo: acqua a perdita d'occhio, che aspettava solo loro. Senz'altro un deposito idrico... Forse addirittura una sorgente perenne!

Fra i tronchi adesso soffiava una brezza leggera, piacevole, che portava via la stanchezza. Lorenzo e José percorsero al trotto gli ultimi metri, con la cima sempre più vicina e il vento che cresceva d'intensità. Il ragazzo inspirava l'aria alla famelica ricerca di umidità e pensava che di lì a poco l'avrebbe vista con i suoi occhi: questa volta, si disse, ce l'avevano fatta davvero.

Ecco, l'ultimo sasso, l'ultimo cespuglio e finalmente scavalcarono dall'altra parte, e lì c'era...

...il vuoto.

Oltre gli alberi il terreno si spaccava in un crepaccio, e poi più nulla, cielo e vento, una nuvola che lambiva la base dell'immenso frammento di terra su cui si trovavano Lorenzo e suo padre. Un frammento che galleggiava nell'aria senza che nulla lo sostenesse.

Più in alto, a un paio di chilometri di distanza, sospeso nel vuoto c'era un altro blocco di terra, un'isola, anch'essa cosparsa di sassi e alberi le cui radici avevano forato il fondo e pendevano nel nulla, alla ricerca di una terra scomparsa tanto tempo prima.

E poi, più in là, galleggiava un'altra isola, un frammento così piccolo che un uomo avrebbe faticato a sedercisi sopra.

José represse tra i denti una maledizione e si accostò al precipizio, guardando in basso. Sotto di loro non c'era niente, assolutamente niente, eccetto l'azzurro del cielo.

Nella marcia di quegli ultimi giorni erano quasi riusciti a dimenticarlo, e tutto era sembrato come doveva essere una volta, nella vecchia era, quando si poteva camminare per giorni e giorni sulla terraferma. Ma quei tempi erano finiti per sempre.

E Lorenzo e suo padre si trovavano su Skyland.

2 PRATILE 2251. NUOVA OXFORD-16, L'ISTITUTO.
51° 45′ N, 1° 15′ O. 58 M S.P.Z.

Quarantadue ragazzi in divisa bianca abbottonata fino al collo fissavano Valery con un'espressione distratta e annoiata. La pelle dei crani perfettamente rasati scintillava alla luce dei neon. Anche la professoressa indossava la divisa, ma la sua era nera, il colore del corpo insegnanti.

Fece a Valery un largo sorriso.

– Ed è per questo – concluse la ragazza, nervosa – che l'osservazione di Vesu-13, l'unico vulcano tuttora attivo di cui siamo a conoscenza, può offrirci interessanti spunti per lo studio della morfologia di Skyland nel suo complesso.

La professoressa annuì, rapita, e Valery dovette affrettarsi ad aggiungere: – Ho finito.

Nella classe ci fu un accenno di applauso, appena sufficiente a evitare una punizione per "mancato spirito di corpo", e Valery tornò al suo posto con un sospiro.

L'Istituto secondario di Educazione e Addestramento era un edificio maestoso che risaliva alla vecchia era e occupava interamente l'isola di Nuova Oxford-16. Dalle finestre si poteva vedere un cielo azzurrissimo, dove poche nuvole bianche correvano verso l'orizzonte a grande velocità. In quella zona i venti erano fortissimi, al punto che le aeronavi avevano difficoltà ad attraccare sulla pista interna.

In quel momento Valery avrebbe dato qualunque cosa per saltare su un velivolo di passaggio e farsi portare lontano da lì. In un nuovo Istituto, magari, su New York o a Los Angeles. Avrebbe potuto ricominciare da capo e forse i suoi nuovi compagni non l'avrebbero considerata una secchiona odiosa.

– La relazione era una noia, vero? – domandò a Maria, sedendosi.

La sua compagna di banco trattenne uno sbadiglio e la fissò con occhi spenti. Nel frattempo la professoressa aveva finito di scrivere alla lavagna il compito per la lezione seguente: un piccolo approfondimento sulla ricerca che aveva presentato Valery.

Parecchi visi si girarono in direzione della ragazza, e le loro espressioni non erano benevole.

Valery provò a sorridere a Maria in segno di scusa. – Posso passarti i miei appunti, se vuoi.

La ragazza non fece cenno di averla sentita e Valery provò a insistere: – Vieni a correre con me dopo la lezione? Non ho voglia di andare a pranzo.

– Non posso. Ho da fare.

In quel momento suonò la campanella e i ragazzi scattarono tutti in piedi contemporaneamente. Il brusio che aveva accompagnato l'assegnazione del compito divenne presto un boato, mentre le divise bianche uscivano una dopo l'altra dalla porta della classe.

Valery raccolse i suoi libri e stava per unirsi agli altri, quando la professoressa la fermò con un cenno.

Valery aveva sedici anni e mezzo e un viso grazioso e intelligente, gli occhi che brillavano di un azzurro intenso sotto le sopracciglia appena accennate. Come tutti i seijin non aveva mai conosciuto i suoi genitori, ma la carnagione chiara faceva pensare a origini nordiche. Il Benebelgio, forse, o la Norvezia. La professoressa Donna, invece, era di pelle scura e il cranio liscio sembrava assorbire la luce forte dell'aula.

Donna incrociò le mani sotto il mento e disse: – Complimenti. Una delle ricerche più interessanti che mi siano capitate sotto gli occhi.

Valery non rispose. Una novizia non era autorizzata a farlo se non espressamente interrogata.

– Sei la migliore della classe in tutte le materie scientifiche, dalla biologia alla fisica. Per non parlare della matematica. E questo tuo interesse per la geologia mi fa pensare che potresti essere la persona giusta.

Visto che il volto della ragazza rimaneva del tutto inespressivo, Donna continuò: – Domani arriverà al nostro Istituto un'aeronave della Sfera, direttamente dalla sede di Washington-5. Si tratta di una commissione scientifica che sta visitando tutti i principali Istituti di

Skyland. Sono alla ricerca di giovani promettenti, soprattutto nel campo della geologia e delle scienze della terra. E io stavo pensando di segnalare il tuo nome.

Valery si morse il labbro, e la professoressa la invitò: – Parla pure.

– Ecco... grazie, ma non so se sono la persona più... insomma... lei saprà...

– Cosa?

– Le mie capacità seijin. Non sono forti quanto mi piacerebbe.

La professoressa scosse la testa. – Ho parlato con la tua educatrice. Secondo lei si tratta soprattutto di un fattore psicologico. Mancanza di fiducia in te stessa. E questo, comunque, non mi riguarda.

– Ma io...

– Niente "ma". Quando te lo chiederò, preparati a fornirmi una copia della ricerca da presentare ai nostri illustri visitatori. Arrivederci.

Tra le mura esterne dell'Istituto e il confine dell'isola di Nuova Oxford-16 c'era un corridoio erboso largo una ventina di metri, che una barriera trasparente proteggeva dal precipizio. A intervalli regolari, i robot Brig lo percorrevano in lungo e in largo, sorvegliando gli studenti impegnati a correre e allenarsi.

Anche se la presenza di quegli spilungoni di ferraglia innervosiva Valery, il "giro", come veniva chiamato dagli allievi, era il suo posto preferito. C'erano uno stretto sentiero sassoso e perfino qualche albero rinsecchito, e oltre il vetro blindato si vedeva l'abisso che segnava il termine dell'isola. Nuvole, aeronavi di passaggio dirette verso il vicino Agglomerato Londra, grossi veicoli a vela o a motore che trasportavano chissà quali merci o passeggeri.

Valery aveva già completato il primo giro di corsa ed era più o meno a metà del secondo, e nel frattempo lasciava che i pensieri scorressero a ruota libera. In quel momento la cosa che la preoccupava di più era il comportamento di Maria.

Loro due non potevano dirsi amiche (all'Istituto l'amicizia veniva scoraggiata), ma Maria era sempre stata gentile con lei e avevano spesso trascorso la sera insieme a studiare. Quel giorno invece si era dimostrata silenziosa, perfino scostante. Tutta colpa della ricerca di geologia, Valery ne era certa.

Accidenti. Quando Donna le aveva assegnato quel lavoro, la ragazza si era ripromessa di non impegnarsi e di prendere un'insufficienza, per una volta. Poi invece aveva cominciato ad appassionarsi, con il vulcano e le mille possibilità di ricerca, e aveva messo insieme pagine su pagine senza accorgersene. Ora tutta la sua classe la odiava: ci mancava solo la commissione di Washington-5, che magari le avrebbe dato un premio o una medaglietta, e poi l'avrebbe lasciata lì a sorbirsi gli sguardi arrabbiati del resto dei ragazzi. Che rottura infinita.

– *Attenzione, signorina* – la interruppe un Brig con voce metallica. – *Mancano trentadue minuti all'inizio delle lezioni. Prepararsi al ritorno in classe. Puntualità.*

– Va bene – sbuffò lei.

Il Brig era alto due metri e mezzo, il corpo color ferro battuto e le spalle larghe. Nonostante l'aspetto rozzo, possedeva forza e agilità impressionanti, ma i programmatori non si erano certo sforzati di insegnargli a parlare in modo decente.

La ragazza continuò a correre e alzò una mano verso un altro robot che stava per importunarla con la solita tiritera. Trentun minuti all'inizio delle lezioni. Aveva giusto il tempo di fare una doccia.

I bagni erano divisi fra maschi e femmine, ma al loro interno non era consentito nessun genere di privacy. La sala docce era molto vasta, priva di divisori e di finestre, con pareti piastrellate di bianco su cui brillava a caratteri cubitali neri la scritta: *Un seijin non deve mai provare imbarazzo o paura.*

Quando Valery entrò, la sala era vuota. Tutte le ragazze dovevano essere ancora a tavola.

Si tolse i vestiti e le scarpe e li infilò nel montacarichi per la lavanderia, poi si diresse al bocchettone dell'acqua più vicino. Era orario di razionamento e il getto d'acqua era sottile e fiacco, ma la fece comunque sospirare di piacere, sciogliendo i muscoli stanchi.

– È qui?

– Sì, l'ho vista che entrava.

– Andiamo a farle una sorpresa.

Voci femminili. Risate. Valery spalancò gli occhi e si voltò di scatto.

Erano tutte novizie della sua classe: Yvonne, Lucinde, Amelia. E Maria. Si stringevano l'una all'altra, spalla a spalla nelle divise bianche, e Yvonne, la più grossa del gruppo, aveva un sorriso cattivo sul volto.

Valery si sorprese a balbettare: – Cercavate me?

Il ghigno di Yvonne si allungò sulla sua faccia. – Proprio così. *Te.* La cocca della professoressa Donna.

Valery richiuse l'acqua della doccia restando in piedi davanti a loro, nuda e gocciolante. – Non volevo... – provò a giustificarsi.

– Certo. Come non volevi non lasciarmi copiare all'ultimo compito di fisica, vero? E non volevi far fare a Lucinde e Amelia la figura delle stupide all'interrogazione di mate.

– Cosa volete? –. La ragazza fissò Maria. – Ho fatto qualcosa anche a te, per caso?

Lei distolse gli occhi, imbarazzata, e Valery si sentì ribollire di rabbia per quella che aveva considerato un'amica e che ora le voltava le spalle.

– Cosa volete? – ripeté.

Yvonne serrò i pugni con fare minaccioso. Valery agitò le dita dei piedi per cercare di far presa sul pavimento bagnato. Non era il terreno migliore per uno scontro. Yvonne pesava almeno dieci chili più di lei, che per di più era sola contro quattro. Ma era brava nella lotta e sapeva che a piedi scalzi era più stabile delle altre novizie con le scivolose scarpe di tela. – Fatti sotto – sibilò.

Yvonne fece un passo avanti e Valery si mise in guardia, fletté le ginocchia e calmò il respiro. Era pronta.

– Allora?

La sua avversaria esitava: aveva una guardia debole, e occhieggiò perplessa le sue compagne. Perché non le stavano vicino, non la aiutavano?

Valery si sforzò di sorridere. – Le tue amiche hanno paura, a quanto pare. Ti ricordo che in arti marziali frequento il corso superiore al tuo. Sei sicura di volerti battere?

Yvonne sbuffò. – Piccola stronza. È solo perché questo posto è al chiuso. Altrimenti, con i miei poteri...

Pochi secondi dopo erano sparite tutte, lasciando solo impronte polverose sul pavimento. Valery riaprì l'acqua e socchiuse gli occhi. Sapeva che quello che aveva detto Yvonne era vero: arti marziali o no, era una seijin molto migliore di lei. E gliel'avrebbe fatta pagare.

DUE

3 PRATILE 2251. NUOVA OXFORD-16, L'ISTITUTO.
51° 45′ N, 1° 15′ O. 58 M S.P.Z.

Nel cortile dell'aeropista i milleduecento allievi dell'Istituto erano schierati sotto il sole. Davanti i cadetti, nelle divise con i fregi azzurri, poi gli allievi, con i fregi rossi e infine i novizi, in un bianco ancora immacolato. Dall'altra parte, protetti dall'ombra dei palazzi, c'erano invece gli insegnanti con i loro abiti neri.

Valery sapeva che esisteva una ragione ben precisa per quell'ordine: una schiera di seijin formati e abili in pieno sole sarebbe stata percepita come un'offesa e una minaccia per i loro illustri ospiti. La cosa però non rendeva più piacevole il caldo torrido.

Il preside dell'Istituto, l'unico in tutto il piazzale a essere comodamente seduto su una poltroncina, tirò fuori il fischietto e vi soffiò dentro due volte. Le pance dei ragazzi sembrarono rientrare ancora di più, i petti gonfiarsi in fuori, i volti irrigidirsi nel saluto.

In alto sopra di loro si disegnò la sagoma dell'aeronave. Era una fregata di classe Firewing, un enorme cilindro affusolato che si muoveva nel cielo scortato da due caccia.

Il pilota si posizionò sulla verticale della pista, spense il motore e attivò gli aerofreni, inondando il piazzale del loro soffio di aria bollente.

Il fischietto del preside suonò di nuovo e dalle gole di tutti cominciò a levarsi l'inno dell'Istituto: – *Siamo servi della Sfera, il sole attorno a cui ruotiamo, il sole che ci fa essere uniti...*

La fregata si posò sulla pista, dritta, così alta da svettare come una torre sui palazzi e sulle mura circostanti.

Il professor Daniel fece un cenno e i ragazzi del comitato di accoglienza si fecero avanti: due cadetti, due allievi e due novizi, tra cui Valery. La ragazza camminò a testa alta cercando di sembrare più seria e marziale possibile, e si sistemò all'ombra, accanto al preside e al professore, mentre il portellone si apriva.

Valery notò con un po' di delusione che gli ospiti non sembravano affatto interessanti. Tre uomini anziani, con la casacca e i pantaloni attillati degli alti funzionari, e una donna di poco più giovane con il cranio che luccicava per il sudore e due curiose orecchie a punta.

Uno degli uomini, dalla pelle liscia e tesa sul volto paffuto, rivolse al preside un rigido inchino. Poi disse: – E questo sarebbe il meglio che avete da offrirci, Eremith? – e indicò i ragazzi del comitato di accoglienza.

Sull'aeropista il silenzio si fece denso, palpabile. Nessuno, a memoria di studente, aveva mai osato parlare al preside con quel tono.

– Li metta alla prova, professore.

Il preside aveva dovuto accettare la sfida, mettendo in gioco i suoi ragazzi. Se uno di loro avesse fallito... Le conseguenze erano così gravi e spaventose che Valery scacciò subito quel pensiero.

– Tu – disse l'ospite indicando il primo ragazzo, un cadetto con il naso camuso e un accenno di sopracciglia color carota. – Dimmi il valore di pi greco per le prime venti cifre decimali.

– Tre virgola uno quattro uno cinque nove –. L'allievo trattenne il respiro e socchiuse gli occhi, concentrandosi. – Due sei cinque. Tre cinque. Otto... Nove. Sette... Sei, no...

Balbettò, e a Valery parve di vedere le sue ginocchia che si piegavano per la vergogna. Il ragazzo la buttò lì: – Due?

– Nove – bofonchiò l'inviato della Sfera. – Sono molto deluso di questa...

Prima ancora che riuscisse a rendersene conto, la bocca di Valery si mise in moto da sola: – Tre virgola uno quattro uno cinque nove due sei cinque tre cinque otto nove sette nove tre due tre otto quattro sei due sei quattro tre tre otto tre due sette nove cinque zero due otto otto quattro...

Era arrivata a trentasei cifre decimali e gli occhi di tutti erano adesso puntati su di lei.

«Che cosa sto facendo?» pensò Valery. «Devo essere completamente impazzita. Ho parlato senza essere stata interrogata.»

– Fino a che decimale ricordi, ragazzina? – domandò asciutto l'ospite.

– Sessantaquattro, signore. Ma, se posso permettermi... –. E ora cosa stava per dire? – È un ben misero esercizio memorizzare le cifre di un numero irrazionale quando qualsiasi calcolatrice può arrivare molto oltre, in una frazione di tempo.

Mandando al diavolo la disciplina, uno dei cadetti le tirò una gomitata nelle costole e il professor Daniel le lanciò uno sguardo per farle sapere che, dopo, l'avrebbe strangolata con le sue stesse mani. L'ospite invece si limitò a digrignare la bocca in una specie di sorriso. – E allora perché tu ricordi questi numeri?

– Stavo studiando la frazione continua quattro fratto pi greco, signore. Li ho letti e me li sono ricordati.

L'ospite le voltò le spalle, ignorandola completamente. – Forse questo viaggio non è stato così inutile, dopotutto – disse rivolto al preside.

Il professor Daniel appoggiò una mano sulla spalla di Valery, con troppa forza per essere amichevole, e fece cenno ai ragazzi del comitato di allontanarsi. Mentre ritornava al suo posto nella fila la ragazza notò Yvonne che la fissava. Le sue mani sembravano risplendere di una luce azzurra e intensa. Una minaccia.

La professoressa Donna e il professor Daniel erano seduti fianco a fianco dietro la cattedra. Valery invece stava in piedi, con l'uniforme ancora macchiata di sudore. L'aula era illuminata da una luce fioca a causa delle serrande socchiuse. Il preside non c'era: non aveva potuto lasciar soli gli ospiti, ma aveva ordinato a Daniel di sistemare la faccenda.

– Cosa hai da dire in tua difesa?

– Signore, ho pensato che restare in silenzio avrebbe significato accettare che venisse sminuita l'ottima preparazione che ci date in questa scuola.

– Certo, – disse Donna – ma non è questo il punto. Non eri stata invitata a parlare, e i novizi sono tenuti al silenzio. Lo sapevi?

– Sì, signora – annuì Valery. – È l'articolo 3 del codice del noviziato.

– Recitamelo.

– "Il novizio dovrà raccogliersi in rigoroso silenzio per tutto il corso della giornata, per creare dentro di sé la giusta accoglienza ai grandi poteri che gli sono stati donati. Il novizio potrà parlare solo se interrogato, e dovrà rispondere in modo rapido e conciso imparando l'economia delle parole. Il novizio dovrà fare del suo meglio per mantenere il silenzio anche in compagnia dei suoi pari, e qualsiasi conversazione fra novizi dovrà comunque essere interrotta in presenza di un superiore di qualsiasi grado."

– Ammetti dunque la violazione del regolamento?

Valery sospirò. – Sì.

Daniel incrociò le mani sulla scrivania. – Da questo momento, e per otto mesi, sei consegnata al silenzio. Potrai parlare solo se interrogata da un professore o comunque da un seijin di grado non inferiore al cadetto, e dovrai obbedire in silenzio a qualunque consegna. Inoltre, ti verranno comminati sette colpi di frusta.

Donna aggiunse: – Tuttavia, considerando che il nostro ospite si è dimostrato comprensivo, la punizione della frusta si svolgerà in forma privata, e nel tuo dossier ufficiale non ne resterà traccia.

Era una punizione severa come raramente se n'erano viste. Otto mesi di silenzio, quasi un anno, sopportando le angherie e le umiliazioni che chiunque avrebbe potuto infliggerle. Ma soprattutto le sette frustate: Valery aveva assaggiato la pillola del dolore una sola volta per un dosaggio di due frustate, e il male e il ricordo l'avevano ossessionata per mesi.

– Un'ultima cosa – concluse Donna. – Alle ore 15 e 00, dopo il pranzo, dovrai portarmi la tua relazione sui vulcani e tutti gli appunti. Gli ospiti desiderano esaminarli. Hai qualcosa da dire?

– Sì, signora – rispose Valery. – Vorrei assumere la pillola del dolore subito, se possibile.

Sapeva che era l'unica cosa da fare, per evitare che la paura la paralizzasse.

Il professor Daniel estrasse l'apparecchiatura da sotto la scrivania: una siringa piena di stimolatore sinaptico e una serie di pillole vuote, grosse come una gomma da masticare. Regolò la quantità di liquido e lo iniettò nella sfera chiara e morbida, poi la porse a Valery perché la ingoiasse. Lei obbedì.

La pillola iniziò a fare effetto all'incirca mezz'ora dopo l'assunzione. Valery si era rintanata nel dormitorio deserto, a letto, aspettando quel momento. Una cosa di cui non avrebbe mai avuto voglia di parlare.

La sala da pranzo dei novizi era un salone della vecchia era, con quadri e foto ingiallite alle pareti. Tre lunghi tavoli di quercia occupavano tutto lo spazio. Nell'angolo in fondo, opposto alla porta, due inservienti jinsei servivano il pranzo, tentando di sopravvivere agli scherzi dei ragazzi.

Quello era uno dei pochissimi luoghi dell'Istituto in cui i novizi non erano sorvegliati e potevano incontrarsi senza adulti presenti (a parte i jinsei, ovviamente). Il pranzo era quindi l'unica occasione per ridere e scherzare liberamente.

Valery entrò tremando nella sala quando quasi tutti se ne erano già andati. Cercò di fare appello alle sue ultime energie per raggiungere il bancone, dove una signora di mezza età afferrò una ciotola e la riempì di zuppa di verdure e di uno spezzatino dall'odore disgustoso.

Anche se nessuna vera frusta aveva toccato la sua pelle (per fortuna certe barbarie erano sparite da molto tempo), il cervello di Valery le diceva che era stata colpita alla schiena sette volte, ferendosi al punto che il semplice contatto dei vestiti le faceva venir voglia di urlare. Sarebbe durato qualche giorno ancora. Una settimana, nel peggiore dei casi.

Esausta, agguantò la prima sedia a portata di mano e si costrinse a mangiare.

– Ecco qui la salvezza della scuola! L'eroina che ha il coraggio di parlare davanti agli ospiti facendo fare una figura di merda a un cadetto!

Valery era così stanca che non si era accorta della presenza di Yvonne e della sua amica Lucinde. Le due ragazze le si accostarono sorridendo. Un novizio magrolino che mangiava davanti a Valery raccolse il suo vassoio e si allontanò in silenzio.

Yvonne mise una mano sulla spalla di Valery, che non poté trattenere un brivido di dolore. Sul volto della ragazza allora si dipinse un ghigno malevolo. – Sembra che qualcuno abbia assaggiato la pillola della frusta, non è così?

Valery stava per ribattere ma si bloccò: la consegna del silenzio, per otto mesi. In teoria la sala da pranzo non era sorvegliata, ma non si poteva mai dire. Qualcuno avrebbe potuto fare la spia.

– Che c'è? Ti hanno mangiato la lingua?

Per gioco, Yvonne le sfiorò di nuovo la schiena, lungo la spina dorsale, e Valery si lasciò scappare un grugnito. Questa volta la sua aguzzina scoppiò in una sonora risata. – Ora capisco! Ti hanno imposto il silenzio! Per quanto tempo, una settimana? Un mese?

Valery stava per alzarsi e scappare via quando un nuovo arrivo la bloccò: un cadetto, il nastro azzurro del suo grado che pioveva sul petto della divisa bianca. – Valery? – chiese. – La professoressa Donna mi manda a dirti che la riunione è anticipata alle 14 e 30 e di portare con te la ricerca. Sbrigati a mangiare, ti aspettano.

La ragazza fece per rispondere, si ricordò dell'obbligo al silenzio e riuscì solo a inghiottire la cucchiaiata di zuppa che aveva in bocca. Poi si accorse che, mentre il cadetto parlava, Yvonne era uscita dal suo campo visivo. Era corsa fuori dalla sala da pranzo in tutta fretta. Brutto segno.

Arrivò in sala studio tremando per il dolore alla schiena e per la rabbia. La sua scrivania era nel quarto cubicolo sulla destra, separata dalle altre da pareti di plastica sottili che le arrivavano alla vita. Su uno di quei divisori, quando aveva solo dodici anni, aveva scarabocchiato il suo nome in lettere colorate: *Valery*.

Il piano della scrivania si sollevava per rivelare un cassetto abbastanza profondo per il computer, i libri e gli appunti. La ragazza aveva lasciato la ricerca sopra tutte le altre carte, riconoscibile dalla copertina plastificata e dalla sottile rilegatura verde. Era sparita.

Un cadetto era chino nel cubicolo a quattro o cinque posti dal suo. Alzò la testa. – Novizia, che succede?

Era stata interrogata, poteva parlare. – Cadetto, hai visto due novizie passare dal mio cubicolo, qualche minuto fa?

Il ragazzo scrollò le spalle. – Credo che siano andate a fare il giro, o in cortile.

Valery fece il mezzo inchino d'etichetta e volò fuori dalla

porta e giù dalle scale, fermandosi solo per rivolgere il saluto ai cadetti che incontrava lungo la via. I novizi di solito si recavano al chiostro di Saint James, snobbato dai più grandi perché dalle colonne semidiroccate entrava sempre un forte vento.

Era un quadrilatero circondato da un vecchio portico. Al centro dello spiazzo bagnato dal sole c'erano un pozzo di marmo ormai asciutto, un albero mezzo morto e qualche ciuffo d'erba sopravvissuto alla mancanza di acqua.

Yvonne e Lucinde erano lì insieme ad Amelia e Maria. Parlottavano fra loro, sedute sul bordo del pozzo. Quando la videro arrivare cominciarono a ridacchiare, e Yvonne si alzò in piedi e si schiarì la gola. – Sono quasi le due e mezzo, farai tardi.

Valery restò ferma davanti a loro, le mani sui fianchi. Il sole la colpiva in pieno e sentiva la forza accumularsi dentro di sé. Alimentava la sua rabbia, facendole friggere la pelle.

Yvonne cominciò la recita a beneficio delle sue amiche. Si voltò verso Lucinde. – Come dici? La sua ricerca? Ma io non ho proprio idea di dove sia finito quell'inutile ammasso di carta!

– Mai sentito niente di così noioso – aggiunse Amelia, e Maria annuì. E pensare che una volta Valery credeva che fossero quasi amiche.

– Quante frustate ti hanno dato? – continuò Yvonne, ridendo più forte. – Se fai aspettare la professoressa Donna finirai al pronto soccorso. Sbrigati. E lasciaci in pace.

Si voltò, dandole le spalle.

Valery era sul punto di mettersi a gridare per la frustrazione quando vide che le mani della ragazza si erano illuminate di una luce azzurra, come se al posto delle dita avesse delle lampadine accese. Yvonne si preparava ad attaccarla. E questo le fece perdere del tutto il controllo.

Il sole che le pioveva addosso diventò più caldo sulla pelle e Valery avvertì una familiare sensazione di elettricità. Stavolta però era intensa come mai prima le era capitato. Non pensò a niente, non fece niente, ma in un istante il sudore cominciò a scorrerle sotto i vestiti, la ferita immaginaria alla schiena splendette del colore del lampo e lo sguardo le si appannò, sovrapponendo un velo azzurro alle sue percezioni visive.

Come al rallentatore, lesse il terrore negli occhi di Yvonne. Vide Maria alzarsi dal suo posto e balzare verso la compagna per lanciarla a terra.

Poi tutta l'energia si condensò in un lampo azzurro e Valery si sentì immediatamente svuotata, prosciugata alla radice. Yvonne era crollata al suolo, schivando il suo attacco, e dietro di lei una delle colonne del portico era saltata in aria tra sbuffi di polvere e pietre che volavano da tutte le parti.

Valery piombò in ginocchio, esausta. Quando la mano metallica del Brig si posò sulla sua spalla, avvertì l'ormai familiare dolore per la frustata. La voce vibrante del robot risuonò nel chiostro: – *Utilizzo improprio del Potere seijin contro un altro seijin, articolo 6.*

Yvonne era a terra, Maria sopra di lei: con quel balzo le aveva salvato la vita. Amelia e Lucinde indietreggiarono, gli occhi sbarrati, allontanandosi da Valery e dal Brig.

Il robot la sollevò di peso, mentre altri Brig si stavano avvicinando sulle loro gambe snodabili. Si strinsero intorno a lei in un cerchio. Parlando tutti insieme, dissero: – *Novizia Valery, si consideri agli arresti.*

20 messidoro 2251. Neraforesta.
47° 57′ n, 8° 29′ e. 706 m s.p.z.

– Guarda quanta bella acqua. Fortuna che ho allestito il mio alambicco solare!

José estrasse la borraccia dalla buca nel terreno e bevve a occhi chiusi, religiosamente. Lorenzo lo osservò in silenzio.

Il Dinubbio si era dimostrato un fallimento, l'ennesimo, e la vecchia mappa era la loro unica certezza. Per tutto il giorno precedente avevano continuato a percorrere il margine dell'isola, alla ricerca di indizi. Niente. Quando era tramontato il sole, invece di dormire avevano intrapreso il cammino per tornare al loro vecchio accampamento.

E ora? Avrebbero dovuto cominciare a girovagare da un'isola all'altra, nell'improbabile speranza di trovare qualche nuova sorgente. Forse era più saggio lasciar perdere quella zona e dirigersi a nord, sopra i 60° di latitudine, dalle parti della Norvezia.

Quando il padre ebbe finito di bere, Lorenzo disse: – Prendi la mappa, pa'. Cerchiamo di capirci qualcosa.

José stese le carte sul terreno asciutto davanti a loro.

– Ecco qui – iniziò il ragazzo. – Briga e Brego. Secondo me sono questi due nomi il cuore del problema.

La mappa era un insieme di sudici fogli di bloc-notes ingialliti dagli anni e da infinite, disperate letture. Risalivano alla vecchia era, erano lisi agli angoli e pieni di annotazioni a matita in parte cancellate dal tempo. José aveva ricevuto la mappa da un tizio come pagamento di un debito. Dopotutto, forse, non era stato un grande affare.

– Qua – indicò Lorenzo. – Vedi questi due segni? Che si uniscono al fiume in questo punto?

Le tracce erano quasi invisibili, e per mostrarle a suo padre dovette inclinare il foglio contro il sole nascente.

– Due fiumi – disse José. – Il Dinubbio nasceva dal confluire di due fiumi, Briga e Brego. Ecco perché non abbiamo trovato niente.

– Come hai fatto a non accorgertene prima? E adesso dove li andiamo a pescare, questi fiumi? La mappa non dice più niente e le isole di questa zona sono tutte microscopiche...

Il ragazzo si accoccolò a terra, lasciando cadere i fogli.

– Siamo fregati.

José gli si avvicinò e gli poggiò una mano sulla spalla. Solo allora Lorenzo notò quanto fossero profonde le sue occhiaie. La pelle dell'uomo era secca, le labbra grinzose.

– Va bene, – gli disse il padre – non importa. Per prima cosa dobbiamo tornare all'aeronave, poi batteremo tutte le isole della zona, e prima o poi qualcosa troveremo. Che io sappia nessun cacciatore d'acqua ha mai esplorato a fondo la Neraforesta: se qui nascevano non uno, ma addirittura due fiumi, vedrai che individueremo la loro sorgente. Non è ancora detta l'ultima parola.

Lorenzo tolse di tasca bussola e sestante. Prima di mezzogiorno non poteva fare il punto preciso sulla loro posizione, ma la proiezione del giorno precedente era stata sufficientemente accurata. – Se invece di seguire il percorso dell'andata tagliamo a sud-est, dovremmo raggiungere l'Arlequin con almeno un giorno di anticipo.

– Forza allora – ribatté José, mettendosi in spalla il pesante condensatore d'acqua. – Andiamo.

La caccia durava da settimane. Lorenzo e José prendevano la loro aeronave, arrivavano su un'isola e la esploravano a fondo, a piedi. Poi passavano a quella successiva.

Peccato non poter esaminare quei maledetti frammenti di terra dall'aeronave. L'Arlequin era un modello vecchio, senza radar né idrosensori, ed era già difficile trovare uno spiazzo abbastanza grande dove farla atterrare.

Erano in marcia da quattro giorni consecutivi, ma secondo i calcoli di Lorenzo ne avrebbero potuto risparmiare almeno uno, forse anche uno e mezzo, nel viaggio di ritorno.

Corsero nella foresta per tutto il giorno, dandosi il cambio con il condensatore. Lorenzo non sentiva più la stanchezza, gli occhi fissi al suolo e le gambe che superavano saltando i sassi e le piccole asperità del terreno. Avevano fretta. Raggiungere l'aeronave, ripartire: non c'era tempo per lagnarsi.

– Fermati – disse José, e il ragazzo si bloccò. Perse l'equilibrio e rischiò di finire a faccia in giù nel terreno friabile del sottobosco.

– Che c'è?

– Laggiù, guarda.

Lorenzo socchiuse gli occhi per mettere bene a fuoco. In fondo, oltre le cime contorte degli alberi, il sole era tagliato da un'ombra scura.

– Cosa pensi che sia?

– Una costruzione. Una casa, forse.

Una casa della vecchia era. Improbabile, ma possibile. E si diceva che allora l'acqua fosse a portata di tutti: il più povero contadino disponeva di scorte maggiori di quelle che ora gestiva la Sfera, con il suo monopolio quasi assoluto, a cui i cacciatori d'acqua strappavano le briciole. In quella mitica età dell'oro la gente comprava grandi quantità d'acqua in bottiglia, benché dai rubinetti ne scorresse a volontà. Un'usanza ormai incomprensibile, certo. Ma qualcuna di quelle bottiglie poteva essere ancora lì, rinchiusa in una cantina. Era il caso di andare a dare un'occhiata.

Si avvicinarono cercando di fare piano: a volte ruderi simili erano il rifugio di qualche selvaggio, abbandonato su un'isola fuori mano per un guasto di qualche aeronave e ormai del tutto slegato dalla civiltà.

José indicò il terreno e Lorenzo capì immediatamente: lavoravano e vivevano insieme da così tanto tempo che non avevano quasi bisogno di parlare. L'erba aveva assunto un colore chiaro e gli alberi erano più radi, con tronchi sdoppiati sottilissimi. In quella zona, molto tempo prima, doveva trovarsi un villaggio o una città. Poi, con la nascita di Skyland, gli abitanti erano scappati altrove, lasciando che la natura riprendesse il sopravvento.

Il rudere verso cui si stavano dirigendo non era una casa, ma una chiesa: le mura erano di pietra spessa, grigia. Su un lato c'era una piccola costruzione ormai diroccata che poteva essere stato il campanile. La chiesa era ancora in discrete condizioni, anche se il tetto era costellato di buchi.

Lorenzo fece cenno a José di fermarsi e posò a terra lo zaino. Uno di loro doveva restare con le provviste e il condensatore, e lui era il più giovane: sarebbe andato in avanscoperta e avrebbe chiamato il padre in caso di bisogno.

Senza dire una parola, José porse al figlio il fodero con le bacchette da rabdomante e la vecchia pistola ad aghi. Lorenzo si allontanò tra gli ultimi alberi.

Entrò dal retro, passando attraverso una breccia nelle antiche pietre. La chiesa era un semplice stanzone, pieno per metà delle macerie crollate dal soffitto. L'altare era una lastra di granito spezzata in due. La polvere si era ormai depositata ovunque, ma i segni di un antico saccheggio erano evidenti: candelabri, quadri, paramenti sacri... Tutto sparito. Prima di andarsene, gli abitanti avevano fatto piazza pulita.

Lorenzo pensò per un istante di tornare subito dal padre, poi decise di uscire sull'altro lato e dare un'occhiata: forse avrebbe trovato una canonica o qualcosa di simile. Poteva essere rimasto qualche oggetto di valore.

Scavalcò un inginocchiatoio e attraversò in fretta la navata, tenendo la pistola puntata davanti a sé. La polvere gli pizzicava il naso. Dappertutto c'erano escrementi di uccelli, ormai pietrificati: da molto tempo gli animali avevano abbandonato quel posto.

E poi si udì uno strillo prolungato, altissimo.

– TUUUUUUU!

La creatura saltò fuori da dietro una colonna, ululando, e Lorenzo lasciò partire un colpo della pistola. Un migliaio di aghi sottili come capelli volarono troppo alti contro il soffitto della chiesa e ne staccarono un frammento, che cadde a terra in una nuvola di polvere. L'essere urlò ancora e corse fuori dalla porta, lasciando il ragazzo con il cuore che batteva all'impazzata.

Era un animale o un umano? Aveva parlato, ma Lorenzo era riuscito a distinguere solo la sagoma di una creatura che si reggeva su quattro zampe, con una folta criniera bianca. Una mutazione? Un uomo inselvatichito dalla solitudine?

Senza avere il tempo di pensare, il ragazzo gli andò dietro di corsa, superando con un balzo i calcinacci disseminati sul pavimento. Inforcò il grande arco che una volta era stato l'ingresso principale della chiesa e si ritrovò in un giardinetto che l'incuria aveva trasformato in una piccola giungla. L'erba grigia e secca aveva smosso i gradini di pietra della chiesa. Lorenzo vide alcune lapidi che spuntavano qui e là, e sulla destra una casupola senza più il tetto. Oltre il giardino, la foresta riprendeva il dominio su tutto, anche se lì gli alberi erano più giovani e contorti.

Un sasso sibilò verso la sua testa e Lorenzo riuscì a schivarlo per un pelo, abbassandosi di riflesso. La creatura lanciò un grido di sfida davanti alla porta della casa abbandonata, prima di sparire all'interno.

Era senz'altro un uomo: un vecchio dalla bocca sdentata, con il naso bitorzoluto e i capelli rappresi in ciocche luride. Lorenzo corse in mezzo alle lapidi, facendosi largo tra le erbacce, ed entrò nella casupola.

Fece irruzione in una stanza quasi vuota che una volta era stata una cucina. In fondo, delle scale mezze rotte portavano al piano superiore, dove probabilmente si era nascosto il vecchio.

L'odore era così forte che Lorenzo temette di svenire: su un tavolo mezzo marcio erano sparsi resti di cibo andati a male da chissà quanto, e in un angolo i mattoni ingialliti indicavano che il vecchio usava quella stanza anche come latrina. Se era riuscito a sopravvivere in quelle condizioni, doveva avere dell'acqua nascosta. Valeva la pena di dare un'occhiata.

Con la pistola puntata davanti a sé il ragazzo cominciò a salire le scale, un gradino alla volta. Si ritrovò in un piccolo corridoio che dava su un'unica stanza, ormai priva di porte e finestre. L'ambiente era ingombro di oggetti metallici ammucchiati alla rinfusa: caffettiere e brocche di ottone, maniglie, pezzi di antichi motori. Brillavano nella luce della stanza come se qualcuno li avesse appena lucidati.

Il vecchio era rintanato in un angolo ed emetteva un ringhio rabbioso, lo sguardo acceso di odio. Quando Lorenzo fece un passo, l'uomo si mise a gridare: – Vattene! Questo è il tesoro di Slint! Nessuno può toccare il tesoro!

Lorenzo gli puntò contro l'arma. – Stai fermo o ti sparo, capito? È così che ti chiami? Slint?

– Nessuno spara a Slint! Nessuno può toccare il tesoro di Slint!

Il vecchio rovesciò la testa all'indietro e lanciò un grido rauco. Tenendo la pistola protesa davanti a sé, Lorenzo si diede una rapida occhiata intorno. A parte gli oggetti luccicanti, tutto era coperto da uno strato di sporcizia vecchio di anni. Probabilmente Slint si interessava solamente al suo ciarpame, quello che chiamava "tesoro".

Osservando la catasta di oggetti inutili, qualcosa attirò la sua attenzione. Un computer portatile che doveva risalire alla vecchia era, con lo châssis di alluminio satinato così pulito che ci si poteva specchiare. Mosse una mano in quella direzione e il vecchio saltò in piedi, sputando e gridando: – Non osare! È mio! È l'eredità di Slint!

– Tuo? Sai usarlo, almeno?

Il vecchio fece un balzo per afferrare il computer, ma Lorenzo lo anticipò: quell'oggetto poteva avere un certo valore.

Slint riprese a urlare senza osare avventarsi sul ragazzo, che reggeva ancora la pistola con una mano.

– Ora vediamo, Slint – disse Lorenzo con voce dura, stringendo il computer sotto l'altro braccio. – Se sei sopravvissuto fino a questo momento devi avere accesso a una riserva d'acqua. Dove la prendi? C'è una sorgente qui vicino, una fontana?

Lorenzo avanzò di un passo e il vecchio gli lanciò uno sguardo ostile e si rannicchiò in un angolo. – Niente fontana. Umidità dalle foglie. Trappole per l'acqua – sibilò.

Lorenzo lo guardò con sospetto. Ma era probabile che dicesse la verità: la pelle dell'uomo indicava chiaramente disidratazione.

Indietreggiò fino alle scale. Era inutile perdere altro tempo lì, doveva tornare dal padre.

– Ladro! – gridò Slint, la voce rotta dal pianto. – È mio! È un pezzo del tesoro! L'eredità!

Il computer era un'eredità? Lorenzo esitò: non gli piaceva l'idea di rubare qualcosa, nemmeno a una creatura che ormai aveva ben poco di umano come quella. E poi le labbra screpolate del vecchio e la sua pelle sul punto di sgretolarsi come terra secca lo facevano sentire a disagio. – Aspetta – mormorò.

Appesa al collo portava, come sempre, la sua borraccia. In quel momento conteneva poco più di un quarto di litro, e il suo valore era senz'altro superiore a quello del computer.

Stava per concludere un ben magro affare.

Ripose la pistola nel fodero e lanciò la borraccia in direzione del vecchio, che la afferrò al volo. – Tieni – disse. – Adesso siamo pari, ok?

– Devi essere pazzo – mormorò José. – Sono giorni che bevo l'acqua dell'alambicco solare per risparmiare ogni goccia... Sai qual è la situazione con Urzak. E tu dai via un'intera borraccia.

Lorenzo avrebbe preferito uno schiaffo, o che suo padre si mettesse a urlare e si disperasse: invece quella calma tranquilla gli fece ancora più male. Quando la mamma si era ammalata, Urzak aveva procurato a José i medicinali che rappresentavano la loro ultima speranza di curarla. Poi aveva chiesto in cambio dell'acqua. Gli interessi erano cresciuti, un giorno dopo l'altro, e ormai erano arrivati alla resa dei conti: mille litri entro il 25 termidoro, o l'Arlequin e altri cinquecento litri da restituire entro un anno. Una pretesa impossibile.

Lorenzo sarebbe tornato sui propri passi per riprendere quella dannata borraccia e lasciare perdere il computer, ma mentre scendeva le scale aveva sentito il vecchio che beveva avidamente. Troppo tardi: aveva sbagliato e non poteva farci più niente.

In silenzio, si caricò sulle spalle il condensatore d'acqua, aspettò che suo padre raccogliesse lo zaino e riprese il cammino con il computer stretto al petto, lasciandosi dietro la chiesa e il suo strano abitante.

Non dissero più una parola fino a notte fonda, quando José si fermò per riposare qualche ora, prima di riprendere la marcia. Avevano fretta e non si preoccuparono nemmeno di preparare il campo. Nonostante la sete divorante, Lorenzo si limitò a bere una sorsata scarsa. In qualche modo voleva riparare al danno commesso.

Poi, quando suo padre si fu assopito nel suo sacco a pelo accanto al fuoco, afferrò il computer e ne sollevò il coperchio. Voleva vedere se quello scambio che l'aveva angosciato tutto il giorno avrebbe almeno portato qualche vantaggio.

Per accendere il computer bastò sfiorare il pulsante. La batteria ronzò e lo schermo si illuminò subito. Era un oggetto così vetusto che Lorenzo non sapeva bene come utilizzarlo, ma per fortuna la tastiera era del tipo ancora in uso, anche se alcune lettere accentate e i caratteri speciali si trovavano sparpagliati in posti insoliti.

Il computer si accese su una schermata statica scritta in inglese, la vecchia lingua. Richiedeva una password, e tutti i dati sembravano crittografati. Lorenzo sorrise: doveva trattarsi di qualcosa di importante, allora!

Scrollò le spalle e si concentrò su quell'unica scritta a cui poteva accedere, cercando di decifrarla. Poi riconobbe la parola magica, una delle poche che conosceva in inglese, quella che significava salvezza e fortuna.

Water. Acqua.

TRE

7 PRATILE 2251. WASHINGTON-641A.
38° 53′ N, 76° 59′ O. 13 M S.P.Z.

Il professor Tibald Yee uscì dal ristorante e respirò a fondo l'aria fresca della sera. Dalle vetrine opache di Carmine, dietro di lui, provenivano musica di mandolini e profumo di pizza e spaghetti.

La cena con il professor Wonda era stata interessante, ma il collega lo aveva spinto a esagerare con il vino e con i cibi della vecchia era: Washington era la sede della Sfera, ed era forse l'unico posto su Skyland dove si potessero trovare ancora certi lussi. A caro prezzo, però: quella spesa aveva inferto un duro colpo al conto in banca del professore. Il peso del razionamento si sentiva anche lì, nel cuore dell'Impero.

L'isola su cui si trovava Tibald era molto piccola. C'era spazio appena sufficiente per il ristorante e il parcheggio degli aeroscooter. Il tutto circondato da un'alta rete metallica, per evitare che qualche ospite ubriaco finisse con il fare un bel tuffo nel vuoto.

Tutto intorno a Tibald, le isole di Washington componevano una galassia di frammenti sospesi nel cielo, per la maggior parte in grado di ospitare solo un grattacielo o un piccolo gruppo di case. Alcuni erano così vicini fra loro da sfiorarsi, e piccoli ponti di ferro permettevano il passaggio da uno all'altro. Ovunque si vedevano le piattaforme metalliche per gli scooter e gli aerotaxi che sfrecciavano da una parte all'altra con i loro curiosi lampeggianti sul tettuccio.

Uno di questi diventò sempre più grande e luminoso, finché il taxi chiamato dal padrone del ristorante si fermò davanti a Tibald con uno sbuffo di fumo denso. Era un'aeronave talmente malandata che sembrava fatta di scarti, ed era probabile che fosse proprio così. Il portellone rosso tutto ammaccato si aprì e ne spuntò la faccia baffuta del conducente. – Salga a bordo, signore.

Tibald fece per aprire la portiera del passeggero (verde) e la maniglia (gialla) gli restò in mano. La guardò un po' perplesso, ma il tassista scoppiò in una fragorosa risata. – La vecchia Berta cade a pezzi, ma non si preoccupi. Riparerò la maniglia al garage, alla fine del turno!

– La "vecchia Berta" sarebbe il taxi?

– Può scommetterci. Una delle prime aeronavi di Washington, una vera sicurezza.

Il sedile in finta pelle era macchiato di sugo e puzzava di polvere.

– Dove si va, capo? – gli chiese l'uomo, sferrando un pugno sul tassametro per farlo partire.

– Washington-5.

– L'Accademia delle Scienze. Lei è un professore?

– Più o meno.

– Almeno non è un pelato. La vecchia Berta non ama portarli a spasso. Non è così, bellezza?

I "pelati" erano i seijin, e Tibald provò un moto immediato di simpatia per quell'uomo. Il professore era uno dei pochissimi jinsei che erano stati ammessi all'Accademia, e sapeva bene quanto potevano essere altezzosi i pelati.

La vecchia Berta inondò di fumo il piazzale del ristorante, si sollevò di qualche metro oltre la rete di protezione e poi partì nella notte, scoppiettando e cigolando.

Tibald appoggiò la testa contro un finestrino sporco e si mise a osservare le infinite isole della città, sospese nel vento sotto di lui. Quello spettacolo non mancava mai di affascinarlo: come potevano restare così, in equilibrio sul vuoto?

La scienza non aveva ancora trovato una spiegazione plausibile. Chissà, forse avevano davvero ragione i seijin quando dicevano che la vecchia era era morta e quella nuova era nata per un semplice miracolo divino.

– Professore, – disse il tassista a un certo punto – lei ha per caso dei nemici?

Tibald si mise a ridere. – Direi di no.

– Perché abbiamo un'aeronave alle costole. Ci sta seguendo da quando sono decollato.

«Ci mancava solo il tassinaro con le manie di persecuzione» pensò Tibald, e si voltò. Il cielo alle loro spalle era sgombro.

– Mi scusi – mormorò il tassista. – Devo essermi sbagliato.

La sede dell'Accademia era costituita da un ampio complesso di grattacieli d'acciaio dalle forme cilindriche, realizzato unendo fra loro diverse isole più piccole per mezzo di passerelle trasparenti. Tibald diede al tassista le coordinate dell'aeropista del settore 7, dove c'erano i suoi appartamenti, e quando la vecchia Berta si posò al suolo con uno scricchiolio preoccupante passò al pilota gli eurodollari per la corsa.

Uscì e restò imbambolato a osservare il taxi che si alzava di nuovo nell'aria, questa volta con la sirena spenta. Un vento freddo spirava dal basso, così forte che per un momento Tibald ebbe l'impressione che potesse sollevarlo da terra e scagliarlo lontano. Ai lati dell'aeropista non c'erano protezioni, e non sarebbe stato il primo uomo a fare una fine così stupida per colpa di una raffica imprevista. Aveva decisamente esagerato con il vino.

Sospirò e girò sui tacchi, imboccando il tunnel di vetro che conduceva agli alloggi dei professori. Le luci al neon illuminavano a giorno i corridoi deserti, con la moquette arancione scuro a terra e le pareti gialline. L'interno degli ascensori era ancora intriso dell'odore del disinfettante che qualche inserviente jinsei doveva aver passato da poco.

Tibald raggiunse l'appartamento 117 e sfiorò la serratura con l'indice. La porta si aprì con un ronzio e, appena entrato, il professore la richiuse con lo stesso metodo. Era a casa.

L'appartamento era composto da un soggiorno con angolo cottura con vista panoramica sulla città, una camera da letto non grande ma dignitosa e un bagno. Vi erano perfino alcuni tocchi di lusso: rubinetti in cucina e in bagno, e una caldaia personale. Acqua razionata solo durante il giorno: era quella, forse, la cosa più incredibile. Tibald fece pipì, con la testa che ancora gli girava per il vino, poi si sciacquò le mani nel lavandino. Non poté fare a meno di pensare che i jinsei ai quali era concesso un simile privilegio erano forse una decina in tutta Skyland.

– Mi scusi se la disturbo, professore.

La voce, metallica e distorta, lo fece sobbalzare. Veniva dalla cucina. Uscì di scatto dal bagno e vide l'intruso.

Era avvolto in un mantello nero, con un cappuccio calato sulla testa. Di corporatura esile ma senza dubbio maschile, aveva la schiena un po' curva e dalle vesti scure spuntava una mano ossuta che stava mettendo sul fuoco una caffettiera. L'uomo disse: – Preparo un caffè, l'aiuterà a superare la sbornia.

Tibald balbettò: – Chi è lei?

Aveva chiuso la porta con la sua impronta. Ne era più che sicuro. Nemmeno un alto ufficiale della Sfera sarebbe riuscito ad aggirare quel sistema di sicurezza.

– Chi sono non ha importanza – rispose l'intruso. Indossava un dispositivo in grado di camuffare la voce. – Lei si accomodi sul divano, dobbiamo parlare.

Dicendo queste parole, lo sconosciuto si voltò verso Tibald e il professore si sentì mancare le forze. Sotto il cappuccio non c'era una faccia, almeno non una faccia umana. Gli occhi, il naso, frammenti della bocca e delle guance continuavano a cambiare posizione in un movimento a scacchiera che dava la nausea. Una narice sulla fronte, una pupilla che balenava per un attimo sul mento e poi si spostava all'altezza delle orecchie. Uno scherzo olografico. Un campo di energia seijin.

Tibald si appoggiò al muro per non cadere a terra. Era notte, faceva buio, e nessun seijin poteva utilizzare le sue facoltà senza la benefica energia del sole. Inoltre Tibald non aveva mai osservato una simile precisione nel controllo dei poteri.

Come se avesse intuito i suoi pensieri, l'uomo esplose in una risata stridula. – So cosa sta pensando, ma no, non sono un pelato.

Sono un "peloso", proprio come lei, professore. Un jinsei. Si tratta solo di un giocattolino che ho comprato di recente.

- Una cosa simile non esiste...

- Esistono un sacco di cose, se si hanno i soldi per pagare. Si accomodi, prego. Non ho molto tempo.

Tibald crollò sul divano e si costrinse ad assaggiare il caffè, sperando che gli schiarisse le idee. Il suo ospite stava seduto rigido davanti a lui. Guardarlo in volto era insopportabile, perciò il professore si concentrò sulle mani che sporgevano dal mantello. All'improvviso, quasi per un gioco di magia, tra quelle dita comparve una busta di carta spessa. Tibald la riconobbe subito per il simbolo della Sfera stampigliato in rosso sull'intestazione.

- Bene - esordì l'uomo senza volto. - Sa già di cosa stiamo per parlare. Ha preso in considerazione la proposta?

Tibald annuì: aveva letto e riletto quella lettera molte volte.

Una commissione di studiosi della Sfera lo aveva proposto come direttore generale di un nuovo Centro ricerche che sarebbe nato a breve. Avrebbe avuto a disposizione tutte le più avanzate tecnologie e i migliori giovani seijin di Skyland, i cervelli più brillanti. Lo scopo del Centro sarebbe stato uno solo: studiare il ciclo dell'acqua, com'era nella vecchia era e come poteva essere riprodotto nella nuova. L'acqua. Secondo i jinsei, la Sfera possedeva il monopolio assoluto del prezioso liquido, che usava come strumento di potere per piegarli alla sua volontà. Ma la gente comune non sapeva che l'acqua era insufficiente anche per la Sfera stessa.

Il Centro ricerche sarebbe stato un'occasione fantastica per la carriera di Tibald. Ma...

– Sto pensando di rifiutare. Non è esattamente il mio campo di studi. Io sono un esperto di energia, non di acqua.

– Oh, ma acqua ed energia sono strettamente collegate. In questo nostro povero mondo asciutto l'acqua *è* energia. Il motore di tutte le cose.

– Ciò non toglie che...

L'uomo lo interruppe. – Professore, mi spieghi. E la invito a essere sincero: si eviterà un sacco di fastidi.

Tibald sospirò. In camera da letto, sul comodino, teneva una piccola pistola a raggi sempre carica. E vicino alla porta c'era l'allarme che avrebbe attirato in casa sua nugoli di robot Brig. Ma un uomo che disponeva di quei mezzi e di quelle apparecchiature, in grado di introdursi in un appartamento in una zona a elevata sicurezza... Probabilmente la pistola di Tibald era già stata fatta sparire e, suonando l'allarme, non sarebbe arrivato nessuno. Per il momento doveva stare al gioco, che gli piacesse o no. – Lo scopo del Centro che mi hanno invitato a dirigere – disse – è ricostruire il ciclo dell'acqua. Penso che lei sappia che cosa intendessero con questo termine, nella vecchia era.

Il suo ospite annuì e la bocca spezzata dal dispositivo digitale si contrasse in un sorriso inquietante. – L'acqua dalle sorgenti montane scende lungo i fiumi fino al mare, poi evapora. Si formano le nuvole, piove, e si riparte da capo.

– Sì, più o meno – confermò Tibald. – Sappiamo che il ciclo dell'acqua è d'importanza fondamentale per la vita di uomini, animali e piante. Purtroppo con la nascita di Skyland questo ciclo è sparito, mettendo in serio pericolo la sopravvivenza della specie. I fiumi sono stati spezzati, la sorgente si è separata dalla foce, i mari sono precipitati nel vuoto. Le nuvole sono sempre meno, a causa del generale impoverimento idrico. Quando le condizioni atmosferiche permettono la pioggia, ormai una rarità, l'acqua viene in gran parte dispersa nel cielo di Skyland senza toccare terra. Per non parlare delle isole che di solito sono troppo piccole, e troppo poco profonde, per raccogliere il liquido in bacini naturali.

Tibald fece una breve pausa, prima di proseguire: – Tuttavia lei certamente capisce che, dal punto di vista scientifico, questo problema è assolutamente secondario.

– Come fa a dire una cosa simile?

Il professore, che pian piano stava dimenticando la paura, cominciò a infervorarsi. – Ma è ovvio! Come possiamo ricreare il ciclo dell'acqua se la fisica fondante di Skyland ci è ancora del tutto ignota? Guardi!

Bevve il suo caffè, posò la tazza con violenza sul tavolino davanti a sé e si alzò in piedi, indicando con la mano il panorama delle isole di Washington che galleggiavano nel cielo fuori dalla finestra.

– Guardi! La terra resta sollevata nel cielo senza cadere giù, in barba alle più elementari leggi gravitazionali della vecchia era. Perché non cadono? Perché non collassano? La forza di gravità continua a valere per noi, dopotutto siamo incollati al suolo, eppure non vale per le isole che sono tanto più grandi. Come mai?

L'uomo senza volto lo interruppe. – Professore, venga al punto.

Tibald abbassò la testa e fece un cenno con la mano. Il suo ospite sembrava impaziente, adesso.

Si sedette e disse: – Alcuni pensano che questo miracolo sia il volere di qualche divinità. La Sfera stessa ricorre a spiegazioni parareligiose, il tutto-che-unisce per esempio, ma non è in grado di formulare risposte scientifiche. Io credo che non abbia senso concentrare tante risorse preziose su una questione marginale come il ciclo dell'acqua. Marginale dal punto di vista logico e scientifico, ovviamente, anche se in quanto essere umano capisco la sua importanza. Ma sono fermamente convinto che il problema dell'acqua non avrà soluzione se prima non si daranno risposte chiare sui principi fisici di Skyland. Ecco perché sto pensando di rifiutare la proposta.

L'uomo senza volto sorrise di nuovo. – Io potrei dirle che, se lei accetta di aiutarmi, ne avrà un doppio vantaggio. Scoprirà i misteri del ciclo dell'acqua e anche di tutto il resto. Dovrà lavorare sodo, naturalmente, e non è affatto detto che ci riesca. Noi speriamo che menti di prim'ordine possano venire a capo del mistero, ma non è sicuro. Per noi è un grosso investimento, oltre che una delle più grandi sfide dell'umanità. Tuttavia...

– Cosa? – chiese Tibald.

– *Tuttavia* io posso fornirle gli strumenti adatti. Lei dovrà solo accettare la direzione di questo nuovo Centro ricerche e limitarsi a informare anche me dei risultati.

Spionaggio. Quell'uomo gli stava proponendo di diventare una spia ai danni della Sfera. Alto tradimento. La pena era morte per impiccagione o, ancora peggio, morte di overdose da pillole del dolore.

– Che cosa mi sta offrendo, di preciso?

– Un documento. Un dossier preziosissimo che contiene gli studi degli scienziati della vecchia era. Persone che hanno assistito alla nascita di Skyland e hanno potuto analizzarla da una posizione privilegiata. E che dietro di sé hanno lasciato carte. Formule. Dati. Di cui finora tutti ignoravano l'esistenza.

Gli occhi di Tibald scintillarono: un simile materiale non aveva prezzo. Si asciugò le labbra con la punta della lingua e chiese: – Questo dossier ce l'ha qui con lei?

– Purtroppo non ancora, ma sono sulle sue tracce da tempo e sarà in mio possesso molto presto –. L'uomo senza volto si alzò in piedi e le sue mani adunche lisciarono le pieghe del mantello. – Sapevo che ci saremmo messi d'accordo.

8 PRATILE 2251. NUOVA OXFORD-16, L'ISTITUTO.
51° 45′ N, 1° 15′ O. 58 M S.P.Z.

Per cinque giorni Valery non aveva visto nessuno. Dopo l'attacco a Yvonne (ma poi l'aveva attaccata davvero? Durante tutti gli addestramenti si era sempre dimostrata una delle più deboli del corso...), i robot Brig l'avevano scortata nella camera di punizione, e lì l'avevano lasciata.

Valery era stata altre volte in quel posto, una stanzetta con una branda di metallo e servizi igienici senza acqua corrente. Pareti bianche. Su quella in fondo, accanto alla porta chiusa, un montacarichi dove una volta al giorno trovava il suo pasto. La cosa peggiore era l'assenza di finestre, studiata per evitare che il punito vedesse la luce del sole. Oltre all'impossibilità di uscire, ovviamente.

Era stata arrestata per utilizzo improprio del Potere seijin, violazione dell'articolo 6, e sapeva benissimo quello che significava:

espulsione dall'Istituto e internamento in un centro di recupero. Se avesse avuto più di trent'anni la pena sarebbe stata la morte. Tuttavia, un giovane seijin era una risorsa preziosa e si tentava di recuperarlo, per quanto possibile.

Per occupare il tempo si era seduta a gambe incrociate al centro della sua piccola cella e si era dedicata a esercizi di concentrazione. Se ne stava a occhi chiusi, perfettamente consapevole dello spazio intorno a sé, della porta metallica, delle sottili crepe nell'intonaco delle pareti.

Non udì alcun rumore (la stanza di punizione era insonorizzata), ma avvertì una variazione nel campo di forze che la circondava. Presenze? Espanse al massimo la sua attenzione e le parve di riuscire a percepirle con una certa precisione: erano due Brig e un seijin in avvicinamento.

Uscì rapidamente dalla meditazione e, quando la porta si aprì, era in piedi e sull'attenti.

La professoressa Donna entrò nella stanza lasciando fuori i due robot. Valery notò il lampo compiaciuto che attraversò gli occhi dell'insegnante nel trovare l'allieva preparata e disciplinata, ma il volto della donna tornò subito di ghiaccio. – Novizia, hai compiuto un'azione molto grave che ha macchiato il prestigio di questo Istituto e ha deluso me personalmente.

– Sì, signora – disse Valery. – Mi dispiace.

– Apri il montacarichi, troverai una divisa pulita. Devi venire con me.

Valery si spogliò e si rivestì sotto lo sguardo impassibile della donna, poi uscì dalla stanza e i Brig si sistemarono al suo fianco, afferrandola per le braccia.

Venne condotta nelle sale della presidenza, con i soffitti alti e gli angoli ingombri di splendide sedie di legno verniciato d'oro che nessuno avrebbe mai usato davvero.

Il drappello si fermò davanti alla porta della Stanza delle Armi. Valery non c'era mai stata prima, ma sapeva che era uno dei posti riservati agli ospiti importanti. I seijin di Washington-5? Possibile che fossero ancora lì, che partecipassero al processo?

Ebbe la risposta un secondo più tardi, quando un Brig aprì la porta e Donna le fece cenno di entrare.

Le pareti e il soffitto erano affrescati di scene di guerra con cavalieri al galoppo e soldati che si lanciavano all'attacco all'arma bianca. L'ampia finestra che occupava la parete di sinistra era stata coperta da una tenda, e solo il grande lampadario dorato faceva luce sulla sala. Al centro, dietro un tavolo di noce, sedevano il preside e gli studiosi della Sfera in visita, impettiti nelle loro uniformi.

Valery incrociò lo sguardo dell'uomo grasso che l'aveva interrogata sull'aeropista e si sentì vacillare. La situazione si metteva veramente male.

La professoressa Donna andò ad accomodarsi sull'unica sedia libera, alla sinistra del preside. Questi scartabellò alcuni documenti che aveva davanti e bofonchiò: – Valery, grado di novizia, numero di matricola CZ151822, iscritta in questo Istituto il 21 fruttidoro 2242, proveniente dalla scuola di preparazione di Nuova Belfast...

Continuò a descrivere la storia della ragazza per un bel pezzo, tutta la sua vita snocciolata in fretta con la freddezza di un rapporto. Poi fu Donna a prendere la parola: – Il giorno 3 pratile anno corrente, alle ore 14 e 25, in presenza di testimoni, la novizia Valery faceva uso del Potere seijin nello spazio denominato chiostro di Saint James, e rivolgeva tale Potere contro una compagna, la novizia Yvonne. Suddetta novizia non ha riportato danni grazie all'intervento di altre persone ivi presenti, tali novizie Amelia, Lucinde e Maria. Il colpo sferrato dall'imputata, di forza stimata pari a...

– Tremilasettecentosettanta joule – intervenne l'ospite grasso. – Tremilasettecentosettanta joule all'impatto. Avrebbe mandato in frantumi quella colonna anche se fosse stata fatta di vetro corazzato. Niente male.

L'uomo sghignazzò, una risatina asciutta e fastidiosa, e Donna aspettò che avesse finito prima di continuare: – In ottemperanza all'articolo 6, la pena prevista è l'allontanamento da questo Istituto con disonore e l'assegnazione della novizia Valery a un centro di recupero, sperando che ciò contribuisca al suo ravvedimento. La commissione interna di questa scuola propone inoltre la pena aggiuntiva di ventun frustate neurali da attribuirsi in pubblico e con disonore. La commissione non ritiene necessario ascoltare ulteriori testimoni o la stessa imputata. Se la commissione esterna non ha domande...

– Io ne ho una – disse l'ospite. I suoi occhi si puntarono su Valery, freddi, attenti.

La ragazza trattenne il respiro: poteva essere la sua unica chance di ridurre almeno in parte la pena.

– Ho letto la tua ricerca sui vulcani e mi è sembrata molto interessante. Mi è parso però che ci fossero delle ingenuità sul tuo studio delle equazioni di Maxwell.

Poiché Valery restava in silenzio, l'uomo aggiunse: – Spiega a questa commissione la tua posizione.

E la ragazza cominciò a parlare.

QUATTRO

19 APRILE 2078. ISLANDA, BASE DEL PROGETTO.
64° 23′ N, 21° 13′ O. 150 M S.L.M.

Il dottor Manswell e il soldato O'Connor entrarono nel bombatrone. Entrambi indossavano una tuta anticontaminazione color giallo sgargiante e un grosso casco protettivo. Visti dalle telecamere a circuito chiuso, ricordavano due astronauti.

Manswell sigillò il pesante portone di cemento armato e acciaio, e O'Connor si allontanò di qualche passo, facendo ballonzolare fra le mani la gabbietta di plastica della cavia. All'interno, Katja scivolava da una parte all'altra.

Dagli schermi della sala di controllo Uno, la dottoressa Lily Carlyle vedeva il buffo porcellino d'India tremare come una foglia. La creaturina era completamente ricoperta di pelo biondo, al punto che non si distingueva la testa dal sedere.

Katja era agitata: i sensori indicavano una frequenza cardiaca lievemente accelerata e un'attività cerebrale insolita, anche se ancora nella norma. Lily studiò per un istante i grafici, si appoggiò al pannello di comando e attivò il microfono. – O'Connor, cerchi di non scuotere troppo la piccolina, per favore. Rischia di farmela morire d'infarto.

La voce di O'Connor le giunse ovattata dagli altoparlanti: – Agli ordini, dottoressa.

Nella sala di controllo Uno Lily era sola, a parte un soldato in piedi dietro di lei con espressione impassibile. Quando era entrato non le aveva rivolto la parola e Lily non se n'era lamentata. Quella notte aveva dormito poco e si sentiva stanca e nervosa.

L'ultima simulazione sugli effetti ambientali dell'energia ALFA-12 non dava i risultati sperati. Tutt'altro. In più il dottor Kimor si era presentato in camera sua e, dopo cinque minuti di chiacchiere inutili, le aveva posato una mano sulla coscia. Un'esperienza che Lily si sarebbe volentieri risparmiata, così come le frasi aspre che il dottore le aveva rivolto quando lei lo aveva allontanato.

Gli altoparlanti davanti alla giovane dottoressa gracchiarono nuovamente. Questa volta era Manswell: – A tutte le sale di controllo, siamo pronti. Diamo il via all'esperimento.

I monitor permettevano a Lily di vedere cosa stava succedendo nel bombatrone. Manswell e O'Connor avevano superato la seconda camera stagna e si stavano dirigendo verso l'impianto, un immenso fuso cilindrico che lanciava riflessi scintillanti alla luce dei neon.

O'Connor faceva il possibile per evitare a Katja altri scossoni indesiderati e la frequenza cardiaca della cavia si stava normalizzando. Lily riattivò il controllo radio. – Grazie, soldato, così va molto meglio.

Si intromise la voce del dottor Kimor dalla sala di controllo Tre: – Dottoressa, la smetta di preoccuparsi per quel mucchio di pelo. Qui abbiamo un esperimento da portare avanti.

Lily si morse il labbro per non rispondere. Nel bombatrone, il dottor Manswell inserì la sua scheda di riconoscimento nel quadro.

– Pronti – disse. – Attivazione tra dieci secondi, nove, otto...

Lily si concentrò sugli strumenti, pronta a registrarne le variazioni.

– Tre... due... uno...

I quadranti digitali impazzirono.

– Cosa diavolo sta succedendo? – gridò la dottoressa.

L'attività cerebrale di Katja era a zero. Il battito cardiaco inesistente. Morte improvvisa.

Lily si costrinse a guardare le telecamere a circuito chiuso: Manswell e O'Connor si erano accasciati a terra.

Afferrò il suo microfono: – Sala Uno a tutte le sale, sospendete l'esperimento. Codice rosso, ripeto, codice rosso!

La sala riunioni era circolare, occupata quasi del tutto da un tavolo di vetracciaio circondato da comode poltroncine girevoli. La parete era coperta da un enorme schermo su cui ora stavano scorrendo le diapositive, zeppe di dati e formule.

Attorno al tavolo le facce erano stanche, preoccupate e infastidite. Lily aveva dovuto rimandare la riunione di diverse ore per poter completare l'autopsia di Katja, la cavia, e dare il via alle analisi di laboratorio.

La dottoressa si concentrò e riprese a parlare. – Dicevo, gli effetti di un uso intensivo di ALFA-12 non sono ancora del tutto chiari, ma il grafico alle mie spalle indica che, allo stadio attuale, una qualsiasi forma di utilizzo potrebbe causare squilibri deleteri per l'intera ecologia del pianeta. E per "qualsiasi forma" intendo anche gli esperimenti controllati nel bombatrone.

Il dottor Kimor era seduto alla destra del dottor Newman, il presidente del comitato scientifico, e parlava fitto fitto con lui sottovoce, ridacchiando.

Se Kimor era atletico e abbronzato, Newman sembrava decisamente più vecchio della sua età, con i pochi capelli bianchi, la pancia e il viso gonfi e mollicci.

Lily sapeva di non essere simpatica al suo capo, e nemmeno a Kimor, dopo che ne aveva rifiutato le avance il giorno precedente. Ma questo non giustificava il loro disinteresse. Possibile che non avessero un minimo di amore per la scienza e non fossero disposti a starla a sentire?

Tossicchiò un po' troppo forte per richiamare la loro attenzione. Il dottor Newman finì di ascoltare una battuta di Kimor, che doveva essere particolarmente divertente, poi disse: – Ah, sì, dottoressa Carlyle. Allora, ha finito? No? E figurarsi...

I colleghi scoppiarono a ridere, e Lily sbottò: – Per favore! È importante!

Newman tamburellò con le mani sul tavolo, infastidito. – Oh, sono sicuro che è importante, ma credo che sia il momento di venire al punto. L'autopsia del topo, oggi.

– La *Cavia porcellus* – lo corresse Lily. – La cavia, nome di laboratorio Katja, un anno e mezzo di età, trentadue centimetri per ottocento grammi. Deceduta oggi alle ore...

– Lily, – la interruppe di nuovo Newman – venga al punto. Cause della morte.

– Arresto cardiaco. Ma, secondo le registrazioni, le attività cerebrali respiratorie e cardiocircolatorie sono cessate nello stesso istante, a meno di un secondo l'una dall'altra. Il che, ammetterete, è incredibile. Il cadavere non presenta contaminazioni apparenti, non è radioattivo, non sono presenti agenti patogeni. Il risultato delle analisi istologiche sarà pronto per domattina, e lo stesso vale per il confronto delle sequenze di DNA, anche se, vista la natura improvvisa della morte, non penso che riscontrerò mutazioni genetiche...

Newman scosse il capo. – Basta così, dottoressa. La stiamo ascoltando già da troppo tempo, direi.

Lily lo fissò adirata. – Con tutto il dovuto rispetto, posso chiederle allora cosa ha intenzione di fare? Sospendere gli esperimenti?

Newman rise. – Non ci penso neppure –. Tornato serio, continuò: – Mi scusi, dottoressa, lei come si definirebbe?

Lily fu presa alla sprovvista. – Eh? Io? Be', sono una studiosa...

– Appunto, e allora studi! Approfonditamente! Scopra che cos'è successo al suo topo porcello e ci sappia dire con certezza se l'energia ALFA-12 c'entra in qualche modo. O se il topo ha semplicemente avuto un infarto!

Nuove fragorose risate.

Lily sbatté i pugni sul tavolo. – Questa mattina due uomini hanno avuto un malore durante l'esperimento al bombatrone, e nonostante la presenza delle tute anticontaminazione sono ricoverati nell'ospedale della base. In coma!

Newman si alzò in piedi. – Lo so benissimo, dottoressa. E visto che lei si trovava in sala di controllo Uno, so anche che la responsabilità potrebbe essere sua. Ma non si preoccupi: una commissione interna sta già analizzando le registrazioni per valutare il da farsi.

E se ne andò.

Non aveva fame. Lily si limitò a pasticciare con il cucchiaio la crema multivitaminica che aveva davanti, senza ingoiarne un boccone.

Le sarebbe piaciuto uscire, fare una lunga passeggiata all'aperto, senza la sensazione opprimente di quelle tonnellate di roccia che le gravavano sulla testa. Ma a quell'ora era impossibile, era già scattato il coprifuoco.

Quando si rese conto che aveva passato gli ultimi cinque minuti a fissare la minestra di colore indefinito che si raffreddava nel piatto, Lily si alzò, buttò tutto nello scarico rifiuti della stanza e si lasciò cadere sul letto. Un libro era tutto quello che poteva concedersi, per rilassarsi un po'.

L'aveva appena aperto quando bussarono alla porta.

– Avanti.

– Mi scusi, dottoressa – disse una voce fin troppo familiare. Andrew Kimor. Che aveva ripreso a darle del lei.

L'uomo questa volta era vestito con il camice bianco standard da cui spuntavano addirittura una camicia e una cravatta. Elegante. Molto serio in viso, ma con la soddisfazione che gli scintillava negli occhi.

– Stava mangiando? – chiese, annusando l'odore un po' acido della crema multivitaminica.

– Ho finito – rispose la dottoressa.

– Mi dispiace disturbarla, – disse Kimor, con un tono da cui traspariva chiaramente quanto poco gli dispiacesse – ma vengo per conto del dottor Newman.

– Sì?

Newman. E aveva mandato Kimor come scagnozzo. Lily si sedette e si preparò al peggio.

– Visto quanto accaduto oggi... questa mattina, intendo, con l'esperimento... il dottore è dispiaciuto di comunicarle che le sarà interdetto l'accesso al bombatrone e a ogni dato riguardante ALFA-12.

– Che cosa? – sbottò Lily. Quello era peggio di ogni sua più nera previsione: era un licenziamento!

– Oh, non per sempre, naturalmente – aggiunse Kimor con un sorriso viscido. – Solo finché la commissione d'inchiesta non avrà escluso ogni sua responsabilità nell'incidente. Qualche mese...

– Cosa? Mi mandate via per mesi?

– Nessuno la sta mandando via, dottoressa. In realtà, ha il divieto di uscire dalla base, anche solo per andare a prendere un po' d'aria in terrazza. Questo durerà finché, fra tre o quattro mesi, la commissione non avrà completato i suoi lavori.

Prigioniera. La stavano seppellendo lì dentro. Solo perché aveva rifiutato la cena con Kimor?

– Non potete farlo – mormorò.

– Dottoressa, non mi deluda. Sa che possiamo farlo benissimo: è la procedura. Il dottor Newman si augura che trascorrerà il suo tempo in studi approfonditi che non riguardino l'energia: per esempio, potrebbe prendersi cura dei due infortunati, il dottor Manswell e il soldato O'Connor.

– Ma io non sono un medico.

– Se ne prenda cura da un punto di vista ambientalista, allora, o ecologista, o quello che vuole lei. Il dottor Newman mi ha detto di ricordarle che, finché fa parte del Progetto, lei è soggetta alla legge marziale. Non si faccia mettere agli arresti, la prego.

Lily ebbe l'impulso di alzarsi in piedi e stampare uno schiaffo sulla faccia abbronzata del dottor Kimor: qualunque cosa, pur di levargli quel sorrisetto.

9 PRATILE 2251. NUOVA OXFORD-16, L'ISTITUTO.
51° 45′ N, 1° 15′ O. 58 M S.P.Z.

L'intero Istituto assistette alla punizione di Valery. Nel cortile dell'aeropista principale, dove ancora troneggiava la gigantesca aeronave degli ospiti di Washington-5, venne eretto il palchetto delle punizioni e Valery vi fu fatta salire, in pieno sole, nella sua divisa immacolata.

La professoressa Donna lesse brevemente la condanna per violazione dell'articolo 6 e, come voleva il protocollo, il preside afferrò di persona la neurofrusta per eseguire il castigo.

L'arma assomigliava a un corto bastone, lungo circa venti centimetri, di metallo scuro. Il suo funzionamento era molto simile a quello della pillola del dolore: stimolava il cervello del condannato senza lasciare segni visibili sulla carne, ma era molto più spettacolare e per questo veniva scelta per le punizioni esemplari.

Il preside impugnò la frusta e incanalò l'energia seijin, mentre il metallo del bastone da azzurro diventava incandescente. Da lì sarebbero uscite le scariche, tentacoli di Potere che avrebbero avvolto Valery nella loro morsa.

Donna fece un inchino al preside e afferrò l'alunna per una spalla, costringendola a girarsi in direzione del muro e di un piccolo supporto di legno. Ora la ragazza mostrava la schiena al pubblico e al suo aguzzino.

Valery cercò di concentrarsi su un punto dell'intonaco davanti a lei, senza pensare a tutte le persone che erano venute a guardarla. Presto dalle loro gole si sarebbe levata una voce atona che avrebbe scandito il numero dei colpi: uno, due, tre... E forse una parte inconfessata dentro di loro avrebbe gioito della punizione, della sua crudeltà e del fatto che comunque colpiva qualcun altro. Valery conosceva bene la procedura: anche se le frustate con disonore avvenivano di rado, le era capitato di assistere un paio di volte alla macabra esecuzione.

Chiuse gli occhi, puntò le braccia sul sostegno e sperò di non svenire.

La prima staffilata le arrivò all'improvviso alle spalle.

Se tutti restarono a guardare mentre Valery veniva punita, nessuno assistette alla sua partenza. D'altronde, la professoressa Donna aveva annunciato al pubblico che la ragazza sarebbe stata deportata in un centro di recupero, ed era meglio che nessuno sospettasse che era destinata invece a ben altro.

A mezzogiorno in punto una piccola aeronave della Sfera modello Dragonfly atterrò nel cortile di Saint Paul, riservato agli insegnanti. Nello stesso momento la professoressa Donna entrò nella stanza dove aveva accompagnato Valery dopo la punizione.

Trovò la novizia distesa sul letto, il volto coperto di sudore. Anche se le frustate erano state ridotte a tredici grazie all'intercessione dei visitatori di Washington, la punizione era stata severa, e la ragazza sarebbe rimasta confusa ancora a lungo. Inoltre, subito dopo le frustate, Donna si era occupata di farle inghiottire un beverone di neuroinibitori. Le avrebbero alleviato il dolore, ma per un po' per Valery sarebbe stato complicato sia parlare sia muoversi.

– Come stai? – chiese.

Valery emise un grugnito.

Donna annuì. – È già qualcosa. E comunque non possiamo

aspettare ancora, l'aeronave è arrivata ed è meglio che riparta il prima possibile.

Osservò Valery che si sforzava di rimettersi in piedi senza riuscirci. La ragazza scivolò di nuovo a faccia in giù sul letto e Donna finì la frase, come se avesse capito la domanda sul volto dell'allieva:

– Kyoto-17. È lì che si trova il WRC, il Water Research Center. E dovresti essere molto lieta dell'opportunità che ti viene data, ragazza. Lavorerai con le migliori menti della Sfera. Faresti bene a ringraziare i nostri ospiti: sono stati davvero magnanimi a evitarti la detenzione in un centro di recupero.

Valery si sentiva confusa e di certo non era grata a nessuno. L'avevano umiliata davanti a tutti e ora la facevano partire all'improvviso e quasi di nascosto.

– C'è qualcosa che vuoi portare con te? Un libro, degli appunti, il tuo computer?

La ragazza rifletté per un secondo, gli occhi ancora lucidi di dolore, e si sforzò di girare la testa da una parte e dall'altra.

– Niente. Perfetto. Un vero seijin non ha bisogno che di se stesso. Ora vieni con me.

A un cenno della professoressa entrò nella stanza un robot Brig, che prese Valery fra le braccia. Il robot era freddo e duro, il contatto fece tremare la ragazza.

– È una breve passeggiata fino al cortile interno. Durerà poco.

Nei corridoi non incrociarono nessuno: non un professore era venuto a porgerle un cenno di saluto. La facevano partire così, in segreto, e per loro sarebbe sempre rimasta la seijin che era stata disonorata e punita. E nulla più.

Valery sentì un moto di rabbia salirle allo stomaco e su su fino alla gola, si irrigidì tra le braccia del Brig e una nuova fitta di dolore le squassò la schiena, così forte che le sembrò che le vertebre le venissero strappate dal corpo. Rischiò di svenire.

Il Brig, affiancato dalla professoressa Donna, percorse a passi regolari il vialetto di ghiaia fino alla piccola aeronave, e lo sportello sul retro della Dragonfly si aprì automaticamente scorrendo di lato. Il robot scaricò Valery nel sedile passeggero che occupava tutto il poco spazio disponibile e Donna mormorò soltanto un laconico: – Addio.

L'interno dell'aeronave non aveva finestrini, solo quattro pareti metalliche e il sedile imbottito. Il pilota era invisibile nella sua cabina e non si preoccupò nemmeno di accendere l'altoparlante per salutarla.

Valery partì così alla volta di Kyoto-17. Non poté nemmeno dare un ultimo sguardo ai tetti dell'Istituto dove aveva vissuto per tanti anni e che ora si allontanavano sotto di lei, mentre l'isola spariva tra le nubi sottili di Skyland.

22 MESSIDORO 2251. NERAFORESTA.
47° 57′ N, 8° 29′ E. 706 M S.P.Z.

Lorenzo e José si acquattarono dietro un albero. Era passata da poco la mezzanotte e la luna quasi piena illuminava la radura facendo scintillare le lamiere metalliche dell'aeronave. Era un vecchio modello, restaurato troppe volte, da troppe mani diverse: lo scafo da imbarcazione, affilato a prua e panciuto a poppa per ospitare i motori direzionali, era dipinto di rosso, con aggiunte di vari colori che avevano guadagnato alla nave il nome di Arlequin.

Sopra la fiancata si scorgeva il cassero coperto da lastre di lamiera bitorzolute, da cui spuntavano gli strumenti radar. Poco più avanti, più o meno dal centro del ponte, si dipartivano i due alberi, che si allungavano quasi ad angolo retto ai lati della nave, simili a immense antenne d'insetto. Ora le vele erano accuratamente ripiegate contro gli alberi e, oltre lo scafo, lunghe cime ancoravano il velivolo a grossi picchetti piantati nel terreno.

Lorenzo studiò l'Arlequin per qualche secondo ancora e poi disse al padre: – Sembra tutto a posto.

– Voglio comunque controllare gli allarmi.

Lorenzo sbuffò. – Chi vuoi che ci sia, in questo postaccio abbandonato da tutti?

– Non proprio da tutti, a quanto pare.

Il ricordo dell'incontro con il vecchio nella chiesa provocò in Lorenzo una fitta di rimorso, e il ragazzo si rassegnò ad aspettare ancora un po'.

Davanti a lui José si mosse da solo, riparandosi fra gli arbusti per non esporsi troppo alla luce lunare. Raggiunse un albero il cui tronco era stato diviso dalla malattia in un fascio di rami contorti dalla forma curiosa e rigonfia, poi scavò con attenzione la terra smossa ai piedi delle radici. Ne estrasse una scatoletta nera, la osservò, proseguì fino a un altro albero a venti passi di distanza e ripeté l'operazione. Tornò da Lorenzo solo dopo aver percorso tutto il perimetro della radura che nascondeva l'aeronave.

– Problemi? – chiese il ragazzo.

– Qualcuno è stato qui, gli allarmi segnalano un'infrazione.

– Potrebbe trattarsi di qualche animale.

– Forse... O di un abitante dell'isola.

José estrasse la pistola ad aghi e con uno scatto del dito liberò la sicura. – Entro nell'aeronave e vado a controllare. Se non sono di ritorno entro quindici minuti, scappa con il condensatore e lascia qui lo zaino.

Lorenzo annuì: era una tattica che avevano utilizzato molte volte. Il ragazzo pescò nello zaino la custodia della carabina al plasma. Con mosse rapide, avvitò la canna e il calcio di legno al pesante blocco caricatore-grilletto.

– Vado – disse José. Si allontanò tra gli alberi in modo da depistare eventuali osservatori, quindi avanzò allo scoperto verso lo scafo dell'Arlequin.

Lorenzo lo osservò mentre si arrampicava sulle sartie, agile come una scimmia, si dava lo slancio con le gambe per appendersi all'asta dell'albero di babordo e si spostava rapido verso lo scafo. Ce l'aveva fatta.

Il cronometro mentale del ragazzo scattò: quindici minuti da ora.

Lorenzo cominciava a capire perché la chiamavano "Neraforesta": intorno alla radura rischiarata dalla luna, il buio era denso e fitto e il vento soffiava tra gli alberi senza portare con sé il rumore di un animaletto o di un uccello in volo. Un silenzio di morte.

Senza accorgersene il ragazzo aveva stretto le dita sulla carabina, le orecchie tese verso quel nulla assoluto. Sospirò: inutile preoccuparsi troppo. Sicuramente nessuno era entrato nell'Arlequin. Presto suo padre gli avrebbe lanciato il segnale convenzionale e Lorenzo sarebbe scattato a bordo, e finalmente avrebbero salpato lasciandosi quella dannata isola alle spalle.

Il ragazzo teneva sulle ginocchia il computer portatile che aveva comprato da quel vecchio pazzo. *Water*. Acqua. Non aveva detto una parola a José per non illuderlo senza motivo, ma qualcosa dentro di lui era scattato: avevano messo le mani su un oggetto importante, forse la chiave del loro riscatto, il mezzo per pagare finalmente il debito. Però gli serviva tempo per decifrare con calma il vecchio codice. Una volta in volo sull'aeronave avrebbe mostrato a José quella roba (lui era molto più bravo con gli antichi enigmi) e insieme avrebbero deciso la rotta. Sì, era la cosa migliore.

Posò la carabina accanto a sé, contro il tronco dell'albero più vicino, e afferrò con entrambe le mani il computer: la plastica era tiepida al tatto, i bordi arrotondati dagli anni. Quando era stato costruito? Cento, duecento, cinquecento anni prima?

– AAAAAAAAAAAAAAAAAAAH!

L'urlo tagliò in due la foresta, acutissimo e selvaggio.

Lorenzo scattò in piedi lasciando cadere il computer e si voltò per afferrare il fucile, ma la creatura fu più veloce di lui. A quattro zampe, sbucò all'improvviso da un cespuglio vicinissimo (santo cielo, ma da quanto tempo stava lì?) e si precipitò contro Lorenzo caricando a testa bassa.

– L'eredità! È mia!

Quel grido, una massa bianca di capelli luridi e una bocca sdentata: il vecchio Slint. Li aveva seguiti.

Il vecchio era più veloce e forte di quanto si aspettasse. Colpì Lorenzo allo stomaco, facendogli sbattere la schiena contro il tronco contorto. Il ragazzo si piegò di lato e il vecchio lo graffiò sul volto, gridando. Lorenzo gli sferrò un pugno e fu come colpire un sacco di ossa, ma il vecchio non rallentò i suoi movimenti convulsi. Afferrò il computer portatile che si trovava a terra, se lo strinse al petto e si lanciò in una corsa all'impazzata.

Lorenzo afferrò la carabina e prese di mira la sagoma che si allontanava a zigzag. Non poteva lasciargli portar via il computer. Doveva fermarlo. A qualunque costo.

La camera di scoppio del fucile iniziò a ronzare, aumentando sempre più di intensità mentre i raggi si caricavano per il fuoco. Poi Lorenzo sentì una mano sulla spalla.

– Non sparare.

Era José.

Quella frazione di secondo fu sufficiente perché Lorenzo perdesse di vista il vecchio Slint, che ormai si era confuso con il fitto del bosco. Da lontano giunse l'eco di un grido di trionfo.

L'Arlequin usava i motori solo per il decollo e l'atterraggio, mentre quando era in volo si limitava a spiegare le enormi vele ad ala di pipistrello. La sala motori era molto più piccola che nella maggior parte delle aeronavi: uno stanzino, dove Lorenzo e José dovevano entrare uno alla volta, attenti a non ferirsi nel groviglio di tubi e macchinari.

Lorenzo si chinò per studiare con attenzione la testata del pulsoreattore, poi mormorò: – Il massimo danno con il minimo sforzo.

José aveva tenuto aperta la porta dello stanzino e si sporgeva all'interno con la testa per osservare anche lui. – Già, un lavoro da professionisti. Sono riusciti a mettere fuori uso la valvola a griglia... e hanno svaligiato il deposito dei pezzi di ricambio.

– Così l'Arlequin non potrà riprendere il volo.

Lorenzo sferrò un calcio a un tubo metallico.

– Siamo bloccati qui!

– Figliolo, calmati – disse José. – La situazione è seria, ma noi dobbiamo restare lucidi. Guarda.

Porse al figlio un corto bastone di metallo nero satinato, leggerissimo.

Lorenzo lo valutò nella mano. – Sembra una torcia elettrica, ma è troppo leggero. Non ci sono le pile?

– No, niente interruttore e niente batterie. E non è una torcia, ma una frusta neurale. Questa è un'arma seijin, funziona solo con l'uso del Potere.

Lorenzo dovette appoggiarsi al cilindro del pulsoreattore per non cadere. *Seijin.* Lui e suo padre erano in guai molto seri.

SECONDA PARTE

Acquareti su Kyoto

UNO

28 PRATILE 2251. KYOTO-17.
35° 00′ N, 135° 48′ E. 40 M S.P.Z.

Dalla cupola vetrata sopra la testa di Valery il sole scendeva caldo nell'anfiteatro della sala conferenze. Oltre a lei, erano presenti altri tre o quattrocento giovani seijin, tutti con la sgargiante divisa rossa del WRC, il Water Research Center. Vestivano di rosso anche i cinquanta professori seijin che dirigevano il Centro. Al WRC non esistevano formalità né pillole del dolore e Valery si sentiva felice ed entusiasta della sua nuova vita: l'Istituto e le sue regole erano ormai un fumoso ricordo.

– Perché sorridi?

Valery si voltò, sorpresa, e si rese conto che in effetti le si era disegnato sul viso un grande sorriso a trentadue denti.

A parlarle era stato il compagno seduto accanto a lei, un giovane snello dalla pelle chiara, con le sopracciglia sottili color dell'oro. Naso dritto, occhi scuri e intelligenti.

«Un bel ragazzo,» pensò Valery «davvero un bel ragazzo».

– È solo che sono emozionata.

– Anch'io – replicò il compagno, sorridendo a sua volta. – Finalmente potremo conoscere il professor Yee.

Tibald Yee era il direttore del WRC, ma nessuno lo aveva mai visto, alla sala mensa o altrove. Valery aveva saputo che le curiose norme di comportamento del Centro, inclusa l'assenza di gradi e di una rigida catena di comando, erano state decise proprio dal professore. Ed era merito suo anche la concessione agli studenti dell'acqua sufficiente a una breve doccia, tutti i giorni!

Nella mente di Valery, Tibald era un seijin alto, dall'aria gioviale, ormai avanti con gli anni. Non vedeva l'ora di conoscerlo.

– Io mi chiamo Joel, comunque – fece il ragazzo, porgendole la mano.

– Io sono Valery.

La ragazza ebbe un'esitazione: non si era ancora abituata all'atmosfera rilassata del Centro e al fatto che potesse scambiare due chiacchiere con chi le pareva, in totale libertà.

– Quando sei arrivata al WRC?

– Circa quindici giorni fa. L'11 pratile.

– Io sono arrivato il 2 pratile, con il primo scaglione, – disse Joel – ma il professor Yee è arrivato l'11 come te, lo sapevi?

– Uh... no...

– Dev'essere un personaggio eccezionale.

– Lo credo anch'io.

Dal podio al centro dell'anfiteatro rimbombò la voce della professoressa Minner, amplificata dagli altoparlanti: – Un attimo di silenzio, prego!

Il vocio degli studenti si spense e la Minner, compiaciuta, continuò: – Finalmente ho il piacere di presentare a tutti voi il direttore del nostro Centro, che oggi terrà la sua prima lezione pubblica. Il professor Tibald Yee!

Dai ragazzi seduti si levò un applauso entusiasta... che si bloccò all'improvviso pochi istanti dopo, quando da una porta sul fondo dell'aula fece la sua comparsa il professore. Nella sala si diffuse un mormorio sconcertato e confuso, che presto crebbe di intensità.

Il professor Yee doveva avere una cinquantina d'anni. Di corporatura magra, aveva spalle esili e carnagione olivastra. Ma l'attenzione generale era concentrata sulla sua testa, ricoperta da una zazzera di capelli neri e ricci che diventavano grigi all'altezza delle basette. Capelli! Il professore non era un seijin, ma un jinsei!

– Che scherzo di cattivo gusto... – sussurrò Valery.

– Questo spiega perché non si è mai fatto vedere negli spazi comuni... – le fece eco il suo nuovo amico.

Il professor Tibald raggiunse la Minner sul palco e le strinse brevemente la mano, poi appiccicò sotto la gola il microfono a cerotto. La sua voce risuonò sotto la cupola, calma e serena: – Per favore, un po' di silenzio.

Il brusio, però, aumentò ancora. Alcuni ragazzi si erano alzati e stavano per lasciare l'aula, e Valery fu tentata di fare lo stesso. Avrebbero dovuto obbedire a un jinsei? Non aveva mai sentito niente di più assurdo in tutta la sua vita.

– Ragazzi! – gridò Tibald, sovrastando il fragore. – Se qualcuno di voi vuole andarsene da qui, può farlo immediatamente. Le considererò dimissioni a effetto immediato, e vi prometto che da parte mia non vi saranno note di demerito sulle vostre schede personali.

– Ci *promette*? – urlò un ragazzo dalle prime file. – Lei non dovrebbe prometterci niente!

Tibald scosse il capo. – Sono spiacente che il fatto che io sia un jinsei vi crei tanti problemi. Ma, che vi piaccia o no, è così: lo sono, e questo non mi ha impedito di far parte dell'Accademia delle Scienze di Washington-5 e di collaborare con alcune delle menti più brillanti di Skyland. Il mio curriculum è a disposizione di tutti coloro che vorranno accedere alla rete interna del WRC: se ritenete che sia abbastanza qualificato non per insegnarvi, ma per parlarvi da collega a collega, restate ai vostri posti. Per favore. È il momento di spiegarvi perché questo Centro è stato fondato e perché siamo stati chiamati a lavorare qui.

Sembrava che la situazione si fosse un po' calmata e, a parte un gruppetto di una decina di persone, gli altri si erano rimessi a sedere. La parola "dimissioni" aveva avuto effetto: gli studenti erano stati chiamati dai quattro angoli di Skyland per unirsi a quel progetto, la grande occasione della loro vita di seijin. Non era il momento di buttarla via. Non ancora.

– Ottimo, – commentò Tibald – allora abbassiamo le luci e cominciamo.

Il professore agitò una mano nel segno convenzionale e la cupola che sovrastava l'anfiteatro si scurì, lasciando la stanza al buio. Sulla parete alle spalle del podio si accese uno schermo nel quale era inquadrato, in primo piano, il volto del professore. La vista di quei capelli neri e folti era rivoltante. Poi l'inquadratura si spostò sulle mani dell'uomo: reggevano un'arancia.

– Diciamo che quest'arancia è la Terra. O, meglio, la Terra com'era prima del processo che ha portato alla nascita di Skyland. Fino alla dissoluzione (parliamo di circa duecento anni fa), gli uomini vivevano... sulla buccia dell'arancia.

Le dita curate del professor Tibald si mossero sulla superficie del frutto, incidendo la buccia e togliendone un bel pezzo. – Esistono molte spiegazioni del perché un bel giorno l'equilibrio del sistema Terra sia crollato. Voi siete seijin addestrati, sicuramente conoscete le teorie sul tutto-che-unisce... Eppure nessuno sa ancora spiegare il fenomeno da un punto di vista puramente scientifico. Fatto sta che un brutto giorno la buccia della Terra cominciò a scollarsi dalla polpa.

Le dita finirono di sbucciare l'arancia.

– A quel punto, secondo logica, potevano verificarsi due fenomeni: la Terra sarebbe potuta esplodere, proiettando nello spazio i pezzi che si erano staccati, disperdendo l'atmosfera e causando la scomparsa di ogni forma di vita, oppure collassare su se stessa fino a condensarsi in una massa estremamente ristretta e densa, come quella di un buco nero. Come tutti voi sapete, non si è verificato nessuno di questi due fenomeni.

Con l'abilità di chi ha compiuto gli stessi gesti molte volte, Tibald si mise in tasca gli spicchi polposi e ricompose i frammenti di buccia come se fossero stati pezzi di un puzzle, ridando all'arancia ormai vuota una forma sferica. – Quello che è accaduto, invece, è che i pezzi della vecchia Terra rimasti, che noi oggi chiamiamo "isole", hanno trovato un loro equilibrio. Hanno mantenuto salda l'atmosfera, permettendo alla vita di continuare, e hanno iniziato a galleggiare nell'aria, sfidando la legge di gravità e numerose altre regole della fisica classica.

Valery, suo malgrado, era rimasta a bocca aperta. Aveva sentito numerose spiegazioni e ricostruzioni della nascita di Skyland, ma nessuna di altrettanta semplicità e chiarezza.

– Voi ora vi starete chiedendo: cosa c'entra questo discorso? Dopotutto noi siamo qui per occuparci di acqua. Ma in realtà i problemi sono collegati: quando la Terra è morta ed è nato Skyland, i fiumi e i mari sono scomparsi. La nostra civiltà è appesa a un filo, possiamo contare su risorse idriche estremamente scarse: le scorte d'acqua accumulate nei ghiacciai o in depositi artificiali. Per questa dimostrazione ho usato un'arancia, che sulla vecchia Terra era uno dei frutti più comuni, mentre ora è quasi una rarità.

Su Skyland esistono le reti di raccolta, esistono tecnologie di riciclo dei liquidi... Ma noi siamo stati chiamati qui con il compito di risolvere il problema alla radice e ridare l'acqua alla nostra civiltà. E, per riuscirci, io ritengo che dovremo scoprire cos'è successo ai tempi dei nostri bisnonni, perché l'arancia si è spezzata e perché è riuscita a restare in equilibrio...

– Cosa ne pensi? – chiese Valery al suo nuovo amico.

Si trovavano nella mensa, uno stanzone dalle pareti chiare, anch'esso dominato da un alto soffitto a cupola di vetro. Attorno ai tavoli, sparsi al pianoterra e su due ordini di soppalchi, in quel momento era radunata tantissima gente. Studenti e professori parlottavano di un solo argomento: Tibald.

Quelli che avevano rifiutato di ascoltare la lezione del professore erano già stati allontanati dal Centro, scortati con la massima gentilezza su aeronavi di classe Cometa verso le rispettive isole di provenienza.

– A me è sembrato una persona competente – rispose Joel.

– Non mi convince – ribatté Valery. – Non è possibile che un jinsei possa essere ammesso all'Accademia di Washington-5. Hai visto il suo curriculum? Un numero di pubblicazioni impressionante: avrebbe dovuto iniziare a scrivere articoli quando aveva la nostra età.

– Pensi che ci sia qualcosa sotto?

– Sì. Forse è solo un burattino, una comparsa che deve tenere nascosta la vera identità del professore.

– Se fosse così, però, è strano che abbiano usato un jinsei. Ha attirato su di sé tutta l'attenzione.

Un professore giovane, con la testa rasata coperta di macchie rossastre, si sedette al loro tavolino e sorrise. – Stavate parlando di Tibald?

– Sì, signore – rispose Valery, automaticamente.

Il professore fece un gesto con la mano. – Niente "sì, signore", non sei più in un istituto di formazione per seijin.

L'uomo aveva preso della zuppa proteica e il piatto del giorno, vere patate arrostite, che iniziò a sbocconcellare con calma. – Per tornare a Tibald, non dovreste giudicare troppo in fretta. È un jinsei, perciò pensate a che preparazione deve avere per essere arrivato fin qui.

– Ma... un jinsei, e ufficialmente è il nostro capo...

– È anche il mio e, fidatevi, tra poco ne sarete contenti. Sapete perché non si era mai fatto vedere in pubblico fino a oggi, alla lezione? Non appena arrivato al WRC si è sigillato in camera sua e ha voluto leggere i dossier di tutti, studenti e professori. Le ricerche che abbiamo fatto, i nostri interessi, qualunque cosa. Scommetto che conosce già i nostri nomi uno per uno.

– Ma ci sono quasi cinquecento persone qui! È impossibile! – sbottò Joel.

Il professore sorrise. – Vedrete.

Il WRC era stato costruito su un gruppo di isole di varie dimensioni, collegate fra loro da passerelle.

Valery accelerò lungo il corridoio sul monopattino elettrico, quindi svoltò nella corsia che portava alla sua stanza personale.

«Una stanza tutta per me! E se voglio posso chiudere a chiave la porta e farmi i fatti miei senza essere disturbata!»

La ragazza le piombò davanti all'improvviso. Era un'inserviente jinsei che doveva avere la sua età, con i capelli raccolti in una spessa treccia seminascosta da una cuffia e un viso dai lineamenti decisi. Stava trascinando con un certo sforzo un enorme carrello metallico pieno di sacchi della spazzatura diretti al riciclatore generale.

Valery spostò il peso di lato per schivarla e frenò, lasciando una doppia striscia di gomma nera sul pavimento. – Fa' attenzione! – le gridò. – Vuoi farti ammazzare?

La ragazza non abbassò lo sguardo come si conveniva a un jinsei; anzi, la fissò apertamente. Sarebbe stata bella, con quel corpo snello e la curva del seno che premeva contro l'uniforme degli inservienti... Se non fosse stato per quei folti capelli scuri. E le sopracciglia non depilate.

Valery smontò dal monopattino, ma si tenne a debita distanza: i jinsei puzzavano e lei non sopportava i cattivi odori. – Non ti ho sentita scusarti – disse in tono severo.

– Forse perché non mi sono scusata – commentò con tranquillità la ragazza.

– Ma stavo per investirti.

– Appunto. *Tu* stavi per investire me, quindi non vedo perché *io* dovrei chiederti scusa.

Valery restò senza parole: stava succedendo davvero? Una jinsei, un'*inserviente*, aveva davvero ribattuto a una seijin? Era inconcepibile.

Pensò per un momento di tramortirla con un raggio di energia, ma qualcuno sarebbe potuto passare nel corridoio e nessun seijin beneducato perdeva il suo tempo con la servitù.

Sbuffò, ritornando al suo monopattino. – Per questa volta passi, schiava. Ma che non ricapiti più.

La ragazza le rise in faccia, una risata argentina e beffarda, che bruciò nelle orecchie di Valery. – Schiava io? E tu invece saresti libera? Ma ti sei guardata bene intorno? Hai capito dove ti trovi?

Valery non sentì il resto e schizzò via per il corridoio. Aveva già perso anche troppo tempo. Ecco cosa capitava ad avere un jinsei come direttore: tutti gli altri "pelosi" si montavano subito la testa.

Si accomodò sul letto morbido della propria stanza, si infilò sotto le coperte e accese la luce sul comodino. Non aveva tirato le tende e poteva guardare fuori dalla finestra: alcune isole del WRC erano molto più in alto rispetto a quella dove si trovavano i dormitori, e quei frammenti sospesi nel cielo sopra di lei la facevano sentire protetta. Ora le ci voleva un bel libro prima di lasciarsi scivolare nel sonno...

– Che c'è adesso! – sbuffò.

Qualcuno aveva bussato alla porta. A quell'ora.

– Mi scusi, signorina – disse una voce maschile che non riconobbe.

Non era Joel, comunque, anche se per un istante Valery ci aveva sperato.

Si alzò dal letto e si tolse rapidamente il pigiama, sostituendolo con l'uniforme rossa. Si guardò per un attimo allo specchio: i capelli stavano cominciando a ricrescere: una sgradevole peluria dorata, quasi impercettibile. Il suo ospite, chiunque fosse, avrebbe dovuto far finta di niente: dopotutto non si importuna una donna in piena notte a quel modo.

– Se è un brutto momento posso tornare dopo – disse la voce dall'altra parte della porta.

– No, no, un attimo solo!

Innervosita, Valery finì di infilarsi le scarpe, controllò per un'ultima volta allo specchio che l'uniforme le cadesse sul corpo in modo accettabile, quindi posò il pollice sulla serratura per farla scattare.
– Si può sapere chi...

Si mangiò le parole, stupefatta. Davanti a lei, sulla cornice della porta, c'era il professor Tibald Yee, con gli occhiali tondi sul naso e i suoi capelli da jinsei. L'uomo sorrise. – Mi scuso per l'ora, ma ho appena finito di leggere la sua ricerca sui vulcani. Valery, le andrebbe di fare una breve passeggiata in giardino? Ci sono alcune cose che vorrei discutere con lei.

Ovviamente la prima, istintiva reazione della ragazza era stata di disgusto. Tibald non puzzava, è vero, ma la sua presenza, quella gentilezza eccessiva... Tutto in lui le ricordava che si trattava di un jinsei. E un jinsei che le parlava da pari a pari, per giunta!

La situazione era così surreale che la ragazza si limitò ad ascoltare in silenzio le idee di Tibald sulla sua ricerca di vulcanologia. Idee molto acute, per la verità: aveva trovato degli errori che erano sfuggiti sia alla professoressa Donna dell'Istituto sia agli esaminatori venuti da Washington-5.

Camminavano in un giardino che Valery non aveva mai visto prima, costruito sul tetto dell'edificio principale di Kyoto-17. Sui bordi qualcuno aveva piantato vere aiuole di fiori, per nascondere almeno in parte le brutte barriere di protezione in plastivetro, e il suolo era ricoperto da un prato all'inglese di morbida erba finta, tagliato in forme regolari da semplici vialetti.

Sulle loro teste, la magnifica stellata della notte giapponese era interrotta dalle sagome scure di isole che galleggiavano nel cielo, alcune così piccole che una persona adulta non avrebbe potuto posarvi entrambi i piedi.

Tibald notò lo sguardo perso per aria di Valery e disse: – Affascinante, vero?

– Sì – rispose la ragazza. – Se prendo un sasso e lo lancio, quello cade giù rispettando la forza di gravità. Eppure quelle isole sono lì da centinaia di anni e galleggiano nell'aria. È incredibile.

– Ha letto *Elementi di distorsione dei principi fisici di Skyland* del professor Beller?

Valery annuì. – Sì, i microspostamenti delle isole e le rotazioni. Teorie affascinanti, ma io vorrei delle spiegazioni. Un'aeronave molto grande può restare sospesa in aria senza bisogno di motori, mentre un'aeronave piccola cade. Eppure ci sono isole delle dimensioni di un palloncino. È assurdo.

– Non crede nel tutto-che-unisce?

– Sono una seijin, certo che ci credo. Ma religione e scienza possono andare d'accordo, secondo me.

Continuarono a camminare in silenzio e Valery si accorse con una certa sorpresa che la presenza di Tibald la metteva a suo agio.

Il professore era un jinsei, e forse il motivo era proprio quello: non si sentiva affatto intimidita da lui.

Tibald si chinò a osservare le aiuole che venivano innaffiate da minuscoli spruzzatori nascosti tra le foglie. – Che spreco – commentò. – Sulla vecchia Terra, il sole di domani avrebbe fatto evaporare quest'acqua formando una nuvola, e poi sarebbe caduta la pioggia. Ora invece quest'acqua andrà persa, evaporerà e svanirà nel nulla.

– Be', è un po' più complicato di così.

– Già. Però mi piacerebbe volare fino a Washington-5 e dire ai miei colleghi che, certo, i fiori in terrazza sono molto belli, ma ne possiamo fare tranquillamente a meno.

Valery lo guardò un po' sorpresa. – Perché non lo fa, professore?

Tibald puntò un dito verso l'alto, per indicarle una piccola stella che pulsava oltre l'ammasso di isole sopra di loro.

– La vede? È un'aeronave di classe Bigbang. Io... –. Il professore si interruppe bruscamente e scosse la testa, preoccupato. – Ho parlato troppo, mi scusi. Non so cosa mi abbia preso. Faccia finta che non abbia detto niente.

A Valery tornarono in mente come uno schiaffo le parole che le aveva rivolto quella ragazza jinsei: «Schiava io? Hai capito dove ti trovi?».

– Cosa intende dire? Cosa significa che quella è un'aeronave?

Tibald esitò a lungo prima di rispondere: – Io... Be', non è proprio un segreto. Diciamo che è un aspetto su cui la Sfera preferisce mantenere un po' di riserbo, e quindi questa conversazione deve restare fra me e lei, d'accordo? In questo momento il WRC è sorvegliato da dieci navi da guerra. Senza autorizzazioni, non si può andare da nessuna parte. E le autorizzazioni vengono concesse solo per motivi di massima gravità... o per la deportazione.

– Ma... i ragazzi che sono partiti oggi... che non hanno accettato di partecipare all'esperimento... sono stati riportati agli istituti di provenienza, giusto?

Tibald la guardò e Valery credette di leggere una profonda tristezza nelle iridi scure del professore, seminascoste dietro le lenti circolari.
– Di questo non posso proprio parlare... mi dispiace.

10 MESSIDORO 2251. KYOTO-17.
35° 00′ N, 135° 48′ E. 40 M S.P.Z.

Passarono dodici giorni prima che Valery incontrasse di nuovo, per caso, la misteriosa ragazza jinsei.

Valery e Joel stavano attraversando la mensa ormai deserta per dirigersi al loro gruppo di studio. Il professor Tibald aveva diviso gli studenti in gruppi di lavoro e Valery e il ragazzo si erano trovati insieme: una vera fortuna, anche perché andavano molto d'accordo e per di più il loro capo era Brimman, il professore giovane che avevano conosciuto proprio in mensa.

– E allora Brimman mi ha detto: «Piove sempre sul bagnato», e io... Valery, che c'è?

Ai banconi self-service della mensa la ragazza jinsei stava svuotando i recipienti metallici del cibo, riponendoli poi su un carrello.

– Quella ragazza... – mormorò Valery.

– Ehi, ehi, tra noi due sono io quello che dovrebbe guardare le ragazze. Soprattutto se hanno un culetto come il suo...

Valery non lo ascoltò, non sorrise nemmeno, ma si avviò a grandi passi verso la jinsei. La ragazza spostò un ciuffo di capelli scuri che le era caduto davanti agli occhi e sul suo viso si disegnò un sorriso di sfida. – La signorina seijin, che sorpresa...

– Tu! – disse Valery, cercando di assumere un tono di voce il più autorevole possibile. – Come facevi a sapere della sorveglianza?

– Sorveglianza? – le fece eco Joel, ma Valery lo ignorò ancora una volta.

La ragazza jinsei alzò le spalle. – Sto attenta a quello che vedo. Tu no?

Valery fu presa in contropiede. – Io... cerco...

– Ecco, mentre tu cerchi, io ho un lavoro da sbrigare. Mi chiamo Leonie, matricola 1741H, addetta alle cucine e ai servizi di grado F. Così puoi presentare reclamo ai tuoi superiori... Oppure puoi venire a trovarmi e ti insegnerò un paio di cosette sulla vita.

– Come osi!

Prima di rendersene conto, Valery sentì il calore solido del sole che entrava dalla cupola invaderle il corpo, facendole venire la pelle d'oca e caricandola di energia.

Joel fece un passo avanti e la afferrò per una spalla. – Che stai facendo? Vuoi colpire un'inserviente? –. Poi rivolse un sorriso a Leonie e disse: – Puoi andare, carina. Anzi, è meglio che fili via di corsa. Però, se una di queste sere vuoi passare in camera mia...

– Ti piacerebbe! – rispose Leonie, voltandosi per finire il lavoro.

Joel e Valery si allontanarono. La ragazza si sentiva ancora ribollire di rabbia. Poi rivolse a Joel un'occhiata fra il disgustato e il divertito. – Sei proprio un porco. L'hai invitata a...

– Be', ha un bel culo – tagliò corto il ragazzo con un sorriso.

Il gruppo Echo-2 era formato da Joel, Valery, il professor Brimman e altri tre giovani seijin: Miriam, di qualche anno più grande di Valery, e Hiroki e Aito, due ragazzi di corporatura minuta e con marcati lineamenti orientali.

Tibald aveva assegnato loro un unico laboratorio da condividere con i gruppi Delta-4 ed Echo-1, ma la stanza era talmente vasta che, anche quando si riunivano tutti, sembrava sempre mezza vuota.

Valery alzò la testa dal computer e sbuffò. – Non capisco perché facciamo tutta questa fatica.

Joel le sorrise dalla postazione accanto alla sua. – Perché è il nostro lavoro. Le acquareti sono la soluzione più praticabile finché...

– Le acquareti sono una stupidaggine! – sbottò Valery. – D'accordo, raccolgono l'acqua quando piove: ma quante volte hai visto piovere nella tua vita?

– Le statistiche dicono che nel continente-isola indiano...

– Sono comunque bazzecole. Finché non risolviamo il problema del ciclo dell'acqua, la situazione non migliorerà certo per poche stupide acquareti.

– Del ciclo dell'acqua si occupano i gruppi da Sierra-1 a Zulu-3 – le ricordò Joel. – Il professor Tibald vuole che noi ci dedichiamo a problemi più semplici e immediati, per poter sottoporre subito dei risultati concreti ai vertici della Sfera.

– Resto della mia idea: l'importante non sono le acquareti, è trovare il modo di far piovere.

Hiroki e Aito avevano ascoltato il discorso e intervennero. – Far piovere è facile, basta spargere ioduro d'argento sulle nuvole – disse il primo.

– La cosa complicata è creare le nuvole giuste – aggiunse il secondo.

Valery ci pensò un po' su e annuì. – Il problema è che bisognerebbe condensare l'umidità nell'aria, e per farlo serve energia.

– Già, per scaldare l'aria e poi lasciare che si raffreddi adiabaticamente.

Di colpo Valery sorrise. – Ehi... ma noi questa energia ce l'abbiamo!

Tutti la fissarono sorpresi e Joel si lasciò sfuggire una battuta. – Oh, tutti attenti! Valery ha avuto l'idea del millennio.

– Il Potere seijin. Possiamo scaldare l'aria con i nostri poteri.

Nessuno disse una parola, ma le espressioni sulle loro facce confermavano che quella era, davvero, l'idea del millennio.

I ragazzi chiamarono anche Miriam e iniziarono a discutere in toni sempre più accesi, buttando giù qualche schizzo.

– Brimman deve vederlo! Resterà a bocca aperta.

– Sarà in biblioteca a quest'ora. Chi va a cercarlo?

– Tu, Valery – propose Miriam. – Dopotutto l'intuizione è stata tua.

– E io ti accompagno – suggerì Joel. – Non voglio proprio perdermi la faccia del prof.

Brimman non si trovava in biblioteca, ma nella vicina caffetteria. Quando li vide si sistemò gli occhiali sul naso. – Cercavate me?

– Sì, prof – disse Valery. – Abbiamo dei risultati da mostrarle.

Il professore sorrise. – Dopo una decina di giorni di lavoro? Ragazzi, per certe cose ci vuole tempo. Molto tempo.

– Guardi qua – tagliò corto Joel, sistemando davanti al professore uno schema scarabocchiato a metà.

– Un'acquarete – disse Brimman.

– Sì, ma da affiancare a... questo!

Valery frugò nella cartelletta colorata che si era portata dietro e mostrò i nuovi disegni al professore. – Occorreranno dei test, ovviamente, e Hiroki e Aito hanno trovato già diciassette punti critici da risolvere, e poi c'è tutta la parte ingegneristica e matematica da calcolare...

– Ma può funzionare – mormorò Brimman. – Lo voglio mostrare a Tibald oggi stesso. Intanto vengo di là con voi, dobbiamo subito darci da fare.

Tibald si chiuse la porta alle spalle e tirò un grosso sospiro. Dirigere il WRC era più impegnativo di quanto avesse immaginato. Quando si era presentato ai ragazzi aveva temuto una vera insurrezione, che per fortuna era riuscito a contenere. Erano stati allontanati dal Centro solo dodici ragazzi. Un numero ridotto, tutto considerato.

Sulla sua scrivania c'era ancora il rapporto.

Soggetti scartati per scarsa propensione alla collaborazione. Destinati a sedi compatibili con la riservatezza necessaria per la riuscita dell'operazione WRC, o a dimissioni volontarie.

Tibald conosceva abbastanza la Sfera per saper tradurre quelle parole. Nel volo che li aveva allontanati dal Centro, qualche ufficiale aveva fatto loro un discorsetto chiaro: accettare di essere trasferiti in qualche isola sperduta fra le riserve di ghiaccio polari, oppure scomparire per sempre senza lasciare traccia. Tibald si augurava di cuore che avessero scelto i ghiacci, o che almeno la Sfera avesse concesso loro una morte rapida e indolore.

E poi c'era quella ragazza, Valery.

All'inizio si era dimostrata diffidente con lui, lasciando trasparire l'inquietudine di un essere superiore costretto a rispettarne uno inferiore, ma tutto sommato aveva reagito bene. Era molto intelligente, forse la migliore di tutto il Centro.

Però lui aveva sbagliato, aveva parlato troppo. Tutti i jinsei del Centro sapevano delle aeronavi di ricognizione e delle misure di sicurezza straordinarie che la Sfera aveva messo in atto, ma i seijin ignoravano ogni cosa, ed erano troppo altezzosi per abbassarsi a parlare con i "pelosi". Alla Sfera premeva che i suoi pupilli non si accorgessero della verità. E con Valery, che sembrava disposta a comunicare davvero, lui aveva rischiato di vuotare il sacco, svelandole cos'era successo ai ragazzi che se n'erano andati.

D'altronde, prima o poi qualcuno si sarebbe reso conto davvero del luogo in cui si trovavano. Una prigione.

Lui poteva solo sperare che questa rivelazione arrivasse il più tardi possibile.

Il professore si avvicinò alla scrivania per far sparire nell'inceneritore alcuni documenti. Doveva far buon viso a cattivo gioco, sorridere, cercare di ottenere risultati importanti. Guadagnarsi la stima dei burocrati della Sfera per evitare che continuassero ad agire alle sue spalle.

Il primo fascio di carte svanì nella fessura in fondo alla scrivania, da cui un istante dopo si levò un sottile filo di fumo nero. Il riciclatore, una scatoletta scura agganciata al piano, si mise in moto per versare negli impianti idrici del WRC le poche gocce ricavate dai fogli bruciati.

Tibald stava per inserire nella fessura il secondo fascicolo quando un biglietto cadde a terra. Lo raccolse.

Non era la sua calligrafia e il professore era sicuro che quella mattina non fosse lì. Qualcuno era entrato nella sua stanza. Anche se era chiusa a chiave da una doppia serratura biometrica e protetta da un sistema di riconoscimento delle impronte digitali.

La carta era di ottima qualità, ricca di fibre umide, e i caratteri erano nel normale inchiostro dei comufax.

Gentile professor Tibald,
mi auguro che i piccoli fastidi dovuti all'ambientamento al WRC non l'abbiano indispettita più del necessario.

Ho il piacere di comunicarle un'ottima notizia: abbiamo gli indizi che ci mancavano per trovare il dossier. Presto sarà nelle mie mani, e quindi nelle sue. Conto di farle avere notizie positive entro la fine di messidoro.

Lei si ricordi del nostro patto.

Non c'era firma, ma Tibald aveva davanti agli occhi un uomo dal volto nascosto e dalla voce modificata. Era sorvegliato. Doveva fare attenzione.

DUE

18 MAGGIO 2078. REYKJAVÍK, ISLANDA, OSPEDALE ST ISABEL.
64° 09′ N, 21° 56′ O. 0 M S.L.M.

– Dove mi trovo?

– In ospedale.

Dopo un mese di coma, il soldato Mark O'Connor era quasi irriconoscibile, la pelle smunta e gli occhi sofferenti, segnati di nero. Dal collo e dalle braccia spuntavano le cannule della flebo e i sensori attraverso i quali era stato monitorato secondo per secondo dal momento dell'incidente.

– Il dottor Manswell? Come sta?

Lily sospirò. – Morto. Dieci giorni fa.

O'Connor fissò Lily con gli occhi slavati di chi si sente proiettato in un incubo. – Dieci giorni? Ma... quanto tempo sono rimasto... Che giorno è oggi?

– È il 18 maggio.

Lily si voltò per non vedere due grosse lacrime scendere sulle guance del ragazzo.

Quella sera, ripensando al risveglio di O'Connor, a Lily tornò in mente l'incontro che aveva avuto con Leonard Gruebacker il 7 maggio, il giorno prima della morte di Manswell. Leonard era un uomo sulla sessantina, con i capelli grigi e la mania della sicurezza, ed era l'ingegnere informatico addetto a tutti gli impianti computerizzati della base.

L'aveva raggiunta nella sua stanza e si era chiuso la porta alle spalle, poi aveva posato a terra una sfera metallica poco più grossa di una pallina da tennis e aveva sorriso. «Un deviatore di impulsi. Ora la stanza è sicura.»

«Ci sono novità?» gli aveva chiesto Lily.

«Enormi. Hanno finito di confrontare le analisi del DNA di Katja e dei due infortunati.»

"Infortunati." Era così che nella base chiamavano Manswell e O'Connor, dopo l'esperimento al bombatrone.

Lily stessa aveva completato l'estrazione del DNA di Katja poco prima che la cavia entrasse nel bombatrone. E, dopo l'incidente, era stata lei a richiedere immediatamente una nuova analisi del DNA su Katja e sui due uomini, da confrontare con i risultati in archivio.

«Non possono aver trovato mutazioni genetiche! È successo tutto troppo in fretta!»

Sul volto lungo di Leonard si era disegnato un ghigno. «E invece hanno trovato proprio una mutazione.»

«Di che tipo? Cos'hanno scoperto?»

«Amica mia, sono solo un povero ingegnere. Ma so che Walter, quello del laboratorio analisi che si sta occupando della cosa, le ha già trovato un nome: "mutazione Jack". Come Jack lo squartatore, mi ha detto ridendo.»

Lily aveva fissato Leonard e stretto le mani a pugno. «Devi farmi avere una copia di quei dati. A qualunque costo.»

«Non sarà per niente facile... Ma ci possiamo provare.»

Qualunque cosa fosse questa "mutazione Jack", Manswell era stato colpito più gravemente di O'Connor. O forse il suo fisico meno allenato non era riuscito a difendersi altrettanto bene.

La scomparsa dell'uomo aveva causato a Lily il dolore cocente di un fallimento personale, però almeno era riuscita a convincere Newman a trasferire Mark O'Connor in un vero ospedale.

Il capo del Progetto aveva fatto occupare l'intero Istituto St Isabel, presidiandolo di militari, e i medici erano stati controllati uno per uno e avevano dovuto impegnarsi formalmente a mantenere il segreto assoluto sul paziente e sui dati clinici che lo riguardavano.

La cosa buona era che lì Mark aveva trovato strutture più adatte per seguirlo.

– Tu sei quella dottoressa che appena aveva un momento libero si faceva tutta la trafila pur di uscire un po' all'aperto, eh?

Lily si sorprese a ridacchiare, spingendo la sedia a rotelle del ragazzo.

Da quando Kimor si era lavorato il dottor Newman per escluderla dal Progetto, lei aveva dovuto vivere segregata in quel budello sotterraneo, quasi agli arresti. Dopo che Mark si era svegliato dal coma, però, era diventata un po' più serena. Lui era un tipo allegro, con la battuta sempre pronta. Stava affrontando l'inizio della riabilitazione con il massimo impegno.

– Mi dispiace solo di accompagnarti in giardino su questa cosa con le ruote. Ma come puoi vedere sono ridotto come un vecchietto.

– Presto butteremo via questa sedia e andremo a farci una birra al pub qua vicino per festeggiare.

Mark le fece l'occhiolino. – Ci conto.

Lily attraversò il corridoio deserto, con le pareti verdi impregnate di odore di disinfettante, poi richiamò l'ascensore. Le porte metalliche si aprirono rivelando due soldati armati di tutto punto, con il mitra a tracolla e lo sguardo vuoto.

– Ciao, ragazzi – li salutò Mark. Vedendo che non rispondevano scoppiò in una risata di scherno. – Ma come? Un mese fa passavamo le serate insieme e ora non mi rivolgete nemmeno la parola? Vi hanno dato l'ordine del silenzio?

– Pare di sì – disse Lily. – Newman ha fatto piantonare l'ospedale. L'ultimo piano è off limits, tu sei l'unico paziente. E per muoverci nel resto dell'edificio dobbiamo avere la scorta.

– Pazzesco – sospirò Mark. – Ho sempre saputo di essere un tipo pericoloso, ma in queste condizioni non potrei fare del male a qualcuno nemmeno se volessi.

Uno dei due soldati, un tipo con la pelle chiarissima e le sopracciglia rossicce, accennò un sorriso.

Mark sghignazzò. – Oh, Peter, ora sì che ti riconosco!

L'ascensore scese i sette piani dell'ospedale con un movimento tranquillo, e quando le porte si riaprirono al pianterreno un'altra coppia di soldati, che li stavano aspettando, si sistemò davanti alla carrozzina.

A parte il drappello armato e i mitra che spuntavano qua e là da dietro le colonne o dalle poltroncine della sala d'attesa, il St Isabel era un ospedale come mille altri, con vecchietti in pigiama azzurro che giravano a passo lento trasportando il palo della flebo e infermieri con gli zoccoli e le casacche usa e getta. Lily fece fare a Mark un giro un po' lungo, portandolo davanti alla caffetteria, dove furono investiti dal puzzo di caffè bruciato, panini caldi e vecchie brioche. Quindi aggirarono il banco dell'accettazione e finalmente sbucarono dal portone principale.

L'ospedale era stato edificato su una penisoletta nella parte nord di Reykjavík, dove fino al 2040 si era trovato il porto della città. Dopo l'incendio che aveva devastato le immense strutture e i macchinari di carico e scarico delle navi, il porto era stato ricostruito più a sud, e sulle sue ceneri era sorto il St Isabel.

Era una posizione stupenda, con alle spalle l'intera città e davanti solo il mare, intervallato da isole brulle di cui Lily non ricordava il nome. Sulla destra, in lontananza, si scorgeva l'isola di Videy, su cui sorgeva la Peace Tower, la torre della pace, costruita più di settant'anni prima da una donna di nome Yoko Ono in memoria di suo marito, il cantante John Lennon.

– Peccato che da qui non si veda – commentò Mark.

– Oggi il cielo è coperto e l'aria troppo umida – disse Lily. – Ma la sera la noteresti subito: la torre viene illuminata da potentissimi laser che sembrano arrivare fino alle stelle.

– Però! Non sapevo che fossi anche una poetessa!

Lily arrossì, sentendosi un po' sciocca. La verità è che cominciava ad accorgersi che l'Islanda le piaceva, soprattutto ora che il rigido inverno era passato. Montagne, rocce, cielo chiarissimo e mare impetuoso. In un certo senso era come se i quattro elementi, terra, fuoco, acqua, aria, si fossero riuniti lì. In passato, prima dell'arrivo degli uomini, l'intero pianeta doveva essere stato un posto molto simile a quello.

– A cosa stai pensando?

- A niente.

- Qualcosa di poetico, immagino.

Mark le indicò un vialetto di ghiaia alla loro sinistra e Lily girò da quella parte la carrozzina. Davanti a loro, sul mare nordico si alzava la scia di spuma bianca di un motoscafo.

Era bello stare lì, se si ignorava la presenza dei soldati, armati e terribilmente seri. Lily sapeva che una volta tornata sottoterra, nella base del Progetto, si sarebbe sentita di nuovo soffocare.

– Guarda, – disse a un tratto Mark – lì avanti c'è una panchina ed è proprio in pieno sole. Mi ci porti?

Definirla "in pieno sole" era forse un'esagerazione, ma in effetti sembrava che la massa di nuvole si fosse aperta sopra il St Isabel per regalare loro un po' di primavera.

Lily piazzò la sedia a rotelle a fianco della panchina e si sedette. – Ragazzi, – chiese ai soldati – potete allontanarvi di qualche passo? Mi fate ombra.

Fu come parlare a un muro.

– Pazienza, si sta bene lo stesso. Vero, Mark? ...Mark?

Qualcosa non andava. Lily lo avvertì prima ancora di vederlo con i propri occhi. Si voltò di scatto. Mark non era più dritto sulla sedia, ma un po' sbilenco, come se la schiena avesse perso ogni rigidità, la testa rivolta di lato verso il sole, la bocca aperta, il respiro affannoso. Cosa gli stava succedendo?

– Mark! – urlò. – Ragazzi, dobbiamo riportarlo dentro! Chiamate un medico!

Lily si alzò di scatto e gli prese il polso per sentirne il battito.

O meglio, *cercò* di prendergli il polso.

Perché, non appena sfiorò la pelle dell'uomo, perse i sensi.

Si risvegliò in un letto, e in un istante si rese conto di essere nuda e di trovarsi tra le lenzuola, quattro pareti strette attorno a lei. Era in prigione? No, era la sua camera. La sua vecchia stanza alla base. Chi l'aveva riportata lì?

Una frazione di secondo dopo, Lily si accorse di non essere sola. Il dottor Kimor la stava osservando con un sorriso a metà fra il divertito e il cattivo.

Istintivamente Lily sollevò il lenzuolo per coprirsi il seno: non era pudica, ma quel viscido di Kimor...

– Chi mi ha portata qui?

– Cara Lily, sembra che oltre che come ecologista lei sia un disastro anche come infermiera. Il suo assistito, O'Connor, si è sentito male, e lei hai pensato bene di perdere i sensi.

Lily scosse la testa. Era stata la scossa elettrica a farla svenire. Fortissima, l'aveva folgorata non appena aveva toccato Mark. Come se fosse stato pervaso da un'enorme energia. Ma dovuta a cosa? Maledizione, saranno stati almeno duecentoventi volt.

– O'Connor è morto, immagino.

Le fece male dirlo, ma era senz'altro così. Se lei aveva perso i sensi toccandolo, per lui non ci poteva essere altra possibilità.

Kimor sollevò un sopracciglio. – Come lo sa?

– È solo un'ipotesi. Perché mi avete portata qui?

– Sarà felice di sapere che la commissione ha finito il suo lavoro. Non è emersa nessuna negligenza colposa da parte sua, perciò non finirà davanti a una corte marziale o a un tribunale civile. E dovrebbe esserne felice.

Kimor sorrideva. Evidentemente aveva anche qualche brutta notizia per lei. Non si poteva rimandare? Lily si sentiva confusa, stordita.

Quanto tempo era rimasta nel mondo dei sogni? Parecchio, se erano riusciti a portarla fino alla base e a farle passare la disinfezione. E Mark era morto, santo cielo! Morto.

– Tuttavia – proseguì Kimor – il comitato scientifico è stato d'accordo nel dichiararla non idonea al lavoro che le era stato assegnato. Eccessiva emotività, mancanza di senso pratico e incapacità di reagire davanti agli imprevisti... come dimostra anche il caso di O'Connor.

Lily non credeva alle proprie orecchie. – Mi sta dicendo che mi volete cacciare?

– Non la metterei in questi termini. Newman ritiene che lei, dottoressa, sarà più utile alla scienza lavorando a un altro progetto. Gliene ha già trovato uno adatto: in Germania, nella Foresta Nera. Pare che tra gli alberi si stiano verificando strane mutazioni, e lì potrà dimostrare il suo valore di ecologista.

– *Ecologa*, non ecologista! – strillò Lily, esasperata. La mandavano a studiare gli alberi quando aveva a portata di mano una mutazione nuova e letale. La "mutazione Jack" era stata indotta da ALFA-12? Era presto per dirlo, ma era un'ipotesi plausibile. Solo che non poteva parlarne con Kimor, sarebbe stato un tradimento nei confronti di Leonard, che l'aveva resa partecipe delle sue scoperte.

Si alzò, nuda, sforzandosi di non tremare, e si vestì rapidamente con gli abiti sistemati alla base del letto. Guardò Kimor con occhi di fuoco. – Non potete farlo. E poi non avevate paura che andassi in giro a raccontare cosa state facendo qui dentro? Mi avete fatta seguire dai militari in modo quasi ridicolo. Ora invece mi lasciate andare senza problemi?

Kimor smise di darle del lei e assunse un tono infastidito. – Non pensare di essere così importante, Lily. Il tuo curriculum accademico è già stato pesantemente compromesso. Il giudizio dei tuoi colleghi qui al Progetto è negativo, la tua emotività...

Lily capì immediatamente: *emotività*. Ecco la chiave di quel porco di Kimor.

– Se parlo, mi farete passare per pazza. È questo il vostro piano, vero?

– No, no, no! Tu non parlerai perché non sai un bel niente di niente, non hai prove e nemmeno supposizioni di alcun genere. Tu andrai nella Foresta Nera e farai quello che ti dice Newman, e sarà meglio che cerchi di dimostrare di essere una scienziata almeno passabile, o dovrai trovarti un altro lavoro.

L'uomo si alzò e si diresse verso la porta.

Lily, ancora sconvolta, cercò di trattenerlo. – Dove sta andando?

– Via da qui. Non abbiamo più niente da dirci, noi due. Tra ventisei ore sarai scortata fuori da questo posto, quindi hai poco tempo per preparare le tue cose e firmare le carte del caso. Poi, se vuoi, c'è un biglietto per la Germania già prenotato a tuo nome. Una gentilezza che ti ho usato io personalmente e che faresti bene ad apprezzare. Oppure puoi andare dove ti pare... anche al diavolo, per quanto mi riguarda.

Kimor uscì sbattendo la porta, e Lily immaginò quanta soddisfazione dovesse avergli dato quel semplice gesto.

D'altronde faceva bene a essere contento: era riuscito davvero a fregarla. L'aveva messa ko senza lasciarle nessuna possibilità di rialzarsi per combattere.

20 MESSIDORO 2251. KYOTO-17.
35° 00′ N, 135° 48′ E. 40 M S.P.Z.

Il sole splendeva sul giardino-terrazza del WRC e sugli operai che calpestavano senza pietà il prato all'inglese e le aiuole di fiori.

Valery, Hiroki e Aito osservavano i lavori seduti a gambe incrociate, con i computer portatili in grembo, per controllare che l'ingegnere e i suoi uomini seguissero correttamente le istruzioni.

La rete idrica stava prendendo forma: un reticolo metallico di sette virgola cinque metri di lato che per il momento era allungato a terra, mentre gli operai stringevano con cura ogni nodo. Altri uomini stavano preparando il rotolo di carta plastificata che avrebbe coperto la rete formando una sorta di grande vela per la raccolta dell'acqua.

– Ehi! –. Valery scattò in piedi all'improvviso. – Si può sapere che stai facendo?

I due compagni la fissarono sorpresi, mentre lei raggiungeva uno degli uomini al lavoro sulla rete.

– Non vedi che le maglie in quel punto sono troppo strette? Così la struttura rischia di cedere e potresti mandare all'aria l'esperimento! Incompetente!

L'operaio era un jinsei sui sessant'anni, il viso abbronzato coperto di rughe e fili bianchi tra i capelli. La guardò spaventato. – Mi scusi, signorina, ma...

Valery sentì l'energia del sole riversarsi dentro di lei mentre si infuriava, ma cercò di mantenere il controllo. – La coppia di serraggio delle maglie è fondamentale: due chilogrammetri! Non hai una chiave dinamometrica?

Valery notò lo strumento posato a terra accanto all'uomo: una sorta di grosso cacciavite con un piccolo quadrante meccanico in fondo, vicino all'impugnatura. Si chinò e lo afferrò, puntandolo davanti all'operaio come un'arma. – Sì che ce l'hai! Ma non ti hanno insegnato a usarla? Guarda qua! Devi stringere con questa e controllare che siano due chilogrammetri, non uno di più, non uno di meno! Capito?

L'uomo annuì, spaventato, e Hiroki e Aito si avvicinarono alla ragazza. – Valery, calmati. Stai incanalando energia.

Lei fece un passo indietro e sospirò. – Sì, avete ragione. Questo esperimento è così importante...

– Lo sappiamo, ma non è un buon motivo per terrorizzare a morte gli operai.

Aito fece una risatina. Poi aggiunse: – Ehi, è quasi mezzogiorno. Che ne dite di andare in mensa? Non penso che se ci assentiamo per mezz'ora capiterà qualche disastro.

Si avviarono all'altro capo del giardino, dove una porta metallica conduceva all'interno dell'edificio principale.

In quel momento la porta si aprì per far spazio al carrello del pranzo per gli operai.

– Visto? – disse Hiroki. – Mangiano anche loro.

Valery annuì, poi si bloccò. Il carrello era spinto da due inservienti jinsei: una donna di mezza età, con i capelli protetti da una cuffia di carta, e quella ragazza. Come aveva detto di chiamarsi? Leonie, o qualcosa del genere.

La ragazza vide Valery, ma subito abbassò lo sguardo sul carrello, continuando a spingerlo verso il centro del prato. Gli operai si accorsero delle due donne e interruppero il lavoro, chiamandosi con fischi e urla: – Si mangia! Gente, muovetevi, abbiamo solo un quarto d'ora!

La donna con la cuffia aprì la parte posteriore del carrello e iniziò a estrarne dei contenitori di plastica, mentre un vapore denso usciva da sotto i coperchi.

– Che c'è di buono oggi?

– Brodo idrogenato – disse Leonie, porgendo al primo uomo il suo piatto. – Appena tolto dalla pentola.

– Buono!

Gli operai si misero in fila e Leonie iniziò a distribuire i piatti che l'altra toglieva dal carrello.

– Fate piano, state in fila – gridò la donna agli uomini che si accalcavano. E a quel punto capitò il patatrac. La donna prese dal carrello due piatti e li passò a Leonie, e la ragazza mancò la presa. I contenitori piroettarono nell'aria e il coperchio si staccò, facendo piovere il contenuto di zuppa bollente in una cascata rossastra addosso a due tipi in salopette blu con le mani sporche di grasso.

– Stai attenta, brutta stupida! – strillò la donna. – Guarda cos'hai combinato!

Uno degli operai si ritrasse gridando per il bruciore, mentre l'altro si fece avanti e afferrò Leonie per le spalle. – Idiota! Il cambio biancheria non arriva prima della settimana prossima e adesso dovrò puzzare di zuppa fino a quel momento!

L'uomo era alto almeno due volte Leonie e le sue mani erano così grandi che le coprivano le spalle fino al collo. Ne staccò una e la caricò all'indietro per dare uno schiaffo alla ragazza. Leonie chiuse gli occhi e strinse la mascella, preparandosi al colpo.

Che non arrivò.

L'uomo venne spinto all'indietro contro i suoi compagni ancora in fila, mentre Leonie cadeva dalla parte opposta per il contraccolpo. Hiroki e Aito si pararono davanti a Valery, ancora circondata dall'alone azzurro dell'energia.

– Si può sapere perché l'hai fatto?

– Sei impazzita?

Valery non li ascoltava. Era stata avvolta dal Potere e si sentiva lontana anni luce. Camminò attraverso il prato facendo sfrigolare l'aria attorno a sé, mentre al suo passaggio dall'erba si levava un fumo bianco e odore di bruciaticcio. Gli operai si allontanarono di corsa, abbandonando il loro amico, ancora a terra, sporco di zuppa e dolorante.

– Lasciala stare.

«Che vuoi da me?» dicevano gli occhi dell'uomo. «Stronza pelata, perché non ti fai gli affaracci tuoi.»

– È una ragazza. Non l'ha fatto apposta. Lasciala stare.

L'uomo ansimò, terrorizzato. Vedeva le mani di Valery con le dita azzurre, avvolte da una sfera di energia. Sapeva cosa potevano fare i seijin. Annuì. – Eccellenza, mi scusi, eccellenza. Non succederà più.

– Bene.

Valery si voltò e lasciò la presa sull'energia solare, chiudendo gli occhi per lo sforzo. Si accorse che Leonie non c'era più, aveva approfittato del trambusto per darsela a gambe. «Dannata jinsei.»

– Si può sapere che t'ha preso? – chiese Hiroki. – Conoscevi quella ragazza, almeno? È una tua amica?

– Non dire sciocchezze – lo rimproverò Aito. – Quella serva è una "pelosa". Come fa a essere sua amica?

– Già – confermò Valery. – Non è mia amica. Anzi. Chissà cosa m'ha preso –. Si sforzò di ridacchiare. – Sarà stata la fame… Quando ho appetito perdo il controllo.

– Per fortuna non si è fatto male nessuno. Andiamo, su. Il pranzo ci aspetta.

Si allontanarono con gli occhi di tutti puntati sulle loro schiene. Ma, ovviamente, nessuno provò a fermarli.

Perché si era sentita in obbligo di difendere la ragazza? Uno schiaffo le avrebbe insegnato a essere più attenta al suo lavoro e magari anche più rispettosa dei superiori. Eppure Valery si era messa in mezzo, ricorrendo al Potere senza nemmeno riflettere.

Joel passò a trovarla verso mezzanotte, quando la biblioteca si era già svuotata e tutti si erano ritirati a fare quattro chiacchiere in ricreatorio, o a dormire nelle proprie stanze.

– Ancora qui? – le chiese. – Dovresti andare a letto, domani sarà una giornata impegnativa.

– Sto controllando l'equazione principale. Temo che le condizioni meteo possano compromettere i risultati. Guarda il diagramma psicrometrico.

– Uhm, – mormorò Joel – speravo che fossimo più fortunati, l'umidità relativa è un po' bassa.

– Già, – annuì Valery – ma se la nostra equazione è giusta, l'acquarete funzionerà lo stesso. E senza bisogno di ioduro d'argento o di altre sostanze chimiche.

A sorpresa, Joel le si avvicinò e la baciò sulla guancia. Un bacio fraterno e schioccante, ma Valery si sentì lo stesso rimescolare.

– Vai a dormire, forza – disse il ragazzo. – Buonanotte.

Joel era simpatico e carino. Un ottimo compagno di squadra e una mente eccellente. Ancora una volta la ragazza maledisse l'educazione severa che le avevano impartito all'Istituto: aveva sedici anni e mezzo e non aveva mai baciato un ragazzo, non sapeva nemmeno da che parte cominciare. Avrebbe dovuto incoraggiarlo in qualche modo?

Quando sentì un rumore di passi nella biblioteca ormai deserta, sollevò la testa certa di incrociare gli occhi chiari dell'amico che le sorridevano. Invece, si trovò davanti quelli scuri e profondi di Leonie.

– Che ci fai tu qui? –. Valery fece per alzarsi dal suo tavolino e rischiò di far cadere la pila dei libri che stava leggendo.

La ragazza jinsei buttò indietro la testa, come se fosse sul punto di risponderle per le rime, ma poi la riabbassò.

– Sono venuta perché ti cercavo. Volevo ringraziarti per quello che hai fatto oggi.

– Non voglio ringraziamenti da una jinsei. L'ho fatto solo perché... –. Valery si sforzò di trovare una scusa. – Quel tipo era stato impossibile tutto il giorno. Volevo dargli una lezione. Non certo per aiutare te.

L'orgoglio scintillò sul viso di Leonie. – Ci avrei giurato. Non so perché sto perdendo il mio tempo qui.

– Forse non avevi voglia di lavorare. Pigra, come tutti i jinsei.

– Mostrami le mani, seijin. Sono sicura che non c'è nemmeno un callo. Non hai lavorato un giorno in vita tua. Non sai neanche che vuol dire "lavoro".

Valery strinse i pugni e sibilò: – Vattene. Subito.

Leonie si voltò con un fruscio di stoffa, ma l'altra la fermò d'istinto, strattonandola per un braccio. – Anzi, no, aspetta. Non mi hai ancora detto come facevi a sapere delle aeronavi che sorvegliano il Centro.

Leonie fece un sorriso cattivo e si sedette sulla scrivania vuota più vicina, accavallando le gambe. – La prima volta che ci siamo viste, quando hai detto che ero una schiava, mi hai fatto proprio ridere. È incredibile come siete facili da fregare voi sapientoni con la testa pelata.

– Un'altra offesa e non vedrai il mattino, te lo posso giurare. Non ho bisogno dei miei poteri, sono brava anche nella lotta.

– La verità, ragazza mia, è che vi hanno proprio fregato per bene. Siete convinti di trovarvi in un non-so-cosa, un laboratorio, e non vi accorgete che questa invece è una prigione di massima sicurezza. Non potete entrare né uscire. Prova a chiedere a Tibald che fine hanno fatto i ragazzini che hanno rifiutato di studiare qui perché non volevano prendere ordini da un jinsei...

– Come fai a conoscere il nome di Tibald?

– Sveglia! Tutti qui conoscono Tibald, ma non è lui la persona più importante. Tra i professori ci sono agenti della Sfera e altri funzionari che sorvegliano il suo operato. Sono stati loro a occuparsi di quei ragazzi ribelli. Tibald probabilmente non gli avrebbe torto un capello. Ma se potessi vedere quello che succede dove lavoro io, nelle cucine, ti sarebbe molto chiaro che questa è una prigione. Prepariamo dei pranzi in più, lo sai? Per i piloti delle navi che gravitano attorno a questo palazzo sospeso nel cielo. E ogni mattina un veicolo si alza in volo da Kyoto-17 per portare loro i viveri e rifornirli di carburante.

Possibile che fosse vero? Probabilmente sì: dopotutto se c'erano aeronavi che sorvegliavano il Centro, era ovvio che ci fosse una struttura di supporto a terra. Niente di sorprendente.

– E non è finita. C'è un continuo ricambio di inservienti. Ieri hanno allontanato due mie colleghe, e non sappiamo dove le hanno portate. Ne sono arrivate altre. Hanno ordinato di tenere sempre le valigie pronte, perché potrebbero cacciarci via in qualunque momento.

– Non mi sembra così grave – sbuffò Valery.

– Allora non vuoi davvero capire! Stanno cercando di tenere segreto questo posto! Perciò cambiano il personale. Lo sapevi che tutto il Centro è protetto da misure di sicurezza da fantascienza? La settimana scorsa sono arrivati degli operai specializzati direttamente da Washington-5 per controllare i sistemi e ho sentito due ingegneri seijin che parlavano...

– Li hai spiati!

– E anche se fosse? Ma non ce n'è stato bisogno, quelli considerano noi jinsei come spazzatura, non si sono preoccupati di chiudere la bocca. Li ho sentiti che parlavano di bombe radiocomandate. L'intero complesso è stato minato, basta che uno dei capoccia su Washington-5 decida di premere un pulsantino rosso e... *Pum!* Finiamo tutti all'altro mondo.

Valery la guardò: senza che se ne rendesse conto, il suo cuore aveva accelerato i battiti e sentiva la testa che le girava.

– Non credo a una sola parola.

Leonie scese con un balzo dalla scrivania. – Oggi mi hai risparmiato uno schiaffo, e io con questa chiacchierata ho cercato di risparmiarti dei grossi problemi in futuro. Decidi tu se credermi o no, non mi interessa: per me, siamo pari.

I seijin del WRC si erano riversati sulla terrazza, al punto che era stato necessario chiudere la porta d'accesso per evitare che la folla impedisse lo svolgersi dell'esperimento.

Il 21 messidoro iniziò con una mattina chiara. In cielo si vedeva qualche nuvola sparsa che sembrava fatta di lana. «Altocumuli,» registrò Valery automaticamente «ad almeno seimila metri di quota. Inutili per la pioggia».

I ragazzi dei gruppi Echo e Foxtrot si erano riuniti attorno all'acquarete, insieme a Tibald e agli altri professori, e tutti insieme guardavano il cielo. Valery si trovava vicino a Joel, e nonostante facesse quasi fresco si sentiva accaldata. Ora avrebbe potuto vedere se la sua idea era valida oppure no. La prova del nove.

L'acquarete era stata innalzata al centro della terrazza, sorretta da grossi pali e funi d'acciaio. La carta plastificata che la rivestiva era gonfiata dal vento e creava una grossa tasca che sbatacchiava all'aria.

– Non sono le condizioni ideali – mormorò Tibald. – Troppo vento, scarsa umidità.

Anche se quell'uomo era un jinsei, Valery provò un improvviso moto di simpatia: erano le stesse cose che stava pensando anche lei. – Possiamo provarci lo stesso, prof.

Joel le strinse una mano, rapidamente, per farle coraggio. Non avrebbe mai immaginato di essere così nervosa.

Restarono ad aspettare che il sole si sollevasse ancora nel cielo poi, esattamente mezz'ora dopo, Tibald fece un cenno e il professor Brimman borbottò: – Ci siamo, allora. Seijin, concentratevi.

Valery lasciò che Joel le prendesse la mano, sentì l'energia del sole che si riversava dentro di lei come un'onda impetuosa e lottò per mantenere il controllo. La mano dell'amico era calda e dalle sue dita fluiva quella stessa energia.

Le ritornò per un attimo in mente il suo professore di teologia all'Istituto, il sacerdote Cardish, e le sue lezioni sul tutto-che-unisce. Poi il suo sguardo cadde sul professor Tibald, l'unica persona attorno a lei che non stesse incanalando il Potere. Le sembrava opaco, buio, e riusciva a vedere le rughe e i segni di stanchezza sul suo volto.

Brimman guidava il gruppo: Valery poteva sentirlo intessere i fili di energia, raggrupparli e unirli.

– Attenzione – disse il professore. – Ora incanalate verso l'alto. Il cielo.

Il capo di Valery si piegò all'indietro in uno scatto violento e i suoi occhi si concentrarono sul manto celeste sopra di lei. Il fascio di energia volò nell'aria, che sfrigolò per il Potere.

Particelle di umidità disperse, singole molecole di H_2O, galleggiavano nell'atmosfera tersa di Kyoto-17. Il Potere le afferrò e le condensò. Valery chiuse gli occhi: l'acqua era lì, una parte di lei era diventata un dio che poteva modellare la natura a proprio piacimento.

Riaprì gli occhi e, per un momento, pensò a un'allucinazione, una di quelle visioni del Potere da cui il professor Cardish l'aveva messa in guardia tante volte. Ma no, era vero, era senz'altro una nuvola. Non un banale altocumulo, ma un cumulonembo, gonfio e soffice, che torreggiava per decine di metri d'altezza. Nube carica d'acqua, nube da temporale estivo.

La nuvola appena nata venne avvolta dai tentacoli del Potere e si compattò, venne spinta in basso a meno di duemila metri di quota e si compattò ancora. L'energia aumentò, l'aria divenne calda come in piena estate, carica di elettricità.

Un fulmine improvviso scoccò dalla nuvola e colpì i pali metallici dell'acquarete dietro Valery, scaricandosi a terra attraverso i cavi e dando fuoco alla cartoplastica.

Valery sentì gridare, vide Tibald che si gettava a terra proteggendosi la testa con le mani e intuì un movimento di persone che scappavano e accorrevano con gli estintori. Lei non si mosse, nessuno del suo gruppo fece un solo passo. Loro erano uniti e concentrati nel Potere.

E poi la sentì. Una goccia, densa, pesante, che la colpì al centro della fronte come una benedizione.

– Basta così! – urlò Brimman. – Lasciate andare il Potere!

Valery obbedì, sentendosi subito vuota e scarica, ma poi ricevette un'altra goccia, all'angolo della bocca. Un'altra. Un'altra.

– Piove! – gridò un ragazzo, da qualche parte dietro di lei.

Valery sorrise: era vero Su Skyland stava piovendo.

TRE

22 MESSIDORO 2251. NERAFORESTA.
47° 57′ N, 8° 29′ E. 706 M S.P.Z.

– Come sarebbe a dire "acqua"?

Lorenzo non rispose ed evitò di guardare suo padre. Aveva sbagliato e lo sapeva: quando si era accorto che il computer portatile parlava d'acqua, avrebbe dovuto avvertire subito José. Invece era stato zitto per non illuderlo. E avrebbe dovuto tacere anche adesso, con il computer scomparso di nuovo fra le mani di quel vecchio pazzo.

Lorenzo e José si erano allontanati dall'Arlequin e avevano trovato rifugio in una grotta, poco più di una grossa buca scavata nel fianco di una collinetta. L'ingresso era nascosto da un fitto intrico di alberi e arbusti, e all'interno lo spazio era a malapena sufficiente per loro due e l'equipaggiamento, incluso il condensatore d'acqua.

Si trovavano a meno di un chilometro dalla loro aeronave, un'ottima posizione per tenerla d'occhio senza rischiare di farsi scoprire. Nel buio della grotta, Lorenzo mormorò: – Potremmo...

– Cosa? Tornare al villaggio abbandonato? Cercare il vecchio e ucciderlo per prendere di nuovo il computer?

José restò in silenzio per un attimo, come se stesse pensando davvero a quella soluzione. Poi scosse la testa. – Niente da fare. Con i seijin in giro non sarebbe sicuro.

– E allora?

– L'unica cosa che possiamo fare è starcene rintanati qui e tenere occhi e orecchie bene aperti. Prima o poi capiterà qualcosa... un'aeronave lasciata incustodita, per esempio.

– Domani voglio tornare all'Arlequin. Magari riesco a trovare i pezzi di ricambio ricavandoli da qualche altra cosa.

– Non se ne parla: non con la puzza di seijin che c'è in giro. Aspetteremo.

– Quanto tempo?

– Quello che serve. Anche una settimana.

Le implicazioni erano chiarissime a tutti e due.

Una settimana senza trovare nuova acqua, e anzi consumando in parte le loro scorte. Per paura dei testa pelata, suo padre aveva addirittura rinunciato a costruire un altro alambicco solare: troppo pericoloso.

– Dormi – gli disse Lorenzo. – Monto io la prima guardia.

– Non se ne parla nemmeno. Riposati tu, mi sostituirai più tardi.

José si sistemò davanti all'imboccatura della grotta, con la testa appoggiata contro i tronchi d'albero che la proteggevano, la carabina stretta fra le ginocchia e le dita sulla sicura. Lorenzo si rintanò contro la parete di fondo, cercando di allungare le gambe in modo che non dessero troppo fastidio al padre: quel pertugio era piccolo anche per una persona sola, e l'idea di trascorrere lì giorni interi lo faceva rabbrividire.

Si svegliò di scatto sentendo José che sussurrava: – Buongiorno, figliolo.

– Che ore sono?

– Le cinque del mattino. Hai dormito quasi tre ore.

Lorenzo sbadigliò per levarsi il sonno di dosso e con una complicata contorsione riuscì a prendere il posto del padre contro i tronchi davanti alla grotta, mentre José si stendeva dietro di lui e iniziava subito a ronfare placidamente.

Il ragazzo si sforzò di tenere occhi e orecchie aperti, ma a parte il respiro pesante del padre non si sentiva alcun rumore. Quella foresta era silenziosa in un modo inquietante. Sembrava che oltre a loro non ci fosse altra creatura vivente. Eccetto il vecchio pazzo.

Il pensiero di Slint gli fece stringere con forza la carabina: quel folle, forse, li aveva spiati e aveva notato il grosso condensatore d'acqua. Avrebbe potuto attaccare di nuovo, all'improvviso. E poi c'erano i seijin.

José aveva insegnato a Lorenzo che un ottimo modo per farsi prendere di sorpresa durante i turni di guardia era lasciare che la mente vagasse liberamente. Perciò il ragazzo adottò la tecnica che il padre gli aveva suggerito: iperventilare lasciando aumentare il battito cardiaco e guardarsi intorno con la certezza che qualcosa, qualcuno, fosse in agguato nell'ombra.

Lorenzo scosse via i pensieri e lasciò che il silenzio fra gli alberi entrasse dentro di lui, tenendosi pronto a scattare al minimo movimento. Restò in quella condizione finché sull'isola l'aria cominciò a diventare azzurra e chiara per l'arrivo del nuovo giorno. Dovevano essere le sei, forse le sei e mezzo. Poi lo sentì.

All'inizio quel suono non lo mise in allarme: lo scambiò per una semplice nota, bassa e ronzante, nel respiro profondo del padre. Poi capì che era qualcosa di diverso.

Aeronavi. Grossi bombardieri classe Nova, accompagnati da caccia di ricognizione Bigbang. Quanti? Cinque o sei, forse dieci. Difficile dirlo finché erano così distanti, ma l'avrebbe saputo presto: si stavano avvicinando alla loro posizione.

– Papà – sussurrò.

Con una rapidità che sorprendeva sempre Lorenzo, José aprì gli occhi a quell'unico bisbiglio e fu subito vigile e lucido. – Che è successo?

– Aeronavi della Sfera in avvicinamento.

José gli fece cenno di stare zitto e rimase in ascolto per un istante, poi annuì. – Bigbang e Nova.

– Già. Che facciamo?

– Aspettiamo e teniamo occhi e orecchie aperti.

– Pensi che vengano per via dell'Arlequin?

– Credo di no, ma non si può mai dire.

L'attesa fu più breve del previsto, quelle aeronavi erano maledettamente veloci. Presto la vibrazione dei motori a reazione si trasmise anche alle pareti della grotta e Lorenzo fece per mettere fuori la testa e osservare. José lo fermò.

– No. Forse sono qui solo di passaggio e tireranno dritto. Ma potrebbero vederti.

Con gli occhi della mente Lorenzo poteva vedere le Nova, immense uova metalliche sospese nel cielo che viravano sopra di loro. Da lontano parevano grosse balene, un corpo ciccione e tondo sorretto da due o tre ali minuscole e sproporzionate.

Poi cominciarono a sganciare le bombe. La prima esplose a quattro o cinque chilometri dal punto dove si trovavano loro, e il fragore fu assordante. Cominciarono a piovere le altre, a ritmo regolare e scandito: *boam! Boam! Boam!*

– Le vibrazioni non si trasmettono al terreno! – urlò José. – Scoppiano a una decina di metri d'altezza, senza toccare il suolo!

– A che diavolo servono?

– Non ne ho idea!

– Papà, aspettami qui! Vado fuori in ricognizione!

Prima che José potesse fermarlo, Lorenzo sgusciò fra i tronchi che sigillavano la grotta e si trovò all'aperto, con l'inutile carabina ancora stretta fra le mani.

L'aria era cambiata, era diventata pesante e quasi irrespirabile, satura di un fumo verdognolo che gli fece lacrimare gli occhi.

Lorenzo si nascose al riparo di un albero. Tra i rami poteva scorgere le sagome delle aeronavi in alto sopra di lui, a ovest. Stavano percorrendo un grande cerchio attorno all'isola.

Una Nova virò nella sua direzione, accompagnata da un'aeronave Bigbang grande nemmeno un terzo della sua compagna più corpulenta, ma affilata e agile.

La Nova sganciò una bomba e Lorenzo la vide piovere a qualche chilometro da lui e poi brillare quando si trovava ancora alta sopra gli alberi. Il rumore dell'esplosione fu assordante, ma non vi furono lampi o fiammate, bensì una nuvola di polvere verde acceso che iniziò a diffondersi sulla foresta.

Il vento stava spingendo la nuvola nella sua direzione e dove passava la polvere colorata gli alberi avvizzivano, trasformandosi in cenere.

La Nova ora stava passando proprio sopra Lorenzo e la grotta. Il ragazzo non poté fare altro che rifugiarsi di nuovo dentro, proprio quando un'altra bomba veniva scagliata sulla sua testa.

– Sei pazzo! – gridò José.

– Stanno abbattendo la foresta! – ribatté Lorenzo, sconvolto. – Le bombe contengono una specie di diserbante superpotenziato...

Non riuscì a completare la frase, colpito da un accesso di tosse. Nello spazio soffocante della grotta si girò su se stesso e vide gli alberi che ne proteggevano l'entrata svanire nella polvere verde.

Anche José si mise a tossire, maledicendo fra i denti la Sfera e i seijin. L'uomo aprì lo zaino e iniziò a cercare freneticamente al suo interno. Trovò il telone di plastica con cui allestiva il suo alambicco solare e lo usò per riparare l'entrata.

– Ma così non respiriamo! – protestò Lorenzo fra un colpo di tosse e l'altro.

– E ormai siamo totalmente allo scoperto, ma non ci resta altra scelta.

Fissarono il telo di plastica al soffitto e alle pareti di terra con dei chiodi, quindi usarono dei fazzoletti per proteggersi la bocca e il naso.

Attraverso il velo di plastica filtrava nella grotta la luce del giorno fatto, e il rumore dei motori e delle esplosioni continuava senza sosta. La grotta si era fatta calda, quasi bollente, e la polvere che era entrata nel loro rifugio scatenava continui attacchi di tosse. L'aria era sempre più ricca di anidride carbonica. Lorenzo chiuse gli occhi arrossati e pensò che sarebbe morto lì, in quel buco dimenticato da tutti.

Il bombardamento durò un'ora e poi si fermò all'improvviso, com'era cominciato, e nell'aria restò solo il ronzio delle aeronavi in volo. Lorenzo e José aspettarono un'altra mezz'ora prima di osare muovere un muscolo, quindi misero fuori la testa.

Non c'erano parole per descrivere lo spettacolo che si trovarono davanti.

Dove poco prima sorgeva una foresta fittissima, ora si apriva un desolato altopiano di terra secca e cenere, una distesa bruciata su cui non trovava spazio più nemmeno una pianta. L'Arlequin, la loro aeronave, era adesso chiaramente visibile e così pure, in lontananza, la chiesa e le altre case diroccate del villaggio. Il diserbante non aveva avuto effetto sugli oggetti, limitandosi a distruggere alberi, cespugli ed erba.

– Guarda là – disse a un tratto José.

Un'aeronave Nova era atterrata a meno di due chilometri di distanza e dall'enorme ventre stavano uscendo, in fila, gli autocarri corazzati. Un'altra Nova si posizionò accanto alla sua gemella e soldati in tuta tattica cominciarono a scaricare casse e a darsi un gran daffare.

– Stanno costruendo un campo – commentò Lorenzo.

– Già. E cercano qualcosa. Vieni dentro.

L'uomo spinse il ragazzo nel buco, ancora protetto da quell'unico telo di plastica sporca.

– Che vuoi fare? – chiese Lorenzo. – Ci vedranno sicuramente. Hanno raso al suolo l'intera isola, e l'Arlequin spicca come un grattacielo in mezzo a questa distesa desolata.

– Forse prima visiteranno la vecchia chiesa. E poi è sempre meglio provare a nascondersi che restare in piena vista.

– Avranno rivelatori di calore e scanner vitali. Ci troveranno in un attimo.

– Noi abbiamo la carabina al plasma e cercheremo di non farci prendere.

Non suonava molto convincente.

Per tutto il giorno Lorenzo e José si alternarono: uno stava con la testa fuori dal telone di plastica e il fucile pronto a far fuoco, l'altro rintanato sul fondo della loro tana, con l'orecchio appoggiato al terreno, cercando di avvertire il più piccolo rumore.

Entrambi sapevano che era una perdita di tempo. Se i seijin erano alla ricerca di esseri umani, li avrebbero trovati senza sforzo. Si sarebbero avvicinati in silenzio e li avrebbero immobilizzati all'improvviso: occhi e orecchie non potevano niente contro gli avanzati strumenti della Sfera.

Le ore passavano con una lentezza estenuante. Le dieci del mattino. Le undici. Alle dodici sentirono i camion corazzati che passavano a poca distanza da loro, diretti chissà dove. Verso le quattro del pomeriggio, Lorenzo cominciò a sperare segretamente che l'avrebbero fatta franca: non erano venuti per loro. E, del resto, perché avrebbero dovuto? Cosa poteva volere da loro la Sfera? E, soprattutto, perché usare tante risorse, navi sofisticate e uomini, per due semplici cacciatori?

Arrivò il tramonto e ancora nessuna novità. L'aria cominciava a rinfrescare e Lorenzo rabbrividì nella sua maglia, le gambe che urlavano di dolore per quella posizione accovacciata che tenevano da troppo tempo. Poi José alzò una mano e Lorenzo smise di respirare. Voci.

– Capitano...

– Ho dato l'ordine del silenzio. Schema sparso.

Erano arrivati.

Lorenzo osservò il padre che estraeva la pistola ad aghi. Fece per porgergli la carabina, ma José rifiutò con un cenno e alzò le dita per contare. Tre. Due. Uno.

Lorenzo scattò all'aperto, con il fucile puntato davanti a sé, e sentì il padre che usciva dal buco e partiva a gran velocità in un'altra direzione.

Lo udì gridare, vide con la coda dell'occhio un'ombra che si avvicinava volando a pochi centimetri da terra, con una velocità innaturale.

«Retrorazzi» pensò Lorenzo. Poi venne colpito dalla scarica elettrica e non sentì più niente.

Il buio era assoluto. Lorenzo aprì gli occhi e sentì sotto di sé una superficie liscia e gelata. Metallo. C'era puzza di chiuso.

Quanto tempo era rimasto svenuto?

– Papà... – sussurrò.

– Sono qui – rispose José. – Scusami, figliolo, non avrei dovuto lasciare a te il fucile. Io avevo la pistola e si sono limitati a immobilizzarmi, mentre per te hanno usato uno storditore.

– Siamo nel loro campo base?

– Già.

José lo aggiornò brevemente su quanto aveva visto mentre li trasportavano là. Erano stati catturati da una pattuglia di truppe in bio-tuta, armate di tutto punto. L'unica recluta del gruppo aveva violato il silenzio prima di attaccarli, e José aveva notato il suo sguardo contrito e quello furibondo del caposquadra.

Il campo era stato formato nel quadrato protetto dalle tre navi Nova spiaggiate sull'isola: due tendoni per i soldati, due capanni per gli ufficiali, una serie di complessi marchingegni che erano stati scaricati a terra accanto alle aeronavi e su cui trafficavano alcuni tecnici. Avevano montato fari alogeni su pali alti dieci metri e ora tutta la zona era battuta notte e giorno da una luce accecante.

– Pensano di fermarsi per qualche tempo.

– Probabile.

– Non sono venuti per noi. Questo è sicuro. Sono professionisti. Mentre mi trasportavano qui non si sono lasciati sfuggire una sola parola, ma credo che abbiano fatto una ricognizione, qualche giorno fa... Devono avere scoperto allora l'Arlequin. E sono pronto a scommettere che hanno capito subito che è nostra.

– Ok –. Lorenzo si sforzò di riflettere. Sentiva un gran mal di testa e quell'oscurità totale lo disturbava, era come essere bendati. Non riusciva a intravedere la sagoma di José, niente di niente. – Quante possibilità abbiamo di scappare?

– Oh, nessuna. Non so se hai capito bene: truppe d'élite, aeronavi, apparecchiature.

– E allora che si fa?

– Aspettiamo. Se ci hanno catturati è perché ci vorranno interrogare. Quando capiranno che non sappiamo niente, è possibile che ci lascino andare. La Sfera non ama i cacciatori d'acqua, ma di solito non li imprigiona, se questo non serve ai suoi scopi.

– Dimentichi l'Arlequin con i motori fuori uso. Se non ci aiutano a ripararla...

– Un problema per volta. Intanto vediamo di toglierci da questa brutta situazione.

Un istante dopo, una lama di luce tagliò all'improvviso il buio, disegnando il contorno spigoloso di una porta. Un rettangolo abbagliante, su cui si stagliavano come ombre cinesi le silhouette di due soldati, uno di profilo, l'altro dritto contro di loro.

Non indossavano più le bio-tute.

– Avanti, in piedi! – sbraitò il soldato più vicino.

Lorenzo e José obbedirono e vennero condotti fuori, senza bisogno di manette: i loro carcerieri erano armati di pistola e si tenevano alla distanza perfetta per poterli fermare in qualsiasi momento.

Ora Lorenzo capiva che cosa intendeva suo padre quando diceva che il campo base della Sfera era battuto da una luce accecante. Ai quattro angoli, dietro le strutture gigantesche delle Nova, si levavano alti pali di ferro sulla cui cima splendevano piccoli soli artificiali, così potenti che era impossibile guardarli direttamente.

Lorenzo e José erano stati tenuti prigionieri in un semplice container merci, metallico e anonimo, e tutto intorno a loro il campo brulicava di vita. Soldati correvano sbattendo gli anfibi sulla polvere, altri, rivestiti dalle bio-tute, volavano attorno al perimetro a diverse altezze, armati di mitragliatori. Lorenzo sentiva il ronzio dei generatori e lo sfrigolio delle frequenze radio aperte. In alto, il rombo dei caccia Bigbang, soffocato dalla distanza.

Vennero condotti dall'altra parte del campo, oltre le tende mimetiche. Quindi furono spinti fino a un edificio prefabbricato a un piano, in plastica beige, con le finestre e le porte coperte da vetri scuri e protette da una grata.

Il primo soldato li anticipò di due passi e bussò alla porta, poi attese che da dentro qualcuno dicesse: – Avanti.

Senza aprire, il soldato dichiarò: – Signore, porto i due prigionieri, signore.

– Fateli entrare.

La porta si aprì e comparve un altro soldato, con una pistola. Questa volta Lorenzo e José vennero spinti contro la parete esterna della costruzione e ammanettati con cinghie di plastica autostringenti, quindi furono sbattuti dentro senza troppe cerimonie.

L'arredamento era tipicamente militare: una scrivania metallica e qualche sedia, nessun quadro alle pareti, un computer in un angolo. Dentro, c'erano un seijin in divisa, la testa rasata che brillava alla luce della lampadina, e due soldati con i capelli raccolti in una lunga treccia secondo la moda delle truppe d'élite.

Lorenzo non aveva mai visto né un seijin né delle truppe scelte della Sfera, e li osservò a occhi spalancati, ma venne interrotto da un urlo bestiale.

Quello che all'inizio aveva scambiato per un semplice cumulo di vestiti sporchi lasciato su una sedia si animò in una cascata di capelli bianchi e radi, luridi. Il vecchio Slint saltò in piedi farfugliando: – Sono loro! Loro rubano l'eredità di Slint, e Slint poi la riprende! L'eredità viene dai parenti antichi di Slint, è tutta sua!

Con un movimento del braccio rapido ed elegante, apparentemente senza sforzo, il seijin colpì con un pugno la mascella di Slint. Il vecchio si accasciò a terra, mugolante. L'uomo si chinò, lo raccolse (sempre usando una sola mano) e lo mise a sedere di nuovo.

Il seijin era un giovane di non più di ventiquattro o venticinque anni, le spalle larghe, una muscolatura non esagerata ma imponente, il naso dritto e due occhi blu che si fissarono su Lorenzo. Le labbra sottili si piegarono in un sorriso gelido. – Bene bene, a quanto pare abbiamo trovato le persone giuste. Accomodatevi, signori. Io sono il capitano Konrad. Posso sapere i vostri nomi e perché eravate tanto interessati a questo computer?

24 MESSIDORO 2251. KYOTO-17.
35° 00′ N, 135° 48′ E. 40 M S.P.Z.

Tibald venne investito dall'aria tropicale carica di odori e profumi. Erano le due di notte passate, l'orario perfetto per una passeggiata solitaria tra le palme e le mangrovie della serra di Kyoto-17.

Dopo pochi passi lungo il sentiero principale, circondato da una natura quasi selvaggia, Tibald cominciò a sudare: grosse gocce gli scorrevano sulla fronte e sotto le ascelle, e la divisa iniziò a incollarglisi al corpo. Quanta acqua! E quanta energia per illuminare a giorno quell'ambiente immenso, nutrire le piante, mantenere il calore adatto alla loro crescita. Ma Tibald era comunque grato di quel fantastico giardino coperto, dove venivano salvate specie in via d'estinzione e dove poteva dimenticarsi per un po' di essere solo un prigioniero su un frammento di terra galleggiante nel vuoto.

– Spero, professore, che apprezzerà il disturbo che mi prendo per lei.

La voce lo fece sobbalzare. Si voltò. Una *Phoenix dactyliphera*, una palma da datteri, con grossi grappoli di frutti che pendevano dalla chioma. Dietro di essa, l'ombra di un mantello scuro. La voce metallica, distorta da un apparecchio. L'uomo senza volto.

– Q-quale disturbo?

Non avrebbe voluto balbettare, ma non poteva farne a meno. Come era riuscito ad arrivare senza che lui se ne accorgesse? In teoria Tibald riceveva le registrazioni di tutte le aeronavi in transito per il WRC.

– Il disturbo di venire qui. Operazione che mi sottopone a dei rischi, diciamo.

L'uomo senza volto uscì allo scoperto. Alla luce artificiale della serra il suo viso era ancora più sconvolgente di quanto Tibald ricordasse: frammenti di occhio che si spostavano da un lato all'altro, uno spicchio di mento che spuntava di traverso sul naso e poi slittava sulla fronte coperta dal cappuccio. Orecchie, guance, zigomi, tutto si scombinava e si ricomponeva decine di volte al secondo, con un effetto che dava la nausea.

– Deduco... che volesse parlare con me – disse Tibald.

L'uomo senza volto scoppiò in una risata gracchiante. – Già, proprio così. Venga, professore, cerchiamo un posto dove poter discutere comodamente.

– Potrebbe esserci qualcuno degli studenti qui...

– Non si preoccupi, la serra è vuota. E le porte sono state sigillate subito dopo il suo passaggio. Siamo solo io e lei.

Tibald sentì un brivido di freddo corrergli lungo la spina dorsale. L'aria gli sembrava sempre più umida e soffocante.

L'uomo senza volto camminò a passo sicuro per la serra, come se l'avesse percorsa molte volte, e si fermò accanto a un sasso circondato da bassi alberelli rossastri ricoperti di splendidi fiori color ciclamino.

– Che meraviglia – disse l'uomo. – Si sieda pure, professore, e mi dica: conosce queste piante?

Tibald avrebbe preferito rimanere in piedi, ma obbedì e rispose: – Le conosco. Sono drosere del Madagascar. Piante carnivore.

– Proprio così. Noi restiamo incantati da questi fiori graziosi, ma sono le foglie a essere letali. Guardi, ha appena catturato una preda.

Tibald seguì con lo sguardo la mano dell'uomo. In effetti una foglia a goccia della drosera si era chiusa delicatamente attorno a una mosca. La cattura doveva essere avvenuta da poco, perché l'insetto riusciva ancora a muovere le zampette.

– Una specie affascinante: le radici di questa pianta sono quasi inutili. Servono solo a tenerla salda al terreno, ma il nutrimento arriva quasi del tutto dagli insetti. La poverina imprigionata qui verrà digerita lentamente, mentre è ancora viva.

– Purtroppo la nascita di Skyland ha cancellato troppe conoscenze della vecchia era, e non ci sono prove certe... ma credo che sia una pianta medicinale – disse Tibald.

L'uomo senza volto rise ancora, a lungo, con un suono che faceva venire voglia di scappare a gambe levate. – Lei, professore, vede il bicchiere sempre mezzo pieno, eh? Comunque, non l'ho portata qui per caso. La drosera per noi è una lezione.

– Che intende dire?

– Anche gli esseri umani sono diventati simili a questa pianta. Una volta, con la vecchia Terra, noi avevamo radici. E le radici portano nutrimento. Adesso invece...

– Siamo come piante carnivore.

– Dobbiamo cercare altrove l'acqua e le nostre fonti di energia. Ci servono "insetti", professor Tibald. Abbiamo un disperato bisogno d'insetti.

Tibald sospirò. – L'altro giorno abbiamo completato un esperimento qui su Kyoto-17...

– Io me ne frego del suo esperimento! –. La voce dell'uomo si alzò di un paio di ottave, diventando stridula e quasi femminea. – Io non voglio un insetto che mi permetta di sopravvivere, io voglio milioni di insetti! Voglio che il problema sia risolto per sempre!

– Ci pensi bene: il metodo ideato dalla giovane Valery potrebbe portare a enormi vantaggi per la Sfera. E io spero...

L'uomo senza volto sembrò calmarsi. Strappò un fiore dalla drosera, lo annusò e lo gettò a terra, disgustato. Infilò le mani nelle maniche del suo ampio mantello. – Questo Centro, le menti che ha a disposizione, tutto ciò costa molto denaro, professore, più di quanto lei possa immaginare, ed *esige* risultati concreti. Metta a punto il progetto di questa ragazza e organizzi una visita dei vertici di Washington per dimostrare che i loro soldi vengono ben spesi. Ma, se questa giovane è così sveglia, la faccia lavorare su cose più serie... sul *mio* problema: riportare su Skyland il ciclo dell'acqua.

– Temo di non disporre di informazioni sufficienti per riuscirci, signore – disse Tibald.

Nel tempo di un battito di ciglia, l'uomo senza volto superò la poca distanza che li separava e afferrò il professore per il bavero della divisa. Tibald boccheggiò, mentre gli occhiali gli scivolavano dal naso sudato e cadevano a terra. L'uomo lo sollevò di peso e lui annaspò nell'aria.

– Avrà quello che le serve, professore. Due giorni fa i miei uomini sono entrati in possesso del documento eccezionale di cui le ho parlato, il dossier Carlyle. Lo avrà presto a disposizione.

La forza di quell'uomo era sovrumana; doveva nascondere sotto il mantello qualche tipo di bio-tuta, ma era troppo magro e smilzo per un apparecchio di quelle dimensioni. Una bio-tuta miniaturizzata? Quanto poteva costare una cosa simile?

Tibald venne scagliato all'indietro, volò nell'aria e si schiantò sull'aiuola di piante carnivore, distruggendole.

Si mise in ginocchio, ansimando, sforzandosi di non scoppiare a piangere come un bambino. A tentoni riuscì a ritrovare i suoi occhiali, e quando li indossò si accorse che l'uomo misterioso era scomparso.

Chi era? L'istinto suggeriva a Tibald che l'uomo senza volto non aveva mentito quando aveva detto di non essere un seijin: i pelati dovevano giurare fedeltà alla Sfera ed erano legati a essa da un complesso insieme di religione, legge e obblighi morali che venivano loro inculcati fin da piccolissimi. Quell'uomo invece sembrava ambire a un potere assoluto, addirittura superiore a quello della Sfera stessa.

Tremando, Tibald si sforzò di tornare indietro lungo il sentiero. Aveva la divisa sporca di polvere e non riusciva a calmarsi. Sudava, le piante selvagge sembravano muoversi verso di lui come tentacoli, volevano afferrarlo, lo soffocavano...

Senza rendersene conto cominciò a correre. Arrivò davanti alla porta a vetri opaca e aspettò che si aprisse, ma non successe nulla. Tibald alzò le mani e le sbatté contro il vetro. – Aiuto! – gridò. – Aiuto!

Dall'altra parte gli rispose una voce di ragazza: – Professor... Tibald?

Il professore indietreggiò di un passo e un attimo dopo la porta scivolò di lato. Una giovane seijin avanzò verso di lui: Valery.

– Professore, che è successo?

– Niente... niente. Mi aiuti... a tornare in camera.

Il professor Tibald puzzava e Valery dovette fare uno sforzo per vincere la repulsione e lasciare che lui si aggrappasse a lei, appoggiandosi alla sua spalla quasi di peso. Gli abiti dell'uomo erano sporchi e il volto tutto sudato: disgustose goccioline erano ben visibili su quei capelli lanosi. *Jinsei.* Valery stava lasciando che un jinsei la abbracciasse.

– Dove andiamo?

– Alle mie stanze. No, passiamo dall'ascensore 6, non voglio rischiare che qualcuno ci veda.

Valery obbedì. Raggiunse l'ascensore riservato ai professori e premette il pulsante che Tibald le indicò. Le mani dell'uomo tremavano.

I coordinatori del progetto, vale a dire tutti gli insegnanti, occupavano una palazzina su un'isola separata e collegata alla principale da una serie di passerelle coperte. Valery accompagnò Tibald lungo il percorso. Camminando, il professore parve riacquistare le forze: si raddrizzò e riuscì ad avanzare senza aiuto, anche se il tremore alle mani non si era ancora calmato.

Nel silenzio irreale di quei corridoi vuoti Valery trovò il coraggio di domandare: – Mi vuole raccontare?

– No... Non è giusto che...

– Professore...

Raggiunsero la porta della stanza di Tibald. L'uomo vi appoggiò contro la mano e lasciò che un raggio invisibile gli esaminasse l'occhio aperto. Valery entrò anche senza essere stata invitata.

La stanza era un ambiente semplice, uno studio dominato da un'enorme scrivania ingombra di carte e computer. Nella parete di fondo, accanto a una finestra che mostrava il panorama notturno, erano sistemate due grandi librerie colme di volumi. Due porte sulle pareti laterali permettevano di accedere alla camera da letto e al bagno.

Tibald si diresse lì, accese la luce e si versò un bicchiere d'acqua riempiendolo dal rubinetto d'acciaio, poche gocce per volta. Tornò nello studio e bevve lentamente, in piedi. Poi puntò lo sguardo sulla ragazza. – Posso fidarmi di lei?

Tibald era ancora nervoso. Quando si voltò di scatto per posare il bicchiere, qualcosa gli scivolò di tasca: una pillola di plastica bianca, oblunga e sottile, che cadde a terra e si spezzò. A Valery ricordò le pillole del dolore del suo Istituto. Ma non lo era: era una mnemocapsula.

Dalla capsula rotta si levò un filo sottile di fumo, accompagnato da una vocina stridula. Valery fece per allontanarsi subito (sarebbe stato molto maleducato assistere alla rottura di una mnemocapsula non indirizzata a lei), ma non ne ebbe il tempo. Il messaggio stava già riverberandosi nella stanza: – *Metta a punto il progetto di questa ragazza e organizzi una visita dei vertici di Washington per dimostrare che i loro soldi vengono ben spesi. Ma, se questa giovane è così sveglia, la faccia lavorare su cose più serie... sul* mio *problema.*

Le parole echeggiarono nella mente di Valery stampandosi nel suo cervello: la mnemocapsula si era rotta così vicina a lei che ne aveva aspirato il fumo. Il fumo dei ricordi. Non se ne sarebbe più dimenticata, almeno per il tempo previsto da chi aveva preparato la capsula.

Valery si sentì girare la testa. – Che vuol dire? Stava parlando di me? – chiese, confusa.

– Io...

Il professore raccolse i frammenti della mnemocapsula e li gettò nell'inceneritore della scrivania.

Valery continuò: – Posso chiederle di che "problema" stava parlando? E quel riferimento alla Sfera? –. Il tono della ragazza divenne duro. – Professore, cosa sta succedendo qui? Tutto sembra far pensare ad... alto tradimento.

Tibald sospirò di nuovo. – Non c'è nessun tradimento, Valery. A volte le cose possono essere più complicate di quello che sembra. Anche la Sfera, nei vertici che la governano, è un organismo complicato, pieno di correnti politiche contrastanti.

– Perché stanotte si trovava da solo nella serra, e la porta non si apriva? Io non riuscivo a dormire, stavo facendo una passeggiata... E poi l'ho sentita chiamare aiuto...

Tibald scosse la testa. – Domani. Domani pomeriggio venga nel mio ufficio. Le spiegherò tutto.

Mentre Valery ritornava nel dormitorio degli studenti, quelle parole continuavano a ronzarle in testa. Dannate mnemocapsule, la droga che contenevano le stava provocando un'emicrania.

Il WRC era controllato da un traditore? Dopotutto Tibald era un jinsei. Ma a chi avrebbe potuto denunciarlo? Non aveva prove: le mnemocapsule non lasciavano tracce. I professori del Centro ricerche erano comunque legati a Tibald, e le comunicazioni con l'esterno erano senz'altro controllate. Se avesse contattato la Sfera, o qualcuno di Washington-5, per avvertirli...

– Ehi, tu. Cos'è quella faccia?

Leonie era spuntata da dietro una colonna, i capelli avvolti in una cuffia, l'aria stanca.

Valery sospirò. – È la sera degli incontri, a quanto pare.

– Che ti è successo? Sembra che un'aeronave ti abbia parcheggiato sulla schiena.

– Non sono affari tuoi, jinsei.

La ragazza le sorrise. – Non riesci proprio a non essere insopportabile, eh? Vieni con me.

Valery la seguì, domandandosi perché invece non la mandasse semplicemente al diavolo. Raggiunsero la mensa e Leonie la condusse oltre la porta metallica del bancone, nel settore delle cucine riservato agli inservienti.

Si ritrovarono in una grande sala dalle pareti bianche piastrellate, con piani cottura e pentole impilate sugli scaffali, lavastoviglie e lavelli. Un jinsei intento a ripulire un fornello con uno straccio sollevò la testa al loro passaggio, ma non disse nulla. Leonie sorrise, mise un po' d'acqua in un bollitore e accese il fuoco. Valery restò ipnotizzata dalla superficie trasparente del ricircoperchio, che raccoglieva l'acqua evaporata e la incamerava per non sprecare nemmeno una goccia.

– Un buon tè è quello che ci vuole – mormorò Leonie.

Valery si sedette su un alto sgabello d'acciaio appoggiato contro una parete. – Perché lo fai? Noi due ci odiamo.

– Io non ti odio.

– Ma tu sei una jinsei! E io una seijin! – esclamò Valery, perplessa.

– Già, e io ho gli occhi neri e mia madre invece li ha nocciola. Ma non l'ho mai odiata per questo.

Valery, stupita, rimase in silenzio per un secondo. Poi disse: – Tua madre? Hai conosciuto tua madre?

– Sì, certo. La conosco ancora, in realtà. Vive... –. Si bloccò. – Lontano. Spero di rivederla presto, magari quando mi allontaneranno da qui.

– E com'è? Tua madre, intendo.

Leonie versò l'acqua bollente in due grandi tazze di ceramica, ci mise dentro un cucchiaio di tè liofilizzato e le coprì con due ricircoperchi più piccoli. Infilò le cannucce nei fori delle tazze e ne porse una a Valery. Riprese a parlare. – È alta come me e ha i capelli come i miei. Solo che è molto più bella di me. Mio padre è un pilota di aeronavi da trasporto. È sempre in viaggio, perciò lei ha cresciuto me e i miei fratelli quasi da sola...

– Hai dei fratelli?

Valery era sorpresa: sapeva cosa voleva dire quella parola, ma non aveva mai conosciuto nessuno che avesse *davvero* dei fratelli. O una famiglia. Erano cose del passato, o cose da jinsei. I seijin erano semplicemente seijin, e la loro unica famiglia era la Sfera.

– Cinque, per la verità – rispose Leonie sorridendo. – Tre più grandi e una sorellina più piccola. È stata dura crescere con tre maschi...

Valery restò a bere il tè, squisito, e ad ascoltare Leonie che raccontava del suo passato: la festa per il papà quando tornava da un viaggio di lavoro, le fiere al paese dove tutti ballavano. I suoi amici. E il suo ragazzo, un jinsei che faceva il meccanico.

Quella era una vita con del calore. Delle radici. Erano solo jinsei, ma forse non tutto era così brutto per loro.

– Allora Robert mi ha invitato a fare un giro sul suo elitrottolo, e...

– Elitrottolo?

– Ma sì, non ne hai mai visto uno? È come un aeroscooter, ma coperto, ed è buffissimo perché tutto il motore gira intorno alla cabina.

– Non sapevo che esistessero cose simili.

Leonie sorrise, posò la tazza e disse: – Vieni con me.

Nonostante fossero le quattro o forse le cinque del mattino, il garage di Kyoto-17 era in piena attività. Stuoli di meccanici in tuta azzurra correvano da una parte all'altra attorno alle aeronavi. Muletti carichi di pezzi di ricambio e piccole cisterne rombavano e si muovevano in un caos assoluto di rumori e persone.

Il garage era stato scavato direttamente nel sottosuolo dell'isola e non aveva finestre, ma sul pavimento si aprivano grandi saracinesche per permettere l'uscita dei mezzi di trasporto direttamente nel cielo sotto Kyoto-17.

Al passaggio di una seijin in divisa, sui visi sporchi di grasso si disegnarono espressioni perplesse o infastidite, ma bastò un'occhiata dura di Leonie perché tutti si rimettessero al lavoro. Valery decise che la cosa migliore da fare era chiudersi in un silenzio sdegnoso: chi fosse lei e cosa stesse facendo non erano affari loro.

Leonie la condusse nel punto un po' appartato in cui si trovava l'elitrottolo, un bizzarro velivolo interamente costruito con pezzi di scarto. Al centro c'era una cabina chiusa recuperata da un aerotaxi, con un grande parabrezza. Attorno alla cabina si trovava l'elica, enorme, sostenuta da un imponente meccanismo che la saldava alla cabina stessa e ai pattini di atterraggio. Il motore, un grosso blocco scuro che sicuramente risaliva alla vecchia era, era fissato a una pala dell'elica, e quando il veicolo era in volo doveva girare a folle velocità intorno alla cabina.

– Wow! – commentò Valery. – E un coso del genere vola sul serio?

– Come no! Questo è un autentico ultraleggero con motore a scoppio da duecentocinquanta di cilindrata! Facciamo un giro?

Valery si bloccò. – Non lo so... Non credo che possiamo uscire all'aperto, le aeronavi di guardia si accorgerebbero di noi...

– Oh, non preoccuparti. È un mezzo di servizio, siamo autorizzati, purché non ci allontaniamo a più di centocinquanta metri dall'isola.

Valery deglutì. – E se ci sbagliamo? Se ci allontaniamo di più?

Leonie non rispose, ma nei suoi occhi passò un'ombra.

– Non ci sbaglieremo.

Pescò dalla cabina una felpa con cappuccio sporca di grasso e maleodorante e la porse a Valery, che storse il naso. Perché avrebbe dovuto infilarsi quello straccio unto?

– Avanti, se vuoi volare con me ti devi coprire. I piloti delle aeronavi di ricognizione potrebbero esaminarci, e se vedono una seijin a bordo sono guai seri.

Valery si rassegnò: poteva sempre farsi una doccia più tardi. Si calcò bene il cappuccio sulla fronte e poi si accomodò a destra, sul sedile del passeggero, mentre accanto a lei Leonie afferrava la cloche.

– Ce ne andiamo così? Senza chiedere il permesso a nessuno?

Leonie sorrise e le indicò un pulsante sul cruscotto. – Questo serve per aprire il portello di uscita, non ci occorre altro. Come ti ho detto, per un motivo o per l'altro dobbiamo usare questi aggeggi mille volte al giorno.

Valery fece un sospiro. Gli interni dell'elitrottolo odoravano di vecchia pelle e olio motore, ma i sedili erano comodi e tutto aveva un aspetto così insolito, artigianale... *libero*.

Il motore si accese con uno scoppiettio e l'elica iniziò a girare intorno a loro. Prima lentamente, poi acquistando sempre più velocità, finché l'unico suono che Valery riuscì a sentire fu il *flap flap flap* delle pale.

– Fa un sacco di rumore! – gridò.

– E non hai ancora sentito niente!

Leonie premette il pedale del gas e l'elica accelerò ancora. L'elitrottolo si sollevò di un paio di metri nell'enorme garage. La ragazza pigiò il pulsante e una delle botole sul pavimento slittò di lato con uno scricchiolio, rivelando un buco scuro.

– Si parte! – strillò Leonie, e il veicolo si inclinò in avanti, prendendo velocità.

Valery vide il buco farsi sempre più vicino: era impossibile che riuscissero a passare là dentro, era troppo piccolo...

Leonie pilotò l'elitrottolo sulla verticale dell'apertura, poi ridusse la potenza del motore e cominciarono a precipitare.

Valery urlò, sentendo il cuore che le raggiungeva la gola, e chiuse gli occhi. Quando li riaprì, si ritrovò nel cielo punteggiato di stelle che cominciava appena a schiarire. Sopra di loro c'era la superficie irregolare di terra e pietra dell'isola, disseminata di impalcature di ferro e blocchi di cemento armato: i portelli di uscita per i mezzi.

– Non mi piace volare con la terra sulla testa! – gridò Leonie, e l'elitrottolo ruotò su se stesso con un'accelerazione che fece venire a Valery voglia di vomitare. Si spostarono oltre l'isola, tenendosi comunque vicine alle sue pareti, e poi salirono in alto. Sopra di loro, nulla: solo il cielo stellato e qualche nuvola. In lontananza, le altre mille isole di Kyoto. Qua e là Valery riusciva a intravedere un frammento di casa della vecchia era, un tetto spiovente non ancora crollato sotto i colpi del tempo.

– Voglio aprire il finestrino! – esclamò, e girò velocemente la manovella.

Leonie rise. – Sei pazza, che vuoi fare? Non è...

Le parole vennero soffocate dal rombo del vento che entrò con violenza nell'abitacolo. Valery afferrò il cappuccio per evitare che le volasse via e mise fuori la testa, proprio sopra le pale che giravano.

Voleva solo sentire il profumo dell'aria fresca. Il profumo della libertà. Incapace di trattenersi, urlò con tutto il fiato che aveva in corpo. Non era mai stata tanto felice in vita sua.

QUATTRO

30 MESSIDORO 2251. KYOTO-17.
35° 00′ N, 135° 48′ E. 40 M S.P.Z.

– E adesso si può sapere dove vai? –. Joel guardò Valery raccogliere in fretta le sue cose.

– Da Tibald – rispose la ragazza.

– Ma è quasi ora di pranzo!

– Ho chiesto a Leonie di portarmi un panino. Scusami, non ho proprio tempo per venire in mensa.

Joel ruotò la sedia verso di lei, ignorando gli schermi dei computer dove aveva appena finito di elaborare gli ultimi calcoli. Si sporse in avanti. – Lo sai che giorno è domani?

– Il primo termidoro.

– Appunto. E che succede il primo termidoro?

– Sì, lo so, l'esperimento davanti ai funzionari della Sfera. Ma io non ho comunque tempo...

Joel le prese le mani e la fissò negli occhi, mentre sul suo volto si disegnava un sorriso stanco.

– Valery, sei stata assegnata al gruppo Echo-2. E stai facendo tutto fuorché collaborare al lavoro del gruppo. Anzi, tutto fuorché collaborare agli studi del WRC. L'intero Centro ricerche si sta impegnando nel progetto acquareti, giorno e notte. Tutti tranne te. E poi...

Valery lo guardò infastidita e sfilò le dita dalla stretta del ragazzo. – E poi?

– Va bene, Tibald è un jinsei e il nostro superiore. Ma ora c'è pure questa Leonie, e socializzare con i jinsei non è sano. Non appartengono al tutto-che-unisce, sono diversi da noi. La gente potrebbe iniziare a mormorare.

– Guarda che tu, Leonie, volevi portartela a letto.

– Il sesso è una cosa. Parlarci è un'altra.

– Mi dispiace, devo proprio andare.

Dopo aver trovato Tibald nella serra, la settimana precedente, Valery aveva parlato spesso con il professore. Ora la ragazza sapeva dell'uomo senza volto e delle sue minacce, e una cosa le era molto chiara: quel personaggio misterioso aveva ragione. Gli esseri umani erano come le piante carnivore. Piante carnivore poco efficienti, per giunta. Non riuscivano a catturare abbastanza "insetti", vale a dire acqua. E se non risolvevano in fretta la situazione rischiavano di sparire per sempre.

Bussò alla porta della stanza di Tibald, che le venne ad aprire di persona. I capelli scuri erano arruffati, e sembrava che il bianco candido delle basette si stesse lentamente estendendo.

– Sono in ritardo? – chiese lei.

– Per niente. Stavo studiando i rapporti della professoressa Hamlin. E c'è qualcosa di molto interessante.

Si sedettero insieme alla scrivania del professore: da quando Valery aveva cominciato a lavorare a stretto contatto con lui, quel luogo era diventato la loro centrale operativa, e Tibald aveva fatto aggiungere un'altra sedia e un computer.

– Wow! – esclamò lei. – Ma questi sono i tracciati sismici rilevati durante l'esperimento con l'acquarete dell'altra volta.

– E sono molto interessanti – aggiunse Tibald. – Guarda qui.

Il professore sfiorò con il dito lo schermo per far scorrere il tracciato. La riga del grafico subiva un'impennata alle 10 e 41, poi si stabilizzava, per impennarsi di nuovo alle 10 e 56. – Ecco: il primo picco si ha nell'esatto istante in cui i seijin riuniti iniziano a catalizzare i loro poteri. Il secondo coincide invece con il massimo del Potere seijin raccolto, quando ha cominciato a piovere.

– Il Potere ha rischiato di provocare un terremoto su Kyoto-17? – domandò Valery incredula. Era un'ipotesi pazzesca.

Tibald scosse la testa. – Non proprio. Il Potere seijin ha avuto un effetto sulla gravità di Kyoto-17. In particolare, come puoi vedere da questi altri grafici... –. Le dita del professore corsero sul computer per mostrare a Valery un'altra schermata. – L'isola è stata spinta verso l'alto. Come se una forza misteriosa fosse riuscita a contrastare quella di gravità.

– Professore, è normale che il tutto-che-unisce abbia un effetto su ogni cosa che lo circonda. Ma non può...

– Il tutto-che-unisce è una credenza religiosa, Valery. Noi qui stiamo facendo scienza.

Valery si bloccò. Il tutto-che-unisce era il fondamento del Potere seijin, l'essenza stessa della Sfera. Come poteva un jinsei pretendere di capirlo? E, soprattutto, come osava criticarlo?

– Attento a quel che dice, professore.

Suonava come una velata minaccia e Valery si affrettò a cambiare argomento e tono. – Piuttosto, ha già fatto un'analisi statistica su questi dati?

Tibald annuì. – Ho ricontrollato i calcoli tre volte. Nessuna variazione statisticamente significativa.

Voleva dire che il movimento dell'isola poteva essere legato all'uso del Potere, oppure no. Poteva trattarsi di una semplice coincidenza. Dal punto di vista statistico, anzi, *bisognava* ritenerla una coincidenza.

Valery sorrise. – Direi che per prima cosa dobbiamo ricontrollare questi calcoli. Anzi, rifarli da capo. Per essere sicuri. E poi...

Tibald la guardò, incuriosito. La ragazza proseguì: – Se pensiamo davvero che il Potere seijin abbia avuto un effetto sulla gravità, per l'esperimento di domani potremmo usare il doppio o anche il triplo dei seijin. Una maggior concentrazione del Potere dovrebbe portare anche a una maggior variazione di questo effetto collaterale. Così sapremo se è stato solo un caso, oppure no.

Da quando avevano fatto insieme quel giro sull'elitrottolo, Valery e Leonie erano diventate amiche. Avevano studiato qualche trucco per riuscire a vedersi spesso e chiacchierare in pace. La mattina del primo termidoro, Valery si svegliò presto e usò il comunicatore interno della sua stanza per chiamare le cucine e chiedere che l'inserviente Leonie le portasse la colazione a letto. Una parte di lei era un po' a disagio all'idea di farsi servire dall'amica, ma era il modo più semplice che avevano per vedersi senza destare sospetti.

La donna che rispose a Valery aveva un tono di voce brusco. – Leonie non è di servizio stamattina. Gliene mando un'altra.

Non era di servizio? Strano: Valery era andata a trovarla la sera precedente, ed erano d'accordo di vedersi.

– Non importa, – sussurrò – farò colazione in mensa.

Erano le sette e mezzo del mattino, il giorno dell'esperimento. A mezzogiorno sarebbero arrivati i funzionari della Sfera direttamente da Washington-5, e c'era un sacco di lavoro da sbrigare.

La nuova acquarete era stata montata su Kyoto-2, un'isola poco lontana dal WRC e abbastanza spaziosa da ospitare tutti gli "incanalatori", vale a dire la maggior parte degli studenti e dei professori del Centro ricerche.

Inoltre (ma questa era un'informazione praticamente segreta), Kyoto-2 era stato scelto da Tibald e Valery perché, anche se molto ampio, aveva uno spessore minimo. In pratica era una lastra di roccia piatta e sottile ricoperta d'erba. Se quel che sospettavano era vero e una grande concentrazione di Potere seijin aveva effetti sulla gravità, la forma dell'isola avrebbe messo in evidenza il fenomeno.

Valery arrivò in mensa sfrecciando sul suo monopattino elettrico. La maggior parte degli studenti aveva già finito di mangiare e stava correndo all'aeropista, dove le navi facevano la spola per Kyoto-2.

Joel la bloccò, lanciandole uno sguardo di rimprovero. – Sei in ritardo.

– Mangio qualcosa e arrivo, non controllo bene il Potere se ho fame.

– Fai presto, almeno.

In mensa si respirava un'atmosfera di eccitazione ed entusiasmo. Dietro il bancone, invece, le facce dei jinsei erano scure, segnate dalla stanchezza. Una ragazza dai capelli rossi aveva gli occhi lucidi di chi ha pianto da poco.

Nessuno dei seijin nella stanza sembrava essersi accorto della cosa, ma Valery sì. Poiché era l'unica persona a servirsi al banco, ne approfittò per avvicinarsi alla ragazza lentigginosa e chiedere: – C'è qualcosa che non va?

La ragazza tirò su con il naso e rispose, brusca: – Che c'è, signora, il sintolatte è cattivo?

– No, no, io intendevo, cosa avete tutti stamattina? Sembrate tristi.

– Signora, credo che non siano affari suoi.

Valery si voltò: Joel la stava fissando. Al diavolo anche lui. Scavalcò il bancone sotto lo sguardo allibito dei jinsei e varcò la porta metallica delle cucine.

Non c'era il solito viavai che in quegli ultimi giorni Valery aveva imparato ad apprezzare. In un angolo, una donna piangeva e un uomo le teneva una mano sulla spalla cercando di consolarla. Dall'altra parte, una signora finiva di caricare l'immensa lavastoviglie a secco e si asciugava gli occhi arrossati.

– Che è successo qui? – domandò Valery. Sarebbe voluta risultare minacciosa, ma le parole le erano uscite in un tono sommesso, dispiaciuto. Nessuno dei presenti le rispose. Valery scrollò le spalle, passò attraverso le dispense e poi nei corridoi di servizio. Poche persone. Facce lunghe. Pianti.

Valery riuscì a bloccare un uomo anziano, in tuta da meccanico, che beveva una tazza di tè con la schiena appoggiata al muro.

– Tu! – lo apostrofò. – Si può sapere cos'è capitato?

Il viso dell'uomo assunse subito un'espressione dura. – Non sono cose che ti riguardano, testa pelata.

Una volta, solo qualche settimana prima, Valery si sarebbe infuriata per delle parole così ingiuriose. Ma frequentando il quartiere dei jinsei aveva imparato a farci l'abitudine: se i seijin li disprezzavano, era normale che a un certo punto l'odio venisse ricambiato.

– Sono un'amica di Leonie – spiegò gentilmente – e oggi non sono riuscita a trovarla.

– Leonie non può avere amici fra la tua gente...

– Io non sono "la mia gente". Io sono Valery. Che è successo? Perché sembrano tutti tristi?

L'uomo scosse la testa e bofonchiò: – C'è stato un incidente. All'alba era previsto l'arrivo di un'aeronave. Avrebbe dovuto portare quaranta nuovi inservienti qui al WRC. Ma c'è stato un errore nei protocolli, i caccia di guardia non erano stati avvertiti del suo arrivo e le password di riconoscimento non hanno funzionato. L'aeronave è stata incenerita quando ha provato ad attraccare.

Valery impallidì. – Tutti... morti?

– Tutti. E tra loro c'erano molti parenti e amici di noi qui. Leonie ha perso un fratello.

– Devo trovarla, sai dirmi dov'è?

– Nelle sue stanze, credo. Prova a prendere l'ascensore, due piani sotto, corridoio C sezione H2...

Luke. Poche sere prima, Leonie e Valery si erano rifugiate nel reparto della lavanderia.

Sedute con la schiena appoggiata a una delle gigantesche lavatrici a secco, erano rimaste al calduccio a chiacchierare. Lei aveva tenuto da parte il dolce della cena e Leonie aveva procurato due tazze di sintolatte caldo.

Valery era raggiante: era bello avere finalmente qualcuno con cui confidarsi. Lei e Leonie scherzavano sui ragazzi e sul sesso, parlottavano dei loro sogni e di quello che avrebbero fatto una volta uscite dal WRC. Ma, più di tutto, a Valery piaceva quando l'amica le raccontava della sua famiglia, di come vivevano lei e i suoi, delle avventure dei suoi tanti fratelli.

«Luke è sempre stato il mio preferito» diceva Leonie. «È un ragazzo bellissimo, e sa leggerti dentro con un solo sguardo. Ora fa il meccanico di bordo sulle aeronavi, ma ha... fatto domanda... Insomma, dovrebbe venire al WRC. Presto.»

Valery le aveva chiesto di dirle qualcosa di più, e Leonie aveva raccontato della loro infanzia, degli scherzi che avevano combinato, di come Luke l'aveva aiutata quando la mamma aveva scoperto che lei era uscita di casa in piena notte per vedersi con il fidanzatino.

Luke avrebbe dovuto raggiungere Leonie al WRC... E ora non c'era più. Valery non riusciva a crederci.

Doveva fare qualcosa. Si diresse a tutta velocità verso gli alloggi dei jinsei: Leonie era lì per forza. In quel momento, però, il comunicatore che portava agganciato alla cintura squillò. Era Tibald. – Si può sapere dove sei finita?

– È successa una tragedia... Ora non posso...

La voce del professore si fece triste. – La nave distrutta, lo so. Ma ricordati che abbiamo dei doveri, e dei problemi. Devi essere su Kyoto-2 entro cinque minuti. Sul tetto c'è un'aeronave pronta a partire, aspettiamo solo te.

– Non posso...

– Valery, è un ordine. Non mettermi alla prova.

La ragazza sospirò: non aveva scelta.

Mentre attraversava tutto il Centro ricerche, raggiungeva il terrazzo e si imbarcava sulla minuscola aeronave biposto, sentì la rabbia crescerle dentro, sempre più forte.

Il pilota era un jinsei che sembrava non aver chiuso occhio tutta la notte.

– Tutto bene? – chiese lei.

– Sì, signora.

Valery addolcì la voce. – È per l'incidente dell'aeronave, vero?

Il pilota annuì. – Ero di pattuglia, stanotte. Ho visto tutto. Assurdo... Avrei potuto essere io ad aprire il fuoco, avevo già inquadrato il velivolo sul mio mirino.

Valery non disse niente per consolarlo. Ma la sua rabbia crebbe ancora.

Kyoto-2 era una piattaforma irregolare, così sottile da sembrare una lastra artificiale sospesa assurdamente nel cielo. Gli operai avevano edificato una rete protettiva tutto attorno all'isola per evitare cadute accidentali, e al centro sorgeva un'acquarete alta quasi undici metri.

Lo spazio disponibile era invaso da persone imbustate nelle divise rosse dei seijin. L'isola era così ingombra che i funzionari della Sfera erano stati fatti accomodare su un'aeronave con un'ampia vetrata panoramica, ferma in volo stazionario a poca distanza.

Era difficile credere che un frammento di Skyland tanto piccolo e sottile potesse sostenere un tale numero di persone e macchinari senza sprofondare nel cielo.

L'aeronave di Valery si posizionò sulla verticale dell'acquarete e calò la ragazza a terra con un'imbracatura. Non appena sfiorò l'erba con le scarpe, Tibald le corse incontro facendosi largo a spintoni tra la folla. – Eccoti qui, finalmente. Forza, raggiungi i tuoi compagni, dobbiamo dare il via all'esperimento.

Valery lo guardò con occhi fiammeggianti e non disse nulla. Raggiunse Joel e gli altri del gruppo Echo-2, sempre in silenzio.

Il professor Brimman era stato scelto per guidare le operazioni, dato che era il seijin di gran lunga più abile di tutto il WRC. Stava già incanalando il Potere per amplificare la propria voce e farsi sentire dagli altri: – È importante che raggiungiate l'energia insieme e che concentriamo i nostri sforzi. Iniziate a incanalare al mio ordine e seguite le istruzioni. Mi raccomando.

Valery provò a respirare a fondo e a focalizzare la sua attenzione sull'acqua, l'aria calda e il sole che batteva su di lei, ma non ci riuscì.

Nella sua mente continuava a vedere un'aeronave che si abbassava sotto Kyoto-17 e rallentava per prepararsi alla risalita all'interno dei garage. A bordo c'era il fratello di Leonie. E poi un raggio laser. E al posto dell'aeronave, più niente.

– Dieci secondi! – gridò Tibald.

Gli fece eco Brimman: – Ci siamo. Raccogliete il Potere.

Quando il sole entrò dentro Valery, la rabbia prese fuoco come benzina. La ragazza staccò le mani da quelle di Joel e di Hiroki, il Potere dei compagni era troppo inferiore al suo e la trascinavano in basso. Lei invece voleva salire e salire.

Valery raggiunse i fili di energia di Brimman, più densi e solidi, e li superò crescendo ancora. Il Potere che i seijin riuniti stavano intessendo era incredibile, eppure la ragazza era ancora più forte, la loro energia era solo una piccola parte di quella che Valery sentiva dentro di sé.

Udì Brimman gridare con voce soffocata: – Valery, riduci la presa! Non posso intessere il Potere se incanali così!

Ma Valery non lo ascoltò, anzi, aumentò ancora il flusso. La sua pelle era diventata bianca e brillante. Era sul punto di bruciare dall'interno. Se non si fermava subito, correva il rischio di morire. Ma non le importava. La sua rabbia le imponeva di continuare.

Scavalcò Brimman, prese il suo Potere e lo intrecciò a quello degli altri, lo piegò alla propria volontà e lo diresse verso l'alto, l'acqua, le piccole molecole umide sospese attorno a lei.

Brimman, esausto, sussurrò: – Valery, guida tu –. E lei sorrise. Risucchiò l'acqua sospesa attorno alle paratie dell'aeronave della Sfera e ne approfittò per studiare le espressioni sorprese dei funzionari a bordo: c'era anche il tipo grasso che aveva incontrato all'Istituto.

Raccolse le gocce di rugiada sospese sulle maglie metalliche della rete di protezione dell'isola.

Nuvole.

L'enorme massa di aria calda prodotta spinse l'umidità a condensarsi nell'atmosfera instabile e diede vita a un cumulonembo grigio e buio: una nube da temporale. Fulmini iniziarono a scaricarsi con forza inaudita sull'isola e vennero catturati dai parafulmini che erano stati montati attorno all'acquarete e salivano dritti nel cielo.

I tuoni esplodevano nello stesso momento in cui l'aria scura veniva invasa dalla luce accecante. Il Potere dei seijin diminuì: alcuni erano stati investiti dalle scariche elettriche e giacevano a terra privi di sensi.

Anche l'aeronave della Sfera dovette calare di quota per evitare di essere colpita da quella tempesta magnetica. Brimman gridò:

– Valery, lascia! Lascia il Potere o non riuscirai più a controllarlo! Rischiamo di morire tutti!

La rabbia della ragazza esplose in un'ultima scarica di lampi. Poi Valery legò i fili del tutto-che-unisce e li spinse verso il basso. Riuscì a finire proprio un attimo prima di crollare a terra, esausta.

Prima ancora che le sue ginocchia toccassero il suolo, l'isola di Kyoto-2 fu innaffiata da una doccia improvvisa. Pioggia densa e fittissima, un'inondazione. La più grande tempesta che si fosse mai vista.

– Sei stata un'irresponsabile –. Il tono di Brimman era severo.

Valery si trovava nell'ambiente asettico dell'infermeria. Fuori dalle finestre splendeva il sole.

La ragazza si sollevò a sedere sul letto. Solo ora notava i volti preoccupati di Brimman e del professor Tibald, le uniche due persone presenti.

– Che è successo?

– Ragazza mia, – proseguì Brimman, più morbido – se mi avessi detto che possedevi un tale controllo del tutto-che-unisce, avrei lasciato a te il compito di coordinare le operazioni. Così abbiamo rischiato di finire tutti in cenere.

– Non l'ho fatto intenzionalmente – mormorò la ragazza. – Ero fuori di me.

– Ce ne siamo accorti. Ma la cosa importante...

Tibald completò la frase per lui. – ...è che l'esperimento è stato un successo. Gli inviati della Sfera erano impressionati.

– Ha piovuto? – chiese Valery.

Ricordava la sensazione dell'acqua che le scorreva sulla pelle e le inzuppava i vestiti.

– Altroché! Con l'acqua raccolta il WRC sarà autosufficiente per i prossimi tre mesi. Tre mesi! Un risultato superiore a ogni aspettativa.

Valery si sentiva girare la testa. Leonie. Voleva vederla, sentire come stava.

– E... l'altro esperimento? – chiese a Tibald.

Si pentì subito di aver parlato: Brimman non sapeva nulla del lavoro che lei svolgeva da sola con Tibald. Tra i due professori passò uno sguardo strano, che lei non riuscì a decifrare, poi Tibald rispose: – Non abbiamo ancora i dati. Ne parleremo quando starai un po' meglio.

– Ma io sto già benissimo!

– Più tardi, ho detto. Ora devi riposare.

I due uomini si alzarono. Tibald la salutò e le fece l'occhiolino prima di uscire, ma Brimman si fermò nella stanza ancora per un momento.

– Valery, avevi mai sviluppato tanto Potere, prima d'ora? – le chiese, pensieroso.

La ragazza scosse la testa. – Una volta, all'Istituto, quando ero arrabbiata. Ma mai così. No.

Brimman sorrise.

– Sembra che tu abbia trovato il tuo catalizzatore. La rabbia. Molto bene. Ora vado anch'io, ma volevo dirti una cosa: hai mai pensato di diventare una pretessa? Potresti averne tutte le doti. Però dovrai studiare teologia e soprattutto imparare a sfruttare il catalizzatore, invece che lasciarti sfruttare da lui. Se usato a sproposito, il Potere può rivelarsi molto pericoloso.

Valery annuì e il professore le sfiorò una guancia con le dita.

– Quando starai un po' meglio vieni da me. Dobbiamo parlare di questa... e di altre cose.

Quelle parole continuarono a fluttuare nella testa di Valery anche quando fu rimasta sola, sdraiata nel letto. Rabbia.

Leonie. Era stata l'indignazione per l'assurda morte di suo fratello che aveva scatenato in lei il Potere. Doveva vederla.

Valery notò il comunicatore appeso alla testiera del letto e lo afferrò. – Pronto, cucine? Sono Valery. Mi trovo... Non so dove, in una stanza dell'infermeria. Potete chiamare Leonie?

Dall'altra parte le rispose il silenzio. Poi: – Leonie non c'è più, signorina. È... partita.

– Come?

– Lei ha detto di chiamarsi Valery, giusto? Prima di andar via Leonie è venuta a salutarla.

Valery chiuse la chiamata senza aggiungere altro. Andata.

Si lasciò cadere sul letto e strinse il cuscino con entrambe le mani. Leonie era passata a salutarla ma lei era ancora svenuta. E ora non l'avrebbe più rivista.

Sentiva uno strano vuoto dentro. L'elitrottolo, le chiacchierate, perfino gli scontri. Tutto finito.

Poi le sue dita sfiorarono qualcosa, sotto il cuscino. Un biglietto di carta semplice, scarabocchiato a penna.

In un modo strano, che non avevo previsto, sei stata un'amica. Addio. Se ti servirà aiuto, ricorda di cercare il fiorerosso.

Valery scattò in piedi.

22 MAGGIO 2078. CITTÀ DI DONAUESCHINGEN, GERMANIA.
47° 57′ N, 8° 29′ E. 706 M S.L.M.

Lily cominciava a sentirsi stanca. Era domenica e faceva caldo, era quasi mezzogiorno, e Franz l'aveva costretta a uscire alle otto per portarla a visitare le meraviglie di Donaueschingen.

Prima di arrivare lì, al palazzo dei principi Von Fürstenberg, il ragazzo l'aveva costretta a un lungo giro del centro storico e poi a una visita alla fabbrica di birra, l'orgoglio di quella cittadina di poco più di ventimila abitanti.

Lily aveva apprezzato la birra chiara e leggera. Ne aveva apprezzata troppa, forse, perché la testa le girava un po' e il tedesco di Franz, deformato dall'accento morbido delle genti della Foresta Nera, le sembrava a tratti incomprensibile.

– Come hai detto, scusa? – gli chiese. Lily aveva imparato il tedesco all'università, da una compagna di stanza originaria di Berlino, ma con gli anni le sue conoscenze si erano un po' arrugginite.

– Ho detto che siamo quasi arrivati – rispose Franz con un sorriso, continuando a camminare a passo svelto nel parco.

Lily era giunta in quella cittadina del Baden-Württemberg, nella Germania meridionale, da poco meno di una settimana. E aveva già trovato il suo primo amico in Franz, il giardiniere che si occupava del giardino della chiesa davanti alla sua nuova casa.

Era un ragazzo di diciannove anni, con gli occhi chiari pieni di entusiasmo all'idea di avere come nuova vicina di casa un'ecologa di fama mondiale. Che per di più non era molto più vecchia di lui ed era decisamente una bella donna.

– Eccoci! – esclamò alla fine Franz.

Una balaustra circolare in stile neoclassico, interrotta a un capo da una scaletta e all'altro da una statua di marmo, cingeva un secondo parapetto più piccolo. Al centro, protetta dalla sottile ringhiera, si trovava una pozza di acqua immobile, verde, che riluceva in quella domenica di fine primavera.

– Cos'è? – chiese Lily. Forse aveva perso dei frammenti di spiegazione durante la loro passeggiata.

Franz sospirò. – Ma come! È la Donauquelle! Secondo la leggenda, da questa pozza nasce il grande Danubio.

Lily sorrise. – Ma il Danubio non ha origine dall'unione dei fiumi Breg e Brigach, qualche chilometro più a est?

– Infatti ho specificato che qui nasce... *secondo la leggenda*! E di là, puoi vedere una targa che riporta la distanza dal mare: quasi tremila chilometri!

Lily smise di ascoltare le informazioni che snocciolava il suo nuovo amico e restò a guardare affascinata quella semplice pozza d'acqua. Era straordinario pensare che, in qualche modo, da lì prendesse il via uno dei fiumi più lunghi del mondo. *Sul bel Danubio blu*. Iniziò a canticchiare il motivetto dell'incantevole valzer di Strauss e accennò un passo di danza, volteggiando su se stessa nel sole.

Franz ridacchiò. – Che stai facendo?

– Si sta così bene qui.

Newman e Kimor l'avevano spedita laggiù come punizione, per allontanarla dall'Islanda e dal Progetto, ma non c'erano solo lati negativi. Una parte di Lily era felice di non essere più rinchiusa nel cuore di una montagna e di poter apprezzare di nuovo il sole, gli alberi, l'aria. Al confronto dell'Islanda, in Germania faceva un caldo quasi estivo. E Donaueschingen era una cittadina tranquilla, dove il tempo sembrava essersi fermato un centinaio d'anni prima.

Lily smise di danzare e si appoggiò al parapetto di marmo, poi disse a Franz: – Hai detto che in questo parco volevi mostrarmi qualcosa di importante per il mio lavoro.

Il volto del ragazzo si fece subito serio. – Sì. Qui vicino – rispose.

Si allontanarono dalla Donauquelle lasciandosi alle spalle l'imponente castello dei Von Fürstenberg. Poi Franz uscì dalla strada segnata e si inoltrò in mezzo all'erba, verso il più vicino gruppo di alberi.

Le indicò una quercia, con le foglie ingiallite, nonostante la stagione. Lily percorse quegli ultimi passi che la separavano dall'albero.

– Ecco qui – disse Franz. – Noi chiamiamo questa malattia "il colpo d'ascia".

Non era difficile capire perché: la pianta era una *Quercus robur* alta una ventina di metri, con il tronco massiccio e una chioma maestosa. Una normale quercia, su cui sembrava che si fosse abbattuta l'accetta di un boscaiolo gigante: un segno netto, umido di resina, spaccava il tronco esattamente a metà. Le foglie della quercia avevano una forma irregolare ed erano gialle ai bordi, malate. Stavano cadendo dall'albero, come se fosse autunno.

– Sta morendo? – chiese Lily.

– No – rispose Franz. Il ragazzo accarezzò il tronco della pianta. – Sembra che il colpo d'ascia non uccida gli alberi. Continuano a vivere anche così, con il tronco spaccato, e alla lunga cominciano a riformare la corteccia. L'infezione è cominciata dagli abeti e si sta propagando a vista d'occhio: querce, lecci, roveri. Gli alberi cominciano ad avere tre, quattro tronchi diversi che si intrecciano in forme strane. Non producono più ghiande o semi. E continuano a vivere anche ridotti così.

– È orribile.

– La gente inizia a temere che l'intera Foresta Nera possa estinguersi e sparire nel nulla. Non sappiamo cosa stia succedendo, anche se io sono pronto a scommettere che si tratta dell'inquinamento. Maledette fabbriche.

Lily annuì, pensierosa. Le servivano campioni, analisi, la consulenza di qualche tecnico esperto in silvicoltura.

– Ecco perché sono stato contento di sapere che la mia nuova vicina di casa era una scienziata venuta apposta per studiare il fenomeno – aggiunse Franz con un sorriso. – Abbiamo tutti grande fiducia nelle tue capacità.

– Veramente... – disse Lily, ma preferì non continuare. Inutile parlare, finché non aveva in mano qualche dato certo. E, soprattutto, voleva prima consultare Leo.

L'immagine di Leonard Gruebacker compariva a intermittenza sul suo schermo. Ovvio, dato che la comunicazione tra lui e Lily passava attraverso un centinaio di server proxy sparsi in giro per il pianeta, rimbalzando dalla Russia alla Malesia, al Sudafrica.

– È proprio necessario? – chiese lei.

Dopo un secondo il volto pallido e coperto di rughe dell'amico si contrasse in un sorriso. – Ti ricordo dove mi trovo io. E la tua posizione. Sì, è necessario.

Poco prima di andarsene per sempre dalla base nel cuore della montagna, Lily era riuscita a parlare con il suo amico ingegnere e

Leonard aveva accettato di darle una mano: le avrebbe trasmesso i dati che le servivano sulla “mutazione Jack” e ALFA-12, perché potesse continuare a lavorarci per conto suo.

Entrambi avevano evitato di chiamare quell’operazione con il suo vero nome, “spionaggio”, e di accennare alle conseguenze se li avessero scoperti. E poi Lily riponeva in lui una fiducia cieca.

– Te la faccio breve – sospirò la dottoressa.

Su un lato del suo schermo un timer ticchettava, lasciandole ancora un minuto e quaranta secondi di tempo. Poi la connessione sarebbe caduta automaticamente per sicurezza.

– Ci sono degli alberi, qui, che stanno sviluppando una strana mutazione. Stamattina sono riuscita a prelevare un campione del tronco e ho iniziato a estrarre il DNA. Dovrò spedirlo in laboratorio per il sequenziatore e raccogliere campioni da altri esemplari... Ma si direbbe che le piante siano state sottoposte a dosi massicce di ALFA-12.

Leonard rispose dopo qualche istante, e la sua voce gracchiava come se venisse da molto lontano. – Intendi dire che la mutazione ha qualcosa in comune con Jack lo squartatore?

– È presto per dirlo, devo aspettare la sequenza del DNA, ma temo proprio di sì. Sì.

– Non è possibile.

Lily sospirò. – È possibile eccome, in realtà. Anche se la stiamo isolando solo adesso, ALFA-12 è stata sempre presente in natura...

– Abbiamo ancora cinquanta secondi, Lily. Che ti serve di preciso?

– Dati. Analisi istologiche a microscopia ottica ed elettronica, estrazione DNA, PCR, sequenziamento di tutte le cavie e degli esseri umani che sono entrati in contatto con il bombatrone. E poi mi serve una copia del dossier Kimor-Bethental-Newman, presentato tre mesi fa in assemblea scientifica. Lo puoi fare?

– Ci vorranno un paio di giorni.

Mancavano dieci secondi. Leonard sorrise. – Sei uno splendore, dolcezza.

Anche Lily sorrise. – Grazie.

I mezzi che le avevano messo a disposizione lì in Germania erano ridicoli. Almeno per il lavoro che c'era da fare.

Le avevano affittato un grande appartamento a un centinaio di metri dalla chiesa dove lavorava Franz e l'avevano attrezzato con qualche computer e alcuni strumenti di base. Per tutto il resto le avevano detto di rivolgersi all'università di Friburgo, a sessanta chilometri di distanza: Lily era riuscita a parlare con il direttore del dipartimento di ecologia solo per telefono e l'aveva trovato freddo, distante e per niente disposto a collaborare. Le avrebbe messo a disposizione i loro sequenziatori, se ne avesse avuto bisogno, ma poteva scordarsi altri generi di aiuto.

Era chiarissimo che Newman e Kimor avevano deciso di mandarla in vacanza, impedendole di portare a termine qualunque tipo di lavoro scientifico. Ma Lily era decisa a farli ricredere.

Passò la mattina del lunedì al telefono, parlando con la sua amica Marie in Francia e con Georgiy in Ucraina. Anche loro erano ecologi e stavano studiando varie forme di inquinamento nei rispettivi paesi, ma dalle loro parti non si era verificata nessuna mutazione negli alberi. L'epidemia era circoscritta alla Foresta Nera, almeno per il momento.

Verso mezzogiorno Lily uscì di casa armata di un computer portatile e una borsa piena di provette per campioni biologici, diretta alla chiesa. Era un edificio alto, con le pareti gialline e il tetto in ferro a cupola, consumato dagli anni. La chiesa era circondata da un giardino che comprendeva anche il cimitero: poche lapidi di marmo circondate dall'erba, tra cui Franz si stava muovendo con calma laboriosità strappando le piante infestanti.

Quando la vide arrivare, il ragazzo la salutò con un largo sorriso.
– La dottoressa Carlyle! Che piacere!

– Franz! Come va il lavoro?

– Ancora una mezz'oretta e per oggi ho finito.

– Dopo ti andrebbe di accompagnarmi? Devo raccogliere dei campioni per studiare il "colpo d'ascia".

Franz si alzò in piedi di scatto, si pulì le mani sporche di terra sui pantaloni da lavoro e disse: – In questo caso, ho già finito. Andiamo subito. Tanto le erbacce possono aspettare fino a domani.

Lily si trattenne dall'abbracciarlo per la contentezza. Non le avevano messo a disposizione nessun mezzo di trasporto: nemmeno un'auto malconcia o una vecchia bici. Poteva solo affidarsi al pick-up di Franz e al suo entusiasmo.

Il ragazzo entrò in chiesa per parlare con il pastore. Dopo un paio di minuti tornò fuori, pronto a partire.

– Prima ci fermiamo a mangiare qualcosa? Ho una fame...

– Volentieri.

La piazza di Donaueschingen era occupata dai banchetti del mercato. Lily e Franz si infilarono sotto un tendone e ordinarono a un omone grassoccio un würstel con pane nero e un bicchiere di succo di mela. Lily divorò tutto e si leccò le dita; aspettò che Franz ordinasse e mangiasse un secondo würstel e poi salì con lui a bordo del pick-up, un furgone che aveva almeno vent'anni e il cassone posteriore ingombro di aggeggi da giardinaggio.

– Dove si va? – le chiese il ragazzo, mettendo in moto.

– Dove vuoi tu. Mi servono piante colpite dall'epidemia, per raccogliere dei campioni e scattare un po' di foto.

Franz restò pensieroso per un attimo, poi disse: – Ieri ti ho mostrato la Donauquelle, la tradizionale sorgente del Danubio. Ora invece ti mostrerò la vera sorgente, dove il Brigach e il Breg si uniscono: il Donauzusammenfluss. È poco distante da qui, e ho notato diverse betulle malate, alcune in stadio avanzato, altre che stanno cominciando a mutare. Il tronco è spaccato solo nella parte alta, ma temo che peggioreranno.

– D'accordo.

– E poi scenderemo a sud, fino a Ofterdingen, nella vera Foresta Nera. È a un centinaio di chilometri di distanza, quindi ci vorrà un po' di tempo.

– Ne ho quanto ne vuoi.

– In marcia, allora.

Il pick-up si mise in moto, diretto fuori città.

TERZA PARTE

LA CITTÀ DEI RIBELLI

UNO

1° TERMIDORO 2251. NERAFORESTA.
47° 57′ N, 8° 29′ E. 706 M S.P.Z.

Il capitano Konrad aveva cominciato a occupare i suoi incubi. Quando sognava, Lorenzo vedeva i muscoli possenti del braccio del capitano che guizzavano e i pettorali che si contraevano. Di solito si preparavano a sferrare un pugno o a usare la neurofrusta. Lorenzo sentiva gridare, riconosceva con sgomento la voce di suo padre e a quel punto si svegliava terrorizzato. Per accorgersi che non si trattava di un sogno.

Erano prigionieri della Sfera da dieci giorni. Lorenzo avrebbe volentieri perso il senso del tempo, ma uno dei carcerieri, un ufficiale delle truppe d'élite con i capelli raccolti in una lunghissima treccia, glielo ricordava ogni mattina: «Oggi è il 24 messidoro e siete qui con noi». «Oggi è il 25 messidoro e siete ancora qui con noi...»

Lorenzo non aveva più visto il vecchio Slint dal 22 messidoro, il giorno della loro cattura. A volte il capitano Konrad sosteneva di averlo ucciso. Altre volte diceva invece che era stato liberato, come premio per la sua collaborazione con la Sfera. «E anche voi potrete tornare liberi, se deciderete di aiutarci.»

I loro aguzzini non usavano pillole del dolore, ma tecniche più raffinate create per logorarli. Di giorno Konrad li portava all'aria aperta e usava i suoi poteri seijin per avvolgerli in una rete di illusioni: immagini di Urzak o della mamma di Lorenzo prima che morisse. Poi usava i suoi poteri per picchiarli, all'improvviso, lasciandoli nella dolorosa incertezza su quando e come sarebbe arrivato il prossimo colpo.

A volte Konrad chiedeva loro direttamente del computer e di quello che lui chiamava "il dossier Carlyle". Altre volte la prendeva alla lontana, si infuriava con José per le bacchette da rabdomante. Le afferrava e gridava: «E così voi cacche di uccello pensate di poter raggiungere il tutto-che-unisce con questi strumenti blasfemi!».

Lorenzo e José avrebbero volentieri confessato tutto, avevano già confessato qualsiasi delitto venisse loro in mente, ma non potevano fare la sola cosa che a Konrad interessava: decifrare i dati inseriti nel computer portatile. José ci aveva provato più volte, sotto l'occhio vigile del capitano, ma inutilmente. Anche se i tecnici della Sfera erano riusciti a superare la password iniziale che si presentava all'accensione, all'interno del computer tutti i dati erano crittografati in un codice illeggibile. Questo voleva dire che Lorenzo e José non erano in grado si soddisfare l'avidità di Konrad. E non sarebbero mai stati liberati.

Primo giorno di termidoro. Lorenzo e José erano rinchiusi nel buio del loro container-cella, e il ragazzo tremava. – Papà – chiamò.

José non rispose, ma Lorenzo sapeva che era sveglio. Lo sentiva rantolare per il dolore vicino a lui.

– Papà, – ripeté – non ci lasceranno mai andare via. Non abbiamo nessuna speranza.

– C'è sempre una speranza, ragazzo mio.

Il suono della sua voce lo fece rabbrividire. Era flebile e gorgogliante come se avesse avuto la bocca piena di sangue.

– Papà, forse dovremmo pensare... a un'uscita di scena.

Durante i loro viaggi ne avevano parlato tante volte: ogni cacciatore d'acqua era consapevole che prima o poi avrebbe potuto trovarsi in una situazione senza scampo. Con i mezzi che aveva a disposizione, cioè solo i vestiti che indossava, Lorenzo sapeva di avere almeno dieci modi per togliersi la vita. Poteva creare una lama con i bottoni, per esempio, oppure soffocarsi con una striscia di stoffa.

– Nessuna uscita di scena, per il momento – ribatté José. – Un colpo di fortuna può ancora capitare. Non è troppo tardi.

– Ma, anche se fosse così, anche se ci liberassero oggi... ci sarebbe sempre Urzak. Non riusciremo mai a saldare in tempo il nostro debito. Lui ci...

– Ci penseremo quando saremo fuori di qui.

– Hai qualche idea? –. José doveva avere un piano, altrimenti non avrebbe parlato in quel modo.

– Hai presente Long Bimbo?

Lorenzo lo conosceva. Era un nero enorme, con una pancia tonda come una luna, le guance gonfie da suonatore di tromba e uno sguardo acuto. Era l'unico jinsei perfettamente calvo che Lorenzo avesse mai visto.

Il ragazzo non era riuscito a identificare il ruolo di Bimbo nell'accampamento della Sfera: una volta si era presentato con un grembiule bianco da cuoco e aveva servito loro il rancio, altre volte l'aveva visto che si aggirava per il campo con una tuta da meccanico e le mani sporche di grasso.

– Ieri... quando ti hanno allontanato.

Lorenzo ricordò: il 30 messidoro Konrad aveva iniziato a interrogarli separatamente. Il ragazzo era stato condotto all'aperto per essere torturato dal seijin mentre José era rimasto chiuso nel capanno del capitano, ad ascoltare le urla del figlio che venivano dall'esterno.

– Bimbo era con me, mi sorvegliava. Mi ha detto che Konrad ha ricevuto l'ordine di rinunciare e portare via il computer per consegnarlo a qualcuno. Un pezzo grosso della Sfera, credo.

José parlava piano, si interrompeva, balbettava. Un discorso così lungo doveva costargli una grande fatica, in quelle condizioni.

– Prima, però, farà un ultimo tentativo con noi. Bimbo dice che ci ammazzerà, in un caso e nell'altro.

– E allora...?

– Aspetta. Questo Bimbo mi aveva insospettito subito. La prima volta che l'ho visto mi era sembrato di scorgere il gesto di fratellanza... E ieri è riuscito a far comparire il lucky.

Il lucky era il tatuaggio segreto dei ribelli, e il ragazzo ne aveva sentito parlare più volte: veniva impiantato sotto la pelle del polso ed era perfettamente invisibile a qualsiasi tecnologia e perfino al Potere dei seijin. Appariva solo se il portatore decideva di farlo vedere a qualcuno, e per mostrarlo occorreva un notevole sforzo di volontà. Nessun traditore, nessun doppiogiochista poteva far comparire il lucky se dentro di sé aveva voltato le spalle alla ribellione.

– È impossibile: Bimbo sarebbe un... ribelle?

– Anche i ribelli sono interessati al computer, e lui mi ha proposto un patto. Oggi, quando Konrad ci torturerà per l'ultima volta, dirò di sapere come decifrare i dati. Il trucco starebbe nell'inserire una chiave in grado di tradurre tutti i codici nella nostra lingua. In realtà, però, la chiave è un semplice disco fisso che copierà all'istante tutto il contenuto del computer. Una volta in possesso dei dati, Bimbo ci aiuterà a scappare.

Lorenzo restò in silenzio per un attimo, a riflettere. La ribellione si era infiltrata in un campo di truppe d'élite della Sfera ed era pronta ad aiutarli. In quanto cacciatori d'acqua, lui e José si erano sempre tenuti alla larga dai ribelli. Troppo idealisti, cercavano di combattere la Sfera invece di limitarsi a sopravvivere restando nell'ombra. Ma se Lorenzo doveva decidere da che parte stare, preferiva loro alla Sfera. Senza dubbio.

– Ti fidi di lui? Di questo Bimbo? – chiese alla fine.

– Certo che no. Ma non abbiamo altra scelta, credo. Saremo morti comunque prima di domani.

– Allora è deciso. Ma a una sola condizione.

– Quale?

– Non sarai tu a inserire la chiave nel computer. Sei troppo debole, Konrad ti potrebbe uccidere con uno schiocco di dita. Copiare i dati sarà compito mio.

– Non se ne parla neppure – disse José.

– Mi dispiace, ma la decisione è presa. O così, o non se ne fa niente.

Qualcuno entrò nel container Erano Long Bimbo, strizzato in una divisa militare troppo stretta per il suo corpo enorme, e altri due soldati dal volto duro. Mentre uno teneva sotto tiro i prigionieri con il fucile, Bimbo e l'altro seijin li ammanettarono. Il ragazzo guardò Bimbo e gli sussurrò: – Io.

Il nero gli afferrò con forza le mani e le legò dietro la schiena, e Lorenzo sentì un piccolo oggetto metallico infilarsi tra le sue dita: la chiavetta.

Sospirò e fece scivolare l'oggetto nella tasca posteriore dei pantaloni.

Uscirono.

Gli uomini della Sfera stavano sbaraccando l'accampamento con la stessa rapidità ed efficienza con cui l'avevano costruito. Le tende erano già state ripiegate, le apparecchiature venivano stivate in container metallici e trasportate nel ventre delle aeronavi Nova. I lavori procedevano in un silenzio quasi irreale, interrotto solo dai colpi degli scarponi sul terreno e dal ronzio acuto delle bio-tute.

Il capitano Konrad era immobile davanti al suo capanno, insieme ad altri due soldati. Il seijin era in pieno sole e la sua pelle sfavillava di un'aura azzurra di Potere. Lorenzo provò a guardarlo negli occhi, ma erano solo due buchi neri dietro lo scudo di luce. Il suo cuore iniziò ad accelerare i battiti: lui e suo padre volevano imbrogliare un seijin. Un uomo della Sfera. Non sarebbero sopravvissuti per raccontarlo.

Konrad li aspettava tenendo in pugno le bacchette da rabdomante di José e, appena i due prigionieri si fermarono di fronte a lui, le puntò in avanti e disse: – Eccoli qua, i magici oggetti che vi permettono di sentire il tutto-che-unisce. Di cosa avete detto che sono fatte?

Lorenzo sbirciò il padre con la coda dell'occhio. Alla luce, le condizioni di José erano peggiori di quanto immaginasse: aveva la schiena curva e zoppicava vistosamente, il viso era tumefatto, il labbro spaccato. I due incisivi erano scomparsi e al loro posto c'era solo un buco sanguinante.

Fu lo stesso José a rispondere, con un filo di voce: – Sono... fatte di giunco. E all'interno... c'è... un crine di unicorno.

Konrad sorrise, anche la bocca un segno nero nell'azzurro sfavillante.

– Unicorno! La straordinaria creatura delle leggende. È questo che le rende così preziose? Sono preziose, vero?

– Sì.

Con i denti spaccati, la "esse" di José somigliava a un fischio.

Il sorriso di Konrad si allungò, poi il capitano afferrò le bacchette con entrambe le mani e le spezzò con facilità contro il ginocchio. Mostrò i pezzi rotti a Lorenzo e suo padre. – Ecco – disse. – Ciarlatani. Qui dentro non c'è unicorno né altre assurdità.

Le ginocchia di José cedettero, e anche Lorenzo dovette faticare per restare in piedi. Le bacchette erano quanto di più prezioso possedevano, forse più dell'Arlequin e del condensatore d'acqua. Senza bacchette, i due cacciatori erano semplici disperati. Le bacchette trovavano l'acqua. Erano il loro tesoro.

Lorenzo si impose di alzare la testa e di non ascoltare José che singhiozzava con il volto premuto contro il terreno di sabbia. Non aveva mai sentito piangere suo padre.

Konrad continuò: – Vi spiego la vostra situazione. Come vedete stiamo levando il campo, tra poche ore saremo lontani da quest'isola merdosa. E il computer sarà consegnato a chi di dovere. Vi offro perciò una possibilità, l'ultima. Aiutatemi a decifrare i dati e vi lascerò stare qui, vivi, con il vostro condensatore d'acqua e la vostra ridicola aeronave. Se invece insisterete a non voler parlare, vi abbandonerò qui, sempre vivi, ma senz'acqua... e con gambe e braccia spezzate. A quanto pare in questo posto schifoso non ci sono animali, dunque potreste sopravvivere anche sette o otto giorni. E sarà molto doloroso, ve lo garantisco. Implorerete la morte.

Lorenzo deglutì. Erano fregati. Erano completamente fottuti. Ripensò per un momento alla mappa che li aveva condotti in quel posto, sulle tracce di un fiume che non esisteva più da chissà quanto tempo. Ripensò alla sua visita alla vecchia chiesa e alla stupida idea di prendere il computer. Se fosse potuto tornare indietro...

– Allora, cosa decidete?

Fece per parlare, ma intercettò una contrazione nel viso di Bimbo e capì. Se avessero ceduto subito, Konrad si sarebbe insospettito. Dovevano resistere ancora un po', qualche minuto, prima di mettere in atto il loro piano.

– Allora?

José si rialzò in piedi, una gamba per volta, tremando, le mani legate dietro la schiena. Si lanciò in avanti, a testa bassa, contro Konrad. Dal capitano partì un fascio di energia luminosa che bloccò José, proiettandolo in aria. Le braccia si inclinarono all'insù e Lorenzo sentì lo scricchiolio della giuntura della spalla del padre che minacciava di spezzarsi. Konrad sorrise. – Ma sì, cominciamo dal vecchio.

José urlò, un urlo disumano, e dalla sua bocca uscì un fiotto di sangue.

– Aspetta! – gridò Lorenzo. – Hai vinto. Ti aiuterò. Non fargli male.

L'energia scomparve e José piombò a terra, rantolando. Konrad fissò il ragazzo, incuriosito. – Cosa vorresti fare?

Si trovavano dentro il capanno, adesso.

Non appena Konrad si era allontanato dalla luce del sole, il suo alone di Potere era scomparso, e ora era solo un uomo dalla muscolatura scattante e dalla mascella affilata.

Bimbo e gli altri soldati avevano le armi puntate contro José e Lorenzo.

Konrad stava dietro la scrivania e osservava la chiave che Lorenzo gli aveva mostrato, mentre il ragazzo accendeva il computer con mani tremanti.

– Ingegnoso – disse il capitano. – Una chiavetta crittografica. Dove l'hai trovata?

– Il vecchio. Slint. L'ho rubata a lui.

– Slint non ne ha mai parlato. Nemmeno sotto tortura.

– Anche noi siamo stati torturati e non abbiamo parlato – ribatté Lorenzo. – Perché se il computer è il tesoro, quella è la chiave che apre lo scrigno.

– Può darsi – mormorò Konrad, sollevando un sopracciglio glabro. – Ma non credo che lascerò che tu infili una cosa del genere nel computer. Potrebbe contenere un virus e cancellare tutti i dati. In questo caso tu moriresti fra atroci sofferenze... ma della tua insignificante esistenza mi importa meno di zero.

Bimbo fece un passo avanti. – Signore – disse.

Il seijin lo guardò. – Tu sei uno dei tecnici informatici, giusto? Quello che si è occupato del backup dei dati.

– Proprio così. Vuole mostrarmi la chiave di questo ragazzo?

– Sì. Analizzala.

Bimbo estrasse da una tasca dei suoi pantaloni mimetici un computer palmare, lo accese e vi infilò il rettangolino di plastica. Pasticciò un po' con i tasti e disse: – È una chiave crittografica, signore. Nessun virus. Nessun disco fisso esterno per copiare i dati.

Ma per funzionare ha bisogno di una password... ed è probabile che questo ragazzo la conosca.

– È così – confermò Lorenzo.

Bimbo restituì la chiave a Konrad, che la ripassò a Lorenzo.

– Avanti, mostraci che sai fare – lo incalzò il capitano.

Lorenzo sospirò. Password? Lui non conosceva nessuna password. Bimbo non gli aveva detto niente. Si voltò verso di lui, ma il volto del colosso era serio e inespressivo. Alle sue spalle il ragazzo sentiva il rantolo sofferente di suo padre. Avevano fallito. Il loro trucco era finito prima ancora di cominciare.

Sullo schermo lampeggiò la scritta: *Inserire parola chiave*, e Lorenzo restò bloccato. Cosa doveva fare? Cosa poteva fare?

– Muoviti, – si spazientì Konrad – non abbiamo a disposizione tutto il giorno.

Il ragazzo ci pensò su, poi scrisse l'unica parola che avesse senso per loro. *Water.* Premette il tasto "invio" e sullo schermo comparve una finestrella con una barra blu che iniziò a riempirsi. Stava funzionando!

– Ora che fa?

– Sta decrittografando i dati, signore – spiegò Lorenzo. – Avrà finito in un attimo.

Restarono così, impazienti, a osservare la barra che diventava blu. Metà. Tre quarti. Rallentò. *Ding dong*, suonò il computer. La copia era stata completata.

Konrad sorrise. Lorenzo si voltò verso Bimbo. Il gigante scattò.

Il gomito sinistro si abbatté contro il naso del soldato al suo fianco, frantumandogli il setto con un rumore secco. L'uomo cadde a terra, e Bimbo aveva già estratto la pistola dalla fondina. Sparò dritto sopra la spalla di Lorenzo, centrando la tastiera del portatile e mandando il computer in mille pezzi. Frammenti di plastica piovvero addosso al ragazzo, che perse l'equilibrio e piombò a terra con la sedia, assordato dal rumore dello scoppio. Bimbo ruotò su se stesso, come in un passo di danza, afferrò la pistola per la canna fumante e sbatté il pesante calcio di legno contro il naso del secondo soldato. Poi tornò a impugnare l'arma per il verso giusto e sparò altri due colpi, uccidendo entrambi gli uomini.

Lorenzo strisciò sotto la scrivania. Sporse la mano verso quel che restava del computer sul piano, trovò la chiave con le dita, la estrasse e se la infilò in tasca. Vide José che tremava, a terra. Vide Konrad che gridava per la sorpresa e prendeva anche lui la pistola: in quel luogo chiuso non poteva richiamare il Potere.

Bimbo aveva commesso un errore. Aveva eliminato i due soldati invece di colpire subito Konrad. E il capitano dimostrò di poter gareggiare con lui in velocità. Sparò a sua volta e centrò Bimbo alla spalla destra, proiettandolo indietro contro la parete. Quindi puntò la pistola contro Lorenzo. – Muori – sibilò.

Lorenzo vide il foro scuro della canna, sentì lo scrocchio del dito del seijin che si contraeva sul grilletto. Poi lo sparo.

Un istante prima che l'aria fosse lacerata dal tuono, un'ombra cadde addosso al ragazzo. José. Il corpo del padre, pesante sopra il suo, sussultò e le ossa di Lorenzo scricchiolarono per il contraccolpo.

Lui rotolò di lato. – Papà!

Sul ventre dell'uomo si allargava una macchia di sangue. Il proiettile non era uscito dall'altra parte.

Bimbo nel frattempo si era scagliato contro Konrad a mani nude. Riuscì ad afferrare con il braccio sano il computer semidistrutto e lo scagliò contro la testa del seijin, che piombò a terra. Poi gridò: – Fuori di qui! Seguitemi!

José giaceva ancora ammanettato sul pavimento. Lorenzo lo sollevò di peso, ma Bimbo scostò il ragazzo e si caricò in spalla il corpo esanime dell'uomo. José respirava appena. José aveva gli occhi sbarrati e dalla bocca colava un filo di sangue. José stava per morire.

– Seguimi! – ripeté Bimbo. – Ricordati la chiavetta.

Uscirono dal capanno. Dietro le pareti metalliche del prefabbricato c'era un'aeronave classe Quasar da dieci posti, piccola in confronto alle enormi Nova che circondavano il campo.

I tre si infilarono nella cabina e Bimbo indicò a Lorenzo il sedile del pilota. – Dovrai guidare tu, con questo braccio non posso farcela.

– Non ho mai pilotato una nave della Sfera.

– Imparerai.

Dopo aver depositato José su uno dei sedili passeggero, Bimbo si infilò al posto del copilota e afferrò la radio. – Qui Long Bimbo, matricola 27-71. Chiedo autorizzazione urgente al decollo, priorità assoluta, ordine del capitano Konrad. Codice 26-32-Tango-5.

– Qui campo. Avete passeggeri?

– I due prigionieri. Il capitano ordina il trasferimento immediato.

– Abbiamo bisogno della conferma a voce del capitano. È lì con voi?

– No, è nel capanno. Mi ha dato il suo codice: 26-32-Tango-5.

Mentre la radio continuava a blaterare, Bimbo si girò verso Lorenzo. – Al diavolo, parti. Questa è la manetta dei motori. Il giroscopio è quello. E la cloche...

– Fin lì ci arrivo – lo interruppe piccato Lorenzo.

Il quadro comandi era diverso da quello dell'Arlequin, molto più moderno e ricco di funzioni che non aveva mai visto. Ma in fondo era sempre un'aeronave. Accese il reattore e lo lasciò scaldare.

Bimbo sbottò nella radio: – Che c'è? Vuoi andare dal capitano a chiedergli conferma? Allora vai, muoviti, ma io decollo. Priorità assoluta!

– Perché non hai ucciso quel dannato seijin? – sussurrò Lorenzo.

– Perché i seijin non si toccano. Ammazza un seijin e la Sfera mobiliterà l'intero universo per distruggerti.

Lorenzo annuì e tornò a concentrarsi sui comandi. Quell'aeronave era un gioiello. La spia dei reattori diventò verde dopo appena trenta secondi e Lorenzo tolse i freni e diede potenza. La Quasar si sollevò nell'aria di qualche metro, alzando uno spruzzo di polvere.

– A tutto gas – disse Bimbo.

Lorenzo aumentò la potenza e si sollevarono sopra l'isola, proiettandosi nel cielo.

– Rotta est di sud-est – lo istruì Bimbo. – E quando le aeronavi cominciano a inseguirci, avvertimi. Dovremmo avere ancora un paio di minuti, quindi dacci dentro.

– Aiuta papà! – lo implorò Lorenzo.

Il gigante si spostò dal suo sedile e passò dietro, dove il respiro di José era diventato un sibilo sconnesso.

– Come sta? – si informò Lorenzo.

– Male.

Con gesti esperti del braccio sano, Bimbo lacerò i vestiti di José e studiò la ferita. Lorenzo si voltò: sembrava che l'intero torace di suo padre fosse diventato un molle ammasso di sangue.

Bimbo raggiunse il retro dell'aeronave dove si trovavano le apparecchiature di pronto soccorso, afferrò un medipak e lo applicò alla ferita. Il kit diffuse gli antidolorifici nel corpo di José e il suo volto si distese.

– Ora non soffre più – disse Bimbo, cominciando a fasciarsi la spalla ferita con un altro medipak.

Ora non soffre più. Lorenzo non aveva bisogno di chiedergli il significato di quelle parole.

Bimbo si sistemò di nuovo sul sedile accanto a lui. – Preferisco essere io ai comandi quando comincerà l'inseguimento. Ce la faccio. Ho modificato personalmente i motori di questa piccolina, può far mangiare la polvere a qualsiasi Bigbang della Sfera.

– La chiavetta era protetta da una password... Non credi che avresti dovuto comunicarmela prima?

Bimbo sogghignò. – Non ce n'era bisogno. Qualsiasi password sarebbe andata bene.

– E il backup dei dati? Se ho capito bene Konrad ha una copia di sicurezza di tutto quanto. Distruggere il computer è stato inutile.

– Già, ha voluto fare il backup personalmente... con un software che ho programmato io. Immagina la sua faccia quando si accorgerà di aver registrato solo robaccia senza senso.

Lorenzo smise di ascoltarlo. Lasciò i comandi della nave e raggiunse José. Si sistemò sulle ginocchia la testa del padre. Il viso era diventato grigio, color della cenere, ma era rilassato e con gli occhi chiusi.

Lorenzo non pianse. Restò lì, sperando che José aprisse la bocca per sussurrargli qualcosa. Gli aveva salvato la vita. Si era tuffato come un incosciente sulla traiettoria del proiettile per proteggerlo, si era preso quel frammento di piombo al posto suo. Non era giusto.

Immaginò José che sorrideva e gli diceva: «Sono tuo padre. Ti ho sempre detto che avrei dato la vita per te».

Immaginò José che gli strizzava l'occhio. «Bisogna avere speranza. Non preoccuparti. Un cacciatore d'acqua sa sempre come cavarsela.»

José invece non disse niente. Restò lì, accasciato sul sedile, e il suo respiro si fece sempre più flebile. Finché non cessò del tutto.

Lorenzo appoggiò la mano sui capelli del papà e li carezzò. Aspettò. Pregò che, dovunque si trovasse in quel momento, un dio delle acque lo prendesse con sé e lo portasse alle sorgenti di un grande fiume, dove il liquido fresco e prezioso sarebbe sgorgato per l'eternità.

3 termidoro 2251. Kyoto-17.
35° 00′ n, 135° 48′ e. 40 m s.p.z.

– Come sarebbe a dire?

Qualche testa si girò in direzione di Valery, per poi tornare a concentrarsi sul proprio piatto. Joel allontanò da sé il vassoio della cena e la fissò con occhi duri. – Sarebbe a dire che le acquareti non sono più un nostro progetto. Se ne occuperanno gli uomini di Washington-5.

La mnemocapsula di Tibald tornò a fare effetto, riportandole alla mente quelle parole: «Organizzi una visita dei vertici di Washington, per dimostrare che i loro soldi vengono ben spesi». Era quello il vero scopo dell'uomo misterioso di cui le aveva parlato Tibald? Allontanare il progetto acquareti dal controllo del WRC?

– E il gruppo Echo-2? – domandò.

– Si occuperà di qualcos'altro – rispose Joel. – Comunque, a te non dovrebbe interessare.

Ecco. Finalmente il ragazzo stava venendo al punto.

– Dai, Valery. Ma ti ricordi almeno chi, oltre a noi due, fa parte del gruppo?

La ragazza esitò. – Il professor Brimman, ovviamente. E i due ragazzi orientali, Hiroki e... Ito.

– Aito, si chiama Aito. E poi?

– Poi c'è quella ragazza, quella con gli occhi un po' strani.

– Sì. Che si chiama...?

– Maddalena. No, aspetta. Maria. Mary.

– Miriam – sospirò Joel. – Vedi? Non fai più parte del gruppo. Tu ormai sei un pezzo grosso, la seijin più potente del WRC, la collaboratrice di Tibald. La squadra non può contare su di te.

Valery sbottò: – Cosa c'è, sei invidioso?

– No. Ma non far finta che ti importi di quello che facciamo. Vivi la tua vita e lasciaci in pace.

– Vuoi dire che... –. «Non siamo più amici» era sul punto di aggiungere. Ma si trattenne. Sentì una fitta di dispiacere nel petto.

Joel voltò la testa e continuò, indovinando i suoi pensieri: – Hai già i tuoi amici, Valery. Tibald, per esempio, e quella ragazzina jinsei con le tette grosse.

– Leonie...

– Vedi? Il suo nome te lo ricordi.

Sulla scrivania del professor Tibald c'erano un messaggio uscito dal comufax e una mnemocapsula. Non aveva senso: la comunicazione arrivava da chissà dove, mentre la mnemocapsula doveva essere stata consegnata a mano, da qualcuno che aveva violato per l'ennesima volta la privacy del suo appartamento.

Il messaggio era di un'unica riga, scritta a mano con una grafia rapida e furibonda.

Il dossier non è più in nostro possesso, seguono istruzioni.

Tibald lo lesse due volte e immaginò l'uomo senza volto che vergava quelle poche parole. Probabilmente qualcuno avrebbe pagato con la vita la perdita del dossier.

Il professore distrusse il messaggio nell'inceneritore e si sedette alla scrivania con la mnemocapsula tra le mani, incerto per un attimo sul da farsi. Poteva fingere di non averla mai ricevuta? Alla fine la spezzò sul bordo del tavolo.

Dalla pillola uscì un fumo pungente che gli riempì istantaneamente i polmoni, facendolo tossire.

Riuscì a pensare solo: «Hanno sbagliato il dosaggio. Troppi dati in un'unica capsula». Poi il suo cervello fu annebbiato dalla mole di informazioni che gli veniva stampata a forza, con violenza, nella memoria.

Valery uscì dalla mensa, si precipitò nell'ascensore riservato agli insegnanti, attraversò i corridoi e raggiunse la stanza di Tibald. Bussò. Silenzio. Afferrò il comunicatore e provò a chiamarlo, ma il dispositivo del professore era spento. Bussò di nuovo.

– Professore, mi sente? Professore!

Al diavolo, quella era un'emergenza. Il corridoio era bagnato dalla luce del tramonto che entrava da un'ampia vetrata. Valery lasciò che l'energia fluisse dentro di lei, riscaldandola, e la usò per alimentare la rabbia. Leonie, suo fratello. Joel e la sua durezza nell'escluderla dal gruppo. Il progetto acquareti.

Concentrò l'ira nel palmo della mano destra finché le dita non diventarono incandescenti, di un colore blu vivo. Quindi incanalò il Potere e lo scagliò contro la serratura elettronica.

Ci furono una scarica e il piccolo lampo di un cortocircuito, poi la porta si aprì con un *clic* leggero.

Tibald era accasciato sulla scrivania, il capo appoggiato sul legno del piano, un filo sottile di sangue che gli usciva dal naso.

– Oh, no!

Valery si richiuse la porta alle spalle e corse dal professore. Sul pavimento erano sparsi i frammenti di una mnemocapsula. Un dosaggio eccessivo?

Sentendosi ancora ribollire di Potere, Valery sollevò di peso Tibald dalla sedia e lo trascinò fino alla camera da letto, tenendolo per le ascelle.

– Valery... – mugolò il professore.

– Stia tranquillo, va tutto bene. Si riposi.

Corse in bagno e riempì d'acqua un bicchiere. Riuscì a farlo bere tenendogli la testa sollevata e versandogli il liquido tra le labbra secche, a piccoli sorsi.

– L'acqua diluirà la dose di mnemoveleno, così poi si sentirà meglio.

Sbagliare la preparazione di una mnemocapsula era da dilettanti:

qualunque novizia dell'Istituto era in grado di bilanciare correttamente i componenti chimici con un lavoretto di cinque minuti. L'uomo senza volto aveva dimostrato di essere un professionista, dunque la spiegazione era una sola: per quella persona infliggere ai propri collaboratori un'ora o due di atroci sofferenze non aveva alcuna importanza.

Quando Tibald riaprì gli occhi, il suo viso aveva assunto un colore terreo ed era madido di sudore. Vide Valery e si sforzò di sorridere, ma le labbra si contrassero in una smorfia. Poi disse: – Devi scappare di qui.

Valery spalancò gli occhi. – Come sarebbe a dire?

– La mnemocapsula... Quel maledetto ha usato un dosaggio... di almeno cinque...

– Tibald, non si sforzi di parlare. Così starà solo peggio.

– No, *devo* farlo. Hai dell'altra acqua? –. Il professore bevve avidamente, poi riprese: – Devi scappare. Fuggire lontano.

– Perché? Cosa vuol dire?

– Il gruppo Echo-2 ha perso il progetto acquareti.

– Me l'ha detto Joel.

– Sì, ma non credo che ti abbia detto il perché... Cosa che invece ha fatto, in modo piuttosto brutale, il mio amico senza faccia.

Tibald afferrò Valery per le mani. Fino a qualche tempo prima la ragazza avrebbe trovato disgustoso quel contatto con un jinsei. Com'era cambiata da allora!

– Gli agenti della Sfera sono in allarme: ormai comunicano con i loro capi tenendomi all'oscuro di tutto. Ma la dannata mnemocapsula mi ha rivelato un'informazione preziosa. Il 30 termidoro il WRC sarà chiuso.

– Cosa? – sbottò Valery – Ma è fra meno di un mese!

– Io e un gruppo selezionato di seijin, di cui tu dovresti far parte, resteremo in un'ala di questo Centro per proseguire gli studi sul ciclo dell'acqua, ma non sarà come adesso. La mnemocapsula mi ha mostrato i loro piani: sarà una prigione a tutti gli effetti.

– Ma...

– Il dossier che ci avevano promesso non c'è più. Sparito. Non è più nelle mani dell'uomo senza volto, e non oso pensare a quanto sia arrabbiato. Non mi stupirei se avesse sbagliato apposta le dosi della capsula per farmi sentire quanto forte era la sua furia. Senza dossier, le possibilità che le nostre ricerche abbiano successo sono molto scarse, ed ecco perché non ha senso mantenere il WRC così com'è ora. Si trasformerà in un carcere di massima sicurezza per scienziati.

Tibald bevve ancora, poi continuò: – Ora viene il piatto forte. Il progetto acquareti è nelle mani dell'accademia di Washington-5, che lo sta rendendo operativo. Questo vuol dire che, tra pochissimo tempo, gruppi di seijin verranno selezionati per creare la pioggia e farla cadere sulle acquareti della Sfera. Per loro, dunque, il problema dell'acqua è risolto.

Valery non riuscì più a trattenersi. – Ma non è vero! È come le aveva detto l'uomo senza volto: siamo come piante senza più radici. E finché...

Tibald scosse la testa. – Non capisci. Alla Sfera e all'uomo senza volto non importa nulla di Skyland e di chi ci vive. A loro interessa il potere, e l'acqua è potere. La Sfera comanda i seijin, la Sfera possiede le acquareti. In questo modo, tutte le risorse idriche di Skyland saranno presto sotto il loro controllo. Gli altri, chiunque altro, compresi i ribelli, dovranno scegliere: sopravvivere e sottomettersi, oppure morire insieme alla loro libertà.

Valery scattò in piedi. Non poteva crederci: il professor Tibald era un traditore, un eretico!

– La Sfera non farebbe mai nulla di simile!

– Perché no? Cosa faresti tu, se controllassi la Sfera?

– Ma non può desiderare la morte di tutte quelle persone. Un sistema di questo tipo è fragile, rischioso, porterebbe a uno spreco enorme...

– *Potere*, Valery, è quello che conta. Potere.

La ragazza si voltò e Tibald si mosse in avanti per afferrarla, ma lei gli sfuggì. – Che stai facendo?

– Me ne vado, ho bisogno di riflettere.

– Aspetta –. Tibald restò in silenzio per un istante, poi disse: – Ho concluso le analisi sull'esperimento a Kyoto-2. I terremoti.

Valery si bloccò. Aveva quasi perso di vista il problema: il possibile rapporto fra l'energia dei seijin e il movimento delle isole su Skyland.

Tibald continuò: – È emersa una correlazione statisticamente significativa. Occorreranno altri esperimenti per esserne del tutto certi, ma una cosa è sicura: il Potere e il fatto che i frammenti di terra galleggino nel cielo sono fenomeni collegati.

Valery si sentì scuotere nel profondo.

Non riusciva nemmeno a immaginare tutte le conseguenze di quella scoperta.

– Ora vai, e pensa a quello che ho detto. Devi andartene da qui prima che sia troppo tardi.

«Sono fedele alla Sfera e a chi la governa. Sono fedele al tutto-che-unisce di cui faccio parte e che avverto nella forza rigenerante del sole, grazie al Potere che mi è stato donato e ai sacerdoti che mi hanno insegnato a riceverlo. Giuro assolute lealtà e obbedienza alla Sfera finché vivrò. Ogni mio passo, ogni mio gesto, ogni mia scelta saranno conformi al volere della Sfera. Se qualcuno un giorno indicandomi dirà: "Ecco un servo della Sfera, che alla Sfera ha dedicato ogni istante", quello sarà per me il complimento più bello.»

Valery camminava a passo svelto fra i corridoi, concentrandosi sulle contrazioni ritmiche dei muscoli. Arrivata alla fine del giuramento, ricominciò da capo: «Sono fedele alla Sfera e a chi...».

Non ricordava che qualcuno le avesse insegnato quelle formule: le sembrava che fossero stampate dentro di lei fin dal suo primo giorno di vita. Avevano usato una mnemocapsula? Forse. Ricordava ancora quando aveva giurato davanti ai professori della scuola di Nuova Belfast e la sua voce non aveva avuto un solo tremito.

«Ma se è così, se ero troppo piccola per capire cosa significava... allora è davvero un giuramento valido?»

Il panico la assalì alla gola, facendo vibrare il mondo attorno, e la ragazza ondeggiò e dovette appoggiarsi a una parete per non cadere. Il cuore le batteva velocissimo nel petto e le sembrava di non riuscire a respirare. La vita senza la Sfera... Come poteva...

«Sono fedele alla Sfera e a chi la governa. Sono fedele al tutto-che-unisce.»

Era sbagliato riservare l'acqua a pochi eletti e usarla come strumento di potere. Ma la Sfera non poteva fare nulla di sbagliato, era una contraddizione in termini! E poi a Valery cosa importava dei jinsei? Anche se aveva conosciuto Tibald e Leonie, loro erano comunque diversi da lei, creature inferiori, separate dal tutto-che-unisce. Se fossero scomparsi, be'... una piccola perdita senza importanza.

Senza importanza?

Gli occhi di Leonie, la sua risata sovrastata dall'urlo dell'elitrottolo...

E poi Valery non poteva avere alcuna certezza che non fosse tutto un cumulo di bugie. Tibald e soprattutto l'uomo senza volto potevano averle mentito. Era solo un ammasso di menzogne: la Sfera non sbagliava, la Sfera operava per il bene dell'umanità.

Il biglietto di Leonie: *Se ti servirà aiuto, ricorda di cercare il fiorerosso.* E lei, ora, aveva bisogno di aiuto più che mai.

Senza accorgersene, accelerò il passo finché si ritrovò a correre. Il "fiore rosso": poteva riferirsi a un cartello, un'immagine, un vero fiore all'occhiello di qualche inserviente jinsei. O a chissà cos'altro.

Raggiunse la serra, quella in cui aveva trovato Tibald, sconvolto dopo un incontro con l'uomo senza volto. La percorse in lungo e in largo e osservò le piante a una a una, accaldata e in preda all'ansia. C'erano almeno trecento varietà di fiori in tutte le tonalità del rosso, dalle sfumature più accese a quelle violacee, fino al rosa tenue. Ma nessun aiuto.

Ispezionò la terrazza, sempre sola, senza rispondere agli squilli che ogni tanto il suo comunicatore le trasmetteva con una vibrazione. Non guardò nemmeno chi la stesse cercando. Tibald, forse, o Joel, o Brimman. Non le interessava. Nelle aiuole della terrazza c'era un unico cespuglio di rose ormai rinsecchite. Valery si inginocchiò e cercò con attenzione fra i rami spinosi e la terra smossa di fresco, ma niente. D'altronde, cosa sperava di trovare?

Ogni tanto il panico tornava ad assalirla, a ondate gelide che le mettevano i brividi. Sapeva cosa stava facendo: tradimento. Cercava aiuto per sfuggire alla Sfera. Cercava informazioni per condannare la Sfera e sottrarsi al suo giuramento. Era impensabile, inconcepibile.

Uscì dalla serra e i corridoi le apparvero come una gabbia, una prigione ancora più subdola e soffocante dell'Istituto.

Era stata ingannata. Senza sapere da chi, quando e come. Ma era così.

Scese nel cuore del WRC, dove i jinsei si affollavano, invisibili al resto del Centro, e badavano a tutte le piccole necessità dei loro padroni: cucinare, pulire, controllare gli impianti elettrici e idraulici, del riscaldamento e dell'aria condizionata. Valery vagò per i corridoi, indifferente agli sguardi che si posavano su di lei, controllando i capelli delle donne e le divise degli uomini. Non c'erano fiori.

Raggiunse il garage sotterraneo e si mosse rapida tra i meccanici in tuta blu e i muletti che trasportavano pezzi di ricambio.

L'elitrottolo era parcheggiato più o meno nella stessa posizione dell'ultima volta, vicino ad altri veicoli identici, ma Valery riconobbe subito quella sua particolare aria vissuta, che faceva pensare alle decine di persone che si erano accomodate sulle sue poltroncine sfondate.

Prima di rendersene conto, si ritrovò seduta al posto di guida. Sotto il sedile trovò la felpa con il cappuccio di Leonie e ne frugò le tasche: magari c'era un altro biglietto nascosto lì per lei. Niente.

Sospirò, delusa, e si infilò la maglia, facendo attenzione che la testa rasata venisse ben coperta dal cappuccio.

Che stava facendo? Perché, dopo tutto quello che era successo quel giorno, perdeva tempo così? Non lo sapeva e neppure le importava.

Accese l'elitrottolo e lasciò scaldare il motore. Non vide nessuno che si voltava verso di lei per urlarle di scendere, e in fondo un meccanico inferocito non sarebbe stato sufficiente a fermarla.

Quando fu pronta decollò, infilò la botola che portava all'aperto, piombando nell'aria sotto l'isola. Ricordava quello che le aveva detto Leonie: non doveva allontanarsi più di centocinquanta metri, o le aeronavi che sorvegliavano il WRC l'avrebbero incenerita.

Dal finestrino semiabbassato entrava l'aria fresca della sera, mentre l'immensa massa di terra proiettava un'ombra buia sopra di lei. Schivò un'aeronave cargo che stava per attraccare e osò addirittura mettere fuori una mano per salutare il pilota jinsei nascosto da qualche parte all'interno di quel mostro metallico. Il gesto la fece sentire bene, e rise forte.

Si allontanò di qualche metro e risalì fino a dove l'isola lasciava spazio ai palazzi luccicanti del WRC: volò in alto sopra le terrazze, sfiorò le guglie di vetro e le passerelle sospese. Poi ritornò giù, scendendo dalla parte opposta.

Fu allora che i fari dell'elitrottolo lo illuminarono: sulle rocce che componevano la base dell'isola si trovava una specie di terrazzamento, una sporgenza che superava di qualche metro le altre, e Valery dovette sterzare per non finirci addosso.

– Ci è mancato poco – disse fra sé, e si concentrò di nuovo sui comandi.

Poi con la coda dell'occhio percepì la scritta: una semplice targa metallica che doveva risalire alla vecchia era, con un lato ammaccato. Era saldamente ancorata alla roccia ed era lunga almeno un metro. Anche se il tempo aveva fatto del suo meglio per renderla illeggibile, si scorgevano ancora due ideogrammi che Valery non seppe decifrare (forse era giapponese antico) e una scritta in caratteri latini: *Fiorerosso*.

Il messaggio di Leonie. Valery ricordò che in effetti la sua amica non aveva scritto *fiore rosso*, ma un'unica parola. Aveva pensato che fosse un errore di ortografia dettato dalla fretta, e invece no. Fiorerosso esisteva davvero. E lì Valery avrebbe trovato aiuto.

La ragazza risalì verso il terrazzamento, puntò i fari della piccola aeronave sulla roccia, per esaminarla con attenzione: una galleria spariva nell'interno dell'isola. Cavolo, con un po' di attenzione sarebbe potuta entrare lì dentro con tutto l'elitrottolo. Forse era così che faceva Leonie, sparendo nel nulla in un suo rifugio segreto, al riparo dagli occhi indiscreti delle aeronavi in volo sopra di lei.

– Andiamo a dare un'occhiata – disse Valery a voce alta, per farsi coraggio, e si preparò alla manovra.

L'elitrottolo dovette fermarsi appena varcato l'ingresso della grotta, quel tanto che bastava per restare nascosto. Poi la ragazza fu costretta a spegnere i motori e a procedere a piedi lungo il passaggio. Era scavato nella terra e nella roccia, e Valery avanzava con le spalle curve e i gomiti che strisciavano contro le pareti. Dopo una decina di passi si ritrovò in uno spazio sferico, dal soffitto basso, appena sufficiente per stare seduti a gambe incrociate. Sul suolo erano sparsi un generatore portatile con una lampada, un computer, dei dossier cartacei e alcuni strumenti, fra cui una piccola radio a lungo raggio e un indicatore di rotta.

Leonie era una spia! Ma per conto di chi?

Valery afferrò i faldoni di carta e iniziò a sfogliarli alla flebile luce della lampada. Piani di costruzione del WRC, formule matematiche, comunicazioni interne. Il tutto ammassato alla rinfusa e senza un ordine apparente. Accese il computer. Altri dati.

Su una cartella in bella vista campeggiava una scritta: *Diario operativo*. Iniziò a leggere.

DUE

4 TERMIDORO 2251. KYOTO-17.
35° 00′ N, 135° 48′ E. 40 M S.P.Z.

Fuori, sull'isola di Kyoto-17, era calata l'oscurità. Ma all'interno della grotta, rischiarata dal piccolo generatore portatile, Valery aveva dimenticato lo scorrere del tempo.

Agente L, 000171089. WRC, 21 prat. Arrivata in zona operativa, ruolo ufficiale: inserviente cucine. Una buona posizione. Inizio esplorazioni per luogo operativo Alfa. Devo sbrigarmi.

"Ruolo ufficiale"? Valery sfogliò in fretta le pagine, ansiosa di capire.

Agente L, 000171089. WRC, 28 prat. Alfa trovato: "Fiorerosso". Inizio costruzione base tattica.

Note personali: situazione critica, caccia Bigbang in pattuglia con regole d'ingaggio standard, vedere documento class. X/29/2. Richiesta via radio la promozione della missione a livello Rosso-5. In attesa di risposta. Primo approccio con una seijin. Escludo possa diventare lei il soggetto X. Antipatica. Gelida.

Valery trattenne il fiato. "Soggetto X"? Si riferiva a lei?

Ag. L, 000171089. WRC, 29 prat. Ieri caccia Bigbang hanno colpito aeronave Mammuth proveniente da WRC: a bordo seijin che hanno rifiutato la collaborazione con Tibald. Estraneità di Tibald comprovata da documento class. X/29/16bis. Tutti morti a bordo. WRC blindato. Base conferma passaggio missione a liv. Rosso-5. Operare sotto copertura totale.

Valery saltò una serie di giorni con comunicazioni brevi e schematiche, quasi incomprensibili. Poi una nota attirò nuovamente la sua attenzione:

Ag. L, 000171089. WRC, 20 mess. Aiuto inaspettato da una seijin (vedere nota 28 prat.), V. Reazione inattesa e difficile da codificare, ma sarà lei il soggetto X. È sveglia. Intelligente. Soggetto ideale.

L'aveva presa per una cavia di laboratorio, un sorcio cui insegnare a superare il labirinto! Possibile? Valery aveva creduto che fossero amiche. Quanto era stata stupida!

Ag. L, 000171089. WRC, 23 mess. Raccolti documenti class. A/28/56-72-31.

Ag. L, 000171089. WRC, 24 mess. Correzione: V. non sarà sogg. X. Mio errore di valutazione. Necessaria distanza affettiva tra ag. e sogg. X, non è così. Siamo amiche.

Elitrottolo: altro errore? In questo modo le ho dato la chiave. Ma sono sicura che la fiducia è ben riposta.

Ag. L, 000171089. WRC, 25 mess. Raccolti documenti class. A/28/57-73-41. Comunicazione base: missione ora livello Rosso-1, massimo rischio. Dai documenti raccolti emerge la priorità della Sfera sul progetto WRC: se va in porto, la ribellione è finita. Allarme. Attesi rinforzi.

Ag. L, 000171089. WRC, 26 mess. Giornata infruttuosa. Comunicazione base: agente in arrivo, è L. Finalmente! Sono molto felice. V. sta iniziando a capire, ormai mi fido di lei. Intelligenza acutissima. Merita di più. Voglio presentarle L. Si piaceranno.

Ag. L, 000171089. WRC, 27 mess. Difficile procurarsi documenti, aumento sorveglianza. Arrivo funzionari Sfera fra tre giorni, idem per arrivo L. Da doc. 21/13 emerge interruzione vigilanza per mezz'ora, probabile arrivo aeronave non autorizzata. Di chi e perché? Impossibile scoprirlo.

L'uomo senza volto, chi altri? Il diario di Leonie finiva con:

Ag. L, 000171089. WRC, 30 mess. Disastro. Aeronave con L. incenerita: qualcuno ha saputo e parlato. Hanno mascherato da incidente il suo assassinio e si contano altre vittime. L. era mio fratello e sono sconvolta.

Se c'è un traditore, prenderanno anche me. Capsula del suicidio infilata nel dente come da procedura: non parlerò. Fiorerosso raggiungibile solo con elitrottolo Y.21, con qualsiasi altro mezzo i dati saranno autodistrutti. Come da schema 12/12/ter, utilizzo dell'impianto di sicurezza del WRC. Solo V. o successivi agenti troveranno il posto. È sicuro, è sicuro. Spero. Fine trasmissioni.

Un sistema di autodistruzione... Sull'elitrottolo doveva essere nascosto un indicatore radar che comunicava con la radio a lungo raggio presente nella grotta.

Maledisse mentalmente Leonie: una strategia così semplice non poteva reggere il confronto con i mezzi della Sfera. Se le comunicazioni erano state intercettate, Valery era rovinata. Se qualcun altro avesse trovato quel posto...

Sfruttando il diario come guida, Valery iniziò a studiare i documenti. Leonie aveva fatto un ottimo lavoro: c'erano i risultati delle ricerche del gruppo Echo-2 e di tutte le altre squadre. Appunti personali di Tibald e ricerche a cui lei e il professore avevano lavorato in coppia. C'era perfino un rapporto sulla correlazione statistica fra l'energia seijin e i movimenti delle isole.

Per la prima volta Valery aveva una visione d'insieme delle ricerche del WRC e la cosa le metteva i brividi. I gruppi da Sierra a Zulu avevano lavorato al cosiddetto Progetto Diffusione: i programmi della Sfera per l'utilizzo pratico del ciclo dell'acqua su scala globale. Erano piani di dominio. Un'eventuale ricostruzione del ciclo dell'acqua (ma le note dicevano che già il progetto acquareti di Valery sarebbe stato usato a quel modo) doveva diventare uno strumento di potere per piegare per sempre la ribellione. Alcune zone di Skyland sarebbero state lasciate alla desertificazione. Commando armati si sarebbero impadroniti delle riserve idriche esistenti. I cacciatori d'acqua sarebbero stati sistematicamente catturati.

Davanti agli occhi di Valery le cifre e i grafici si trasformavano in immagini: uomini e donne imprigionati, bambini uccisi o lasciati morire di sete. Erano jinsei? Sì. Jinsei. Come Leonie, suo fratello, Tibald.

La Sfera era in grado di decidere delle sorti dell'intero pianeta, o di quel che ne restava.

La ragazza si riscosse dai suoi pensieri e tornò a concentrarsi sul diario di Leonie. Dopo la nota del 30 messidoro non c'era altro, se non una lunga lettera:

Cara V., per la prima volta da quando sono arrivata qui, su Kyoto, ho veramente paura. Avrei voglia di scappare subito, caricare i miei documenti sull'elitrottolo e tornare dalla mia gente... ma sono stata addestrata, e so che non è ancora il momento.

La ragione sei tu: il tuo talento e le tue capacità sono così importanti da raddoppiare il valore dei dati che ho raccolto. Potresti davvero fare la differenza.

Ora fingerò di tornare al normale lavoro d'inserviente, verrò a trovarti e ti chiederò di scappare con me. Se andrà tutto bene, non dovrai mai leggere questa lettera e partiremo insieme per una nuova, grande avventura.

Mi rendo conto però che le cose potrebbero andare male, ci sono molti segnali negativi... e io forse non ho abbastanza tempo.

Se stai leggendo queste righe e sei arrivata da sola al fiorerosso, significa che qualcosa è andato storto. Brimman non è soltanto il tuo professore, è anche uno dei contatti che la Sfera ha stabilito al WRC. In altre parole, è un agente segreto... proprio come me. So per certo che mi ha smascherato e ha già dato l'ordine di catturarmi. Ma non mi farò prendere viva. Sai cosa intendo.

Valery smise per un attimo di leggere, la vista annebbiata dalle lacrime. La capsula del suicidio di cui parlava Leonie nel diario.

Per questo ho tanta paura, adesso.

È il momento di farmi forza e concludere, ogni minuto potrebbe essere prezioso. So che non posso obbligarti e che dev'essere una decisione tua. So anche che questo comporta un grande rischio: capisco il tuo dubbio, il legame che ti unisce alla Sfera, e non posso influenzarti. Non sarebbe giusto. Ma voglio comunque fidarmi di te, amica.

Qualunque cosa tu scelga, anche se fosse restare al WRC, sarà la cosa giusta.

Se invece sei pronta a non voltarti più indietro, carica sull'elitrottolo tutto quello che ho lasciato in questo rifugio, poi segui lo schema di sicurezza che ho descritto nel mio diario. Ti permetterà di creare un piccolo diversivo per coprire la tua fuga. E poi vai, affidati all'indicatore di rotta. Ti porterà dai miei amici.

Fiducia in cambio di fiducia, è tutto quello che ti chiedo. Con il mio cuore io ti sarò sempre accanto. Addio.

Rilesse le ultime tre frasi, più volte, finché non riuscì più a sopportare quelle linee disegnate sullo schermo. Leonie non ce l'aveva fatta. Era venuta a cercarla, era riuscita a mettere un biglietto sotto il cuscino e poi era arrivato Brimman... O forse era accaduto qualcos'altro, non importava, che differenza faceva? Singhiozzò. Leonie non era più con lei. La sua prima e unica vera amica, che aveva riposto in lei tutte le speranze, era stata catturata e uccisa. Valery era di nuovo sola. Si sdraiò sul pavimento della grotta, con gli occhi sbarrati, lasciando che un dolore sconosciuto si riversasse dentro di lei.

Adesso non le restava più alcuna via di uscita. Avrebbe potuto distruggere quei documenti e tornare alla sua vita di brava seijin fedele al giuramento. Ma se Brimman aveva interrogato Leonie, ormai poteva sospettare anche di Valery. Troppo rischioso. Senza saperlo, negli ultimi giorni la ragazza aveva camminato con un bersaglio disegnato sulla schiena.

La sua unica possibilità era scappare: diventare una ribelle anche lei, lontana dalla Sfera, dai suoi piani di dominio e da tutte le persone che aveva conosciuto. Ma dove? Come?

Valery tentò di elaborare mentalmente un piano. Doveva raggiungere Tibald e spiegargli la situazione. Salutare Joel. Poi si rese conto che era una follia: tornando al WRC avrebbe compromesso anche la minima possibilità di successo.

Dopotutto non le serviva niente: ricerche e documenti erano già stati raccolti da Leonie, e lei avrebbe avuto i materiali per rimettersi al lavoro altrove. Forse in futuro sarebbe riuscita a entrare in contatto con Tibald: aveva ancora il comunicatore.

Iniziò a studiare lo schema 12/12/ter di cui Leonie parlava nel suo diario: descriveva i sistemi di sicurezza del WRC, ovvero i punti in cui gli operai della Sfera avevano piazzato le bombe per far saltare l'intera isola.

Non la stupì scoprire che una delle bombe era raggiungibile dalla grotta in cui si trovava. Leonie aveva pensato a tutto.

In qualche modo riuscì a ricacciare la tristezza per la scomparsa dell'amica in un angolo dentro di sé. Non le era più concesso tempo per piangere: adesso era il momento di agire. Il sacrificio di Leonie non poteva andare sprecato.

Non servirono lunghe ricerche per trovare il cunicolo che si perdeva verso l'alto, così stretto che Valery riuscì a malapena a infilarci le spalle e il busto. Cercando di vincere il senso di soffocamento, strisciò in verticale fino a raggiungere un pannello di metallo che si apriva nelle fondamenta di cemento dei palazzi di Kyoto-17.

All'interno del pannello c'era un semplice quadro elettrico che, secondo lo schema di Leonie, controllava l'esplosione di una delle bombe seppellite sotto il WRC. Avrebbe fatto crollare un'intera area del Centro ricerche. Valery si augurò che non facesse troppe vittime. In fondo, a quell'ora quasi tutti gli abitanti del Centro dovevano essere a dormire.

La sua amica Leonie aveva collegato al quadro un semplice timer per scandire il tempo prima dell'esplosione. Valery fece un respiro profondo, regolò il timer e lo attivò. Un'ora sarebbe stata sufficiente. Sincronizzò il suo comunicatore.

Valery strisciò all'indietro lungo il tunnel. A un tratto si ritrovò incastrata e cominciò a boccheggiare, terrorizzata dalla mancanza d'ossigeno. Sentiva sopra di sé il peso dell'intera isola che la opprimeva, soffocandola. Scalciò. Riuscì finalmente a liberarsi e a tornare nella grotta, ansimando. Controllò il comunicatore: ancora mezz'ora ai fuochi d'artificio.

Radunò a bordo dell'elitrottolo tutto quello che riuscì a trovare: radio, documenti, computer, indicatore di rotta. Dopo un attimo di riflessione, decise di lasciarsi alle spalle solo il generatore e la lampada. Poi controllò il livello di carburante del velivolo. Non era sufficiente per un lungo viaggio, ma pazienza. Ormai era impossibile fermare il timer e presto là sotto avrebbe fatto un caldo infernale: non aveva scelta. Da qualche parte sarebbe arrivata.

Valery calcolò mentalmente le possibilità di riuscita del suo piano:

una su qualche centinaia, forse meno. Ma la mente razionale della ragazza le diceva che quello era il miglior piano possibile, che c'era una speranza, seppur minima, e tanto bastava.

Tornò a bordo dell'elitrottolo, controllò il comunicatore (ancora dieci minuti) e si rassegnò ad aspettare. Quando il piccolo monitor indicò cinque minuti all'esplosione, Valery usò il dispositivo per scrivere un messaggio per Tibald.

Spero di rincontrarla presto. Conservi il suo comunicatore. Se sopravvivo userò queste frequenze per cercare di contattarla.

L'apparecchio mostrò la scritta: "Messaggio inviato", e Valery lo spense. Era fatta. Ancora quattro minuti.

Accese i motori e l'elitrottolo decollò e uscì allo scoperto, sospeso nell'aria di Skyland.

Da qualche parte, lassù nella notte illuminata solo dalla luna, si nascondevano le aeronavi della Sfera.

La partita stava per iniziare.

Valery si allontanò dall'isola di un centinaio di metri appena, in modo da non richiamare subito l'attenzione delle aeronavi di guardia. Sperò di aver calcolato bene i tempi e che il radar di bordo fosse affidabile: l'isola le sembrava già troppo piccola alle sue spalle, con quel suo ammasso di roccia, vetro e acciaio. Tibald e Joel erano lassù. Hiroki e Aito. Miriam. Gli altri.

Le aeronavi Bigbang dovevano averla già inquadrata nei loro mirini, i missili pronti a partire verso il bersaglio. Non avrebbero esitato. Lei neppure.

Valery accese l'indicatore di rotta che aveva trovato nella grotta e quello iniziò a ticchettare mostrando la sua via di fuga: est di nord-est. Perfetto. Solo pochi secondi ancora.

Alle sue spalle la notte si colorò di fuoco e sembrò che il mondo le crollasse addosso con un boato.

Valery spense i motori dell'elitrottolo e cominciò a precipitare nel vuoto.

La grotta collassò su se stessa. Dall'imboccatura si levò un fiotto denso di fumo e l'intera isola del WRC tremò. Il crollo era avvenuto sotto il locale caldaie, sopra il quale c'era l'ala occupata dalla biblioteca. Una parete del locale si sgretolò e si abbatté sulle gigantesche apparecchiature di riscaldamento, che si incrinarono. Ci fu uno scoppio e l'ambiente venne invaso da getti di vapore bollente. Una caldaia sotto pressione esplose, facendo franare parte del pavimento della biblioteca e mandando in mille pezzi la cupola di vetro che la ricopriva.

All'interno del WRC si scatenò il panico: da nicchie nascoste nelle pareti fuoriuscirono robot Brig programmati per le riparazioni, mentre i seijin che si erano attardati a studiare si precipitarono agli ascensori. Qualcuno cadde e venne calpestato. Il vapore che fuoriusciva dalla breccia nel pavimento entrò in contatto con l'impianto elettrico della biblioteca e provocò un'altra esplosione, che fece saltare gli schermi dei computer nella sala.

Gli allarmi nascosti nelle pareti del Centro ricerche scattarono in rapida successione, trasmettendo il segnale alle aeronavi in quota. Un attentato. Era in corso un attentato.

Joel vide Miriam che cadeva nel locale caldaie e scompariva nel fumo. Il ragazzo strinse i denti e si tuffò in basso, un salto di due metri, fino a terra. Rotolò sul pavimento coperto di macerie, ferendosi le gambe e il torace. Riuscì a rialzarsi e ad afferrare il corpo esanime della ragazza un attimo prima che un'altra caldaia esplodesse investendoli di vapore bollente.

In quel momento Tibald si trovava nelle sue stanze, a letto, con gli occhi spalancati sul soffitto buio. Avvertì il botto proprio quando il suo comunicatore iniziava a squillare e saltò in piedi. Cos'era successo?

Sentì il suo cuore che aumentava le pulsazioni mentre prendeva il comunicatore e leggeva il messaggio. Spense l'apparecchio e scosse la testa: pazza ragazza, allora aveva seguito il suo consiglio. Stava scappando. Il suo primo impulso fu di sorridere, ma l'amarezza glielo impedì. Ci sarebbero stati dei morti e, in un modo o nell'altro, la responsabilità ricadeva su di lui.

L'elitrottolo piombò giù nel cielo a grande velocità. Secondo il radar era a seicento metri da Kyoto-17. Settecento. Era fuori dal raggio autorizzato dalla Sfera. Valery poteva essere incenerita da un momento all'altro.

Afferrò da sotto il sedile di guida uno dei raggi segnalatori d'emergenza, staccò la linguetta di attivazione e aprì il finestrino, tenendo il braccio fuori mentre dal cilindretto di plastica si levava una cascata luminosa di fumo rosso. I piloti delle aeronavi militari avrebbero pensato a un malfunzionamento dei motori. E forse avevano troppo da fare per occuparsi di lei. Forse.

L'elitrottolo precipitò per due, tre chilometri, e mentre le minuscole isole scivolavano oltre il parabrezza Valery teneva d'occhio il radar trattenendo il fiato. Ne bastava solo una, un'isola grande come un pugno. Si sarebbe schiantata contro il fondo dell'elitrottolo trapassandolo da parte a parte. Per Valery non ci sarebbe stato scampo. Poteva solo affidarsi alla fortuna. Continuò a precipitare.

Un frammento colpì l'elica che girava attorno all'aeronave, facendole perdere l'assetto, e Valery si ritrovò a testa in giù. Il radar segnava tre chilometri e mezzo di caduta libera. Poi quattro.

L'elica iniziò a vibrare, lamiere di ferro si staccarono e volarono in aria come farfalle. Il radar segnava cinque chilometri. Tutto l'elitrottolo prese a tremare, e Valery dovette serrare con forza i denti per non mordersi la lingua. Stava raggiungendo la fine della fascia d'aria di Skyland, dove il cielo lasciava posto a... chi lo sapeva. Nessuna aeronave era mai tornata indietro per raccontarlo. L'aria là sotto era già molto rarefatta, le mancava l'ossigeno. Non respirava.

Valery girò la chiave d'avviamento e il motore borbottò, emettendo un filo di fumo scuro, mentre un altro pezzo di lamiera si avvitava nell'aria. Valery riprovò con la chiave e il motore borbottò ancora.

«Forza, maledizione, forza.» Le vibrazioni erano così violente che la cloche le sfuggiva dalle mani. Il motore protestava, ma non partiva. *Clac.* Valery accelerò e l'elica prese finalmente a girare. La ragazza diede al motore tutta la potenza possibile e il velivolo fendette rabbiosamente l'aria, scricchiolando.

Valery cercò di riprendere l'assetto. Poteva farcela, c'era quasi. Tutto gas. Tirò la cloche verso l'alto.

L'elitrottolo iniziò lentamente a sollevarsi.

All'alba Valery volava alla cieca, in un cielo latteo sempre uguale su cui galleggiavano innumerevoli isole, di dimensioni troppo ridotte per consentire un atterraggio.

Per un momento le ritornò alla mente una favola della vecchia era che aveva letto nella biblioteca dell'Istituto tanti anni prima: parlava di un principe costretto a vivere su un minuscolo pianeta, da solo, insieme a una rosa. A Valery il racconto era piaciuto perché le ricordava il suo mondo, Skyland, con le sue isole sospese.

L'indicatore di rotta continuava a segnalare una via invisibile attraverso gli strati densi dell'aria. L'apparecchio era piuttosto primitivo: sullo schermo verde erano visualizzati i tre assi cartesiani, X, Y e Z, e una freccia che indicava la via da seguire. Non era segnata alcuna destinazione, né la distanza dal fantomatico punto di arrivo. Da mezz'ora sul cruscotto dell'elitrottolo si era accesa una spia rossa che lampeggiava con intensità sempre maggiore: carburante. Era in riserva.

Le mani di Valery sudavano al contatto con la plastica liscia della cloche. Poi la freccia sull'asse delle X sparì e ne comparve una su quello delle Y: movimento verticale.

Sentendo accendersi dentro una piccola scintilla di speranza, Valery tirò a sé i comandi, e l'elitrottolo si mosse con fatica verso l'alto. La ragazza ridusse la velocità per non sforzare troppo il motore e si affidò al radar per osservare sopra di sé, finché non scorse la sagoma dell'isola. Non era molto grande: un ammasso di roccia appena sufficiente per i suoi scopi.

L'indicatore di rotta iniziò a lampeggiare, mentre anche la freccia verticale spariva. Era quello l'obiettivo. Era arrivata, ovunque fosse. Si preparò all'atterraggio.

La nuova isola era deserta, ma dopo una rapida esplorazione Valery scoprì una botola metallica scavata nella roccia. Era un semplice rettangolo verniciato di rosso, scrostato dalla polvere e dal vento.

All'interno c'era un profondo scomparto. Leonie era un'agente di una fazione ribelle alla Sfera, e quell'isola perduta nel nulla evidentemente costituiva la sua base di emergenza in caso di fuga. All'interno c'erano infatti un nuovo indicatore di rotta, un condensatore d'acqua e un altro, enorme, di carburante. C'erano anche una cassetta degli attrezzi e alcuni pezzi di ricambio, oltre a una serie di manuali relativi alle aeronavi più comuni che Valery aveva osservato su Kyoto-17.

La ragazza studiò il condensatore di carburante: era collegato a un carrello servoassistito per trasportarlo sull'elitrottolo e sul fianco metallico erano stampigliate le istruzioni per il rifornimento. Il condensatore aveva una portata di duemila litri a elevatissima compressione. Duemila litri! Ma dove doveva andare?

Valery accese il nuovo indicatore di rotta e lo schermo si illuminò, a colori. Una scritta lampeggiò sullo sfondo:

Inserire l'indicatore-1 per attivare le funzioni dell'indicatore-2.

Tornò all'elitrottolo e prese l'indicatore che aveva usato per arrivare fin lì, liberò lo spinotto di interfaccia nella parte inferiore del dispositivo e lo inserì nella porta di comunicazione di quello nuovo. Sullo schermo a colori apparve una nuova scritta:

Indicatore-1 riconosciuto. Indicatore-2 attivato. Destinazione prevista: Airea.

Valery non aveva mai sentito quel nome prima. Esaminò rapidamente le informazioni fornite dall'indicatore, analizzando le distanze e la dettagliata mappa di Skyland che vi era riportata. La destinazione era a 34° 36′ sud, 58° 25′ ovest. Diciottomila chilometri. Un viaggio dall'altra parte del mondo. Le conveniva dormire un po' e poi mettersi all'opera: ci sarebbe stato molto lavoro da fare, e sarebbe stato faticoso.

6 TERMIDORO 2251. AIREA.
34° 36′ S, 58° 25′ O. 34 M S.P.Z.

Airea era una città fantasma. Vista dall'esterno, da un'aeronave in fase di attracco, sembrava solo un'immensa isola irregolare fitta di pinnacoli di roccia nera addossati gli uni agli altri. Ma all'interno la vita ferveva, gli abitanti erano in perenne attività e riciclavano tutto, l'acqua, i rifiuti, perfino i fumi delle ciminiere, per evitare che trasparisse una minima traccia della loro presenza.

Lorenzo osservava l'isola di pietra scura che galleggiava nel vento davanti a loro, le mani strette sulla cloche dell'aeronave. Al suo fianco Bimbo continuava a mormorare alla radio. A un certo punto l'uomo scostò dalla bocca il microfono e disse al ragazzo: – Ci danno il permesso per attraccare. Continua così, accelera un po' l'andatura.

– Vuoi dire *rallenta*.

– No, voglio dire *accelera*. Preferiamo che il traffico attorno ad Airea sia sempre scorrevole e quasi invisibile. Dobbiamo essere cauti. La Sfera potrebbe accorgersi di noi in qualsiasi momento, e anche se siamo in grado di sostenere una battaglia, sai come si dice: "La miglior difesa è non farsi trovare dal nemico".

Lorenzo lo ascoltò distrattamente. I suoi pensieri erano concentrati sulla guida dell'aeronave e sul corpo di suo padre ancora sistemato sul sedile posteriore, avvolto in una morbida coperta di lana. José. A lui quel posto sarebbe piaciuto: un'isola nascosta, dove vivevano uomini liberi. Senza strozzini come Urzak e senza seijin.

– Ok, dai un altro po' di potenza. Continua dritto verso quel pilastro e preparati a decelerare e a virare al mio ordine.

La roccia ormai era vicinissima, tagliata dal vento a spigoli vivi, affilati come lame di pugnale. A quella velocità, un impatto avrebbe distrutto completamente la loro aeronave. Lorenzo si accorse quasi con sorpresa che, in fondo, quel pensiero non lo preoccupava per niente.

– Bene! – gridò Bimbo. – Ora riduci i motori del cinquanta per cento, scendi di mille piedi e poi vira a tribordo di novanta gradi. Adesso!

L'aeronave classe Quasar scese in picchiata, mentre il pilastro scorreva a poca distanza da loro. Lorenzo scorse un burrone profondo e stretto che si apriva davanti ai suoi occhi.

– Stringi la virata, scendi piano nel burrone, rallenta. Ci siamo.

Un leggero aeroscooter volava sotto di loro. Il pilota alzò la testa e fece un cenno di saluto. La parete di fondo non era fatta di roccia, ma di metallo: saracinesche scure di fuliggine che si aprivano come finestre a intervalli regolari.

Mentre Lorenzo si abbassava in quella ferita scavata nel cuore dell'isola, una delle saracinesche si sollevò. Lo spazio era appena sufficiente per far passare l'aeronave.

– Ora lascia, prendo io i comandi – disse Bimbo, togliendosi le cuffie dalla testa.

Lorenzo si allontanò dalla cloche e si rilassò sul sedile. Da quando erano fuggiti dall'isola della Neraforesta, Bimbo non lo aveva lasciato in pace un solo istante, esortandolo a imparare tutti i comandi dell'aeronave e a pilotare quasi sempre da solo. Forse per impedirgli di lasciar correre i pensieri?

– Che succederà adesso che siamo arrivati? – domandò al gigante al suo fianco.

Non ebbe risposta.

Un uomo alto e sottile, vestito con un maglione sintetico e un paio di pantaloni da lavoro, venne loro incontro con un sorriso.

– Quanto tempo! – esclamò.

Bimbo scese la scaletta dell'aeronave e lo abbracciò vigorosamente. – Daniel! Come stai?

– Bene, vecchio pirata... Ma vedo che non sei solo.

L'uomo fissò Lorenzo sottoponendolo a un esame rapido e accurato, poi gli tese la mano. – Benvenuto, ragazzo, nella nostra comunità di pacifici lavoratori...

– Piantala – lo rimbrottò Bimbo. – Lui è con me. Garantisco io –. Detto ciò si scoprì l'avambraccio: nel giro di pochi secondi la pelle sopra il polso si scurì, disegnando un cerchio attraversato al centro da una linea in diagonale.

Daniel vide il segno e annuì. – Molto bene, ma lui non ha il lucky.

– Te l'ho detto, garantisco io. È un amico.

Bimbo scambiò con Daniel pochi frettolosi convenevoli e fece per allontanarsi dall'aeronave, trascinando con sé Lorenzo, ma il ragazzo scosse la testa e mormorò: – Lì dentro c'è mio padre. Devo restare con lui.

Il gigante si fermò e gli appoggiò una mano sulla testa, scompigliandogli leggermente i capelli. – Non preoccuparti, gli daremo la sepoltura che merita. Intanto vieni con me.

Bimbo lo guidò attraverso una serie di corridoi deserti e senza finestre, con il pavimento di cemento grezzo e file di lampadine appese al soffitto, fino a una stanzetta ammobiliata solo con un letto e due sedie.

– Questo è il posto dove potrai fermarti per un po', finché non avremo risolto il problema del tuo arrivo.

– Come sarebbe a dire?

– Ad Airea vivono quasi centomila persone, e tutte sono libere di andare e tornare quando vogliono. Come potrai immaginarti, in questo modo la segretezza della città è sempre in pericolo. Per questo ogni cittadino deve accettare il tatuaggio del lucky e mostrarlo tutte le volte che torna qui. Solo così possiamo essere certi di non introdurre in città una spia o un traditore. Nel caso arrivi qualcuno di esterno, lo accompagniamo in stanze come questa... Ufficialmente, Airea è un semplice porto di libero transito. Siamo attrezzati per ingannare visitatori imprevisti, anche i più curiosi, puoi credermi sulla parola.

Lorenzo sorrise. – Se è come dici, allora non avresti dovuto raccontarmi questa storia. Io non ho ancora il lucky.

Anche Bimbo sorrise e gli sferrò un pugno amichevole sulla spalla. – Be', dopo quello che abbiamo passato non posso avere dubbi su di te... E presto anche tu avrai il lucky. Se sei d'accordo, possiamo occuparcene più tardi. Penseremo anche alle spoglie di tuo padre. E poi ti troveremo un lavoro e decideremo finalmente cosa fare. Intanto riposati, io devo andare a sbrigare un po' di faccende.

Lorenzo si sdraiò sul letto, vestito, e restò a guardare Bimbo che si chiudeva la porta dietro le spalle. La stanchezza degli ultimi giorni gli piombò addosso all'improvviso, quasi stordendolo, e si addormentò dopo pochi istanti.

Scivolò in sogni confusi: si trovava ancora al campo della Sfera e José veniva prelevato dal capitano Konrad e torturato. Sentiva nelle orecchie il suono delle braccia che si spezzavano, mentre il capitano sollevava suo padre nell'aria servendosi del Potere. Rivedeva il corpo di suo padre che gli piombava addosso, sul pavimento del container, e sentiva quello stesso corpo sussultare sopra di lui e inondarlo di sangue, mentre nelle orecchie risuonava, assordante, il rumore dello sparo.

Si svegliò dopo quelli che gli sembrarono pochi minuti (l'orologio da polso diceva sei ore), con il cuore che si muoveva scompostamente nel petto battendo come un tamburo.

José non c'era più.

Quel pensiero lo afferrò come una morsa. Avrebbe voluto tornare indietro nel tempo, di nuovo nel container, spostare suo padre e impedirgli di sacrificarsi in quel modo per salvargli la vita.

«Perché l'hai fatto? Perché mi hai lasciato solo?»

Il dolore si condensò in una palla amara nella gola, ma Lorenzo non pianse: non sarebbe stato giusto nei confronti di suo padre. «Un cacciatore d'acqua non ha lacrime» gli aveva detto spesso. «Non butta via così il liquido per lui più prezioso.»

Lorenzo aspettò che la marea di dolore rifluisse e si costrinse a mettersi seduto nel letto, respirando profondamente. La sua vecchia vita era morta per sempre, insieme a suo padre.

I funerali vennero fissati per la mattina successiva, a mezzogiorno. Solo allora Bimbo portò il ragazzo nella città vera e propria. Lorenzo lo seguì dalla sua stanzetta attraverso un labirinto di corridoi deserti, finché non raggiunsero un grande ascensore.

– Da questa parte – disse l'uomo, e digitò un complicato codice per far aprire le porte di metallo lucido.

Sul braccio del ragazzo bruciava ancora il tatuaggio invisibile che l'amico gli aveva fatto la sera precedente. Lorenzo si aspettava una cerimonia in grande stile, invece Bimbo si era presentato da solo, armato di una specie di penna con un'estremità luminosa. Gli aveva disegnato un cerchio e una linea di luce azzurra, un'operazione di pochi secondi e del tutto indolore. Poi, per la mezz'ora successiva, gli aveva insegnato a far comparire il disegno invisibile con la sola forza di volontà.

– A cosa pensi? – gli chiese Bimbo, mentre la cabina di metallo scendeva con un forte ronzio nelle profondità dell'isola.

– Al tatuaggio. Fa un po' male.

In realtà il ragazzo stava pensando a José. Aveva immaginato molte volte di perderlo per sempre, ma non si era mai reso conto davvero di cosa avrebbe significato. La mamma di Lorenzo era morta quando lui era così piccolo da non riuscire a vestirsi da solo, e da allora José era sempre rimasto al suo fianco. Era stato un padre, un maestro e, soprattutto, il suo unico amico.

Le porte dell'ascensore si aprirono su un'enorme grotta dalle pareti scure, con il soffitto a botte alto almeno venti metri e illuminato da lampade a fluorescenza. La grotta era così profonda che Lorenzo non ne vedeva la fine e aveva il pavimento rivestito di un mosaico di scure pietre di porfido. Sulle pareti si aprivano a intervalli regolari dei grossi fori da cui entravano e uscivano centinaia di persone, e i mercanti di Airea avevano sistemato ovunque le bancarelle con le loro mercanzie.

Fuori dall'ascensore li aspettava Daniel, con piglio severo, e Lorenzo e Bimbo gli mostrarono a turno il cerchio e la linea del loro lucky. Poi l'uomo sorrise e cinse Lorenzo in un ruvido abbraccio.

– Benvenuto nella ribellione, ragazzo mio. Questa è la Galleria Grande, il cuore pulsante di Airea. Vi si trova la maggior parte dei negozi e delle industrie della città, oltre all'unico vero bar, la Taverna. Ma avrai tempo più tardi per fare un giro turistico –. Daniel tornò immediatamente serio. – Ci stanno aspettando.

I tre si avviarono lungo la Galleria Grande, e il ragazzo non poté fare a meno di sorprendersi, sbirciando le mercanzie esposte: fucili al plasma e a scoppio, archi in carbonio e bombe a mano erano allineati con cura accanto a stoffe multicolori e sacchi di farine alimentari. Commercianti dalle vesti curiose discutevano animatamente con i clienti di quello strano mercato.

Alcune persone si accorsero di loro e si unirono al gruppo, in silenzio, finché si fu formata una piccola folla. Daniel svoltò sulla destra in un ampio corridoio di pietra grezza, e camminarono ancora fino a raggiungere un nuovo ascensore.

– La sala degli addii è proprio sul fondo dell'isola – spiegò.

Si ritrovarono infine affacciati su una scalinata gigantesca, semicircolare, con una serie di ampi gradini di roccia nera che scendevano verso il basso, formando un anfiteatro.

In fondo, c'era un tavolo di pietra su cui era deposto un corpo avvolto in un lenzuolo bianco, e oltre un macchinario immenso dove una serie di tubi e grosse strutture metalliche coprivano l'intera parete fino al soffitto.

Le scalinate pullulavano già di persone, e all'arrivo di Lorenzo e Bimbo, tutti cominciarono a pestare con forza i piedi, producendo un rombo sordo che aumentò lentamente di volume.

– La città si riunisce sempre per dire addio alle vittime della Sfera – sussurrò Bimbo al ragazzo. – E questo è il loro abbraccio per te, per dirti che José non sarà dimenticato.

Il ragazzo annuì e Bimbo continuò: – La macchina che vedi in fondo è un riciclatore. È lì che saluteremo José. Il suo corpo diventerà così parte della città, fornendo a tutti noi acqua, aria ed energia. Vogliamo ringraziarlo per il suo sacrificio che permette ad altre persone di continuare a vivere.

Riciclato.

Questa era la fine che sarebbe toccata a suo padre, e Lorenzo non poté fare a meno di sorridere: nessuno spreco. A José sarebbe piaciuto moltissimo.

La gente smise di pestare i piedi e tutti guardarono Bimbo e Lorenzo che scendevano da soli lungo la scalinata fino ad arrivare al corpo disteso sul tavolo.

– Tu sei l'unico parente, dunque secondo le nostre tradizioni tocca a te dare l'addio a José.

Gli appoggiò una mano sulla spalla. – E puoi piangere, se vuoi.

Lorenzo scosse la testa. – Un cacciatore d'acqua non versa lacrime.

Le parole gli morirono in gola per il dolore. Restò un momento con la testa bassa, in silenzio. Poi Bimbo prese un microfono a cerotto e lo fissò sotto la gola del ragazzo: Lorenzo guardò José avvolto nel lenzuolo e si voltò verso la folla riunita per salutarlo.

– Mio padre è vissuto con coraggio – disse alla fine – ed è morto allo stesso modo. Per salvarmi.

Si interruppe, commosso, e la folla ricominciò a pestare i piedi a terra. E lui sentì che capivano, che in quella guerra anche loro avevano avuto le proprie vittime e i propri dolori, e in qualche modo gli erano vicini.

Senza che lo volesse, sul suo braccio comparve per un istante il simbolo del lucky.

TRE

11 TERMIDORO 2251. AIREA.
34° 36′ S, 58° 25′ O. 34 M S.P.Z.

Ad Airea vigeva una regola che non ammetteva violazioni: tutti dovevano avere un lavoro. C'erano troppe cose da fare per mantenere la città viva e nascosta agli occhi della Sfera. E poiché nessuno era esonerato dal lavoro, per il momento Lorenzo era diventato l'assistente di Bimbo.

«Non sarà sempre così» lo rassicurava l'uomo. «Tutti sanno quello che è successo: ti sei dimostrato coraggioso e insieme abbiamo portato a termine una missione importantissima. Presto ci assegneranno un nuovo incarico.»

Nel frattempo, Bimbo aveva assunto il ruolo di tuttofare che Lorenzo gli aveva già visto svolgere al campo della Sfera. La mattina si svegliava prestissimo e aiutava a gestire le trasmissioni radio nel centro comunicazioni. Alle undici si spostava nelle cucine, poi all'aeropista, dove riparava vecchie aeronavi e riforniva di carburante i cargo che facevano la spola. Poi tornava in cucina. Il tutto veniva spesso interrotto dalla radio che Bimbo portava alla cintura e che gracchiava ogni trenta secondi per reclamare il suo intervento: in lavanderia, dove si era bloccata una lavatrice, al quartiere Piazzolla, dove stavano costruendo nuovi palazzi interrati e mancava un'impalcatura, e così via.

La mansione preferita di Lorenzo era di gran lunga il turno in sala radio. Sembrava che l'autorità indiscussa in materia fosse un ragazzino di nove o dieci anni, con gli occhi a mandorla e un sorriso largo sempre stampato in volto: Cheng Yee. All'inizio Lorenzo si era stupito che Cheng venisse consultato da Bimbo e da altri tecnici molto più vecchi di lui, ma presto aveva cambiato idea: quel ragazzino era un vero genio. E, oltretutto, era un genio simpatico.

Quella mattina Lorenzo si trovava al controllo navi, una sala coperta di schermi radar e apparecchiature radio riservata alla gestione del traffico aereo in partenza e in arrivo su Airea.

– Base-A ad aeronave Orion, siete autorizzati all'atterraggio, settore zeta-effe, pista due.

– Qui Orion, ricevuto: zeta-effe, due.

Lorenzo si tolse le cuffie dalla testa e si voltò verso Cheng. – Ma che sta succedendo oggi? Non ho mai visto tanto traffico a quest'ora.

– Sono tutti in fibrillazione per l'arrivo di Cortés. La Saint Nazaire, la sua nave, dovrebbe attraccare prima di pranzo.

– Chi è Cortés? Il capo della ribellione?

Cheng scosse la testa. – È il comandante della Saint Nazaire e il governatore di Puerto Angel, che è la principale roccaforte dei ribelli. Ma da noi non c'è un "capo", se capisci che intendo.

– E questo Puerto Angel è molto grande?

– Per niente, è più piccolo di Airea. Ma è lì che vivono i nostri migliori scienziati. E molte altre persone importanti.

Lorenzo lo prese in giro. – Allora anche tu dovresti stare lì!

Il ragazzino sorrise. – In effetti è così. Sono venuto qui solo per qualche mese, in vacanza, praticamente.

– E Cortés che tipo è?

Cheng si grattò il mento. – Molto serio, non scherza mai... e può sembrare freddo. Di ghiaccio, quasi. Ma è solo perché prende molto sul serio le sue responsabilità. Dopotutto è il capo della ribellione.

– Ma se hai appena detto che non c'è un capo!

Risero forte tutti e due.

Poi una strana traccia radio riportò Lorenzo al suo lavoro. – Guarda qua, Cheng. Un'aeronave in avvicinamento. Non ha lanciato il segnale radio preliminare e la velocità non è regolare. È molto piccola, sembra quasi un aeroscooter.

– Gli aeroscooter non si allontanano mai così tanto dall'isola. Fammi dare un'occhiata. E intanto lancia l'allarme copertura.

Lorenzo lasciò il posto al ragazzino e premette il pulsante rosso sotto la sua consolle. Gli uomini e le donne dell'aeropista sarebbero stati avvertiti: dovevano far sparire qualsiasi elemento compromettente e prepararsi alla recita, fingendo di essere un gruppetto di persone abbandonate su un'isola di transito. Un sistema efficace per ingannare i funzionari della Sfera o qualunque pilota non identificato.

– Base-A a veicolo in avvicinamento – scandì Lorenzo collegandosi alla frequenza radio dell'apparecchio sconosciuto. – Vi preghiamo di identificarvi.

Gli rispose solo una scarica elettrostatica.

– Brutto affare – mormorò Cheng. – Temo che il pilota abbia perso il controllo. Voglio vedere se riesco a prendere io in mano il computer di bordo. Altrimenti rischia di schiantarsi contro le rocce.

Poco dopo il bambino si batté una mano contro la fronte ed esclamò: – È uno dei nostri! Sono entrato nel computer: usa un indicatore di rotta che ho impostato io. È uno dei nostri agenti! –. Continuò a lavorare e poi aggiunse: – Leonie, in missione su Kyoto-17. Pazzesco, è riuscita a tornare. Non avevamo sue notizie da giorni, pensavamo che le fosse successo qualcosa di...

– Allora faccio rientrare l'allarme?

Cheng scosse la testa. – Non ancora: non ci ha risposto ed è meglio non correre rischi. Io la faccio arrivare all'aeropista HZ 1, tu vai a prenderla. Avviso le altre aeronavi di togliersi di mezzo: farla atterrare pilotandola da qui non sarà uno scherzo. Ah, e mentre vai chiama Bimbo, ti darà una mano.

Prima che Lorenzo si allontanasse, Cheng gli strizzò l'occhio e ridacchiò. – Mi ringrazierai. Leonie è molto bella.

L'aeronave si posò con precisione assoluta oltre il cancello metallico dell'aeropista e Lorenzo fece i complimenti a Cheng via radio. Poi lui e Bimbo si affrettarono ad aprire il portello.

– Ma che aeronave è?

– Un elitrottolo. E sembra che ne abbia passate di tutti i colori. Guarda com'è ridotto il motore, e l'elica. Mi stupisce che non sia precipitato migliaia di chilometri fa.

Al posto di guida era accoccolata una ragazza che doveva avere più o meno l'età di Lorenzo, il corpo snello avvolto in una divisa rossa e una felpa con il cappuccio tirato sul volto.

Bimbo infilò un piede di porco nell'incavo fra la portiera

dell'elitrottolo e la carrozzeria, fece forza per incastrarlo bene e tirò. La portiera venne via con uno schianto, abbattendosi sul pavimento di cemento. Lorenzo si arrampicò sulla grossa elica che circondava il velivolo, si infilò in cabina e posò due dita sulla gola della ragazza. – È viva, il cuore batte ancora.

– Forza, dobbiamo farla vedere da un medico.

Lui e Bimbo afferrarono la ragazza sotto le ascelle e il cappuccio ricadde all'indietro, rivelandone il viso.

Era davvero molto bella, ma non come Lorenzo si era aspettato. I lineamenti delicati erano distesi, il naso sottile, la bocca socchiusa. Il cranio, perfettamente tondo, era rasato. La ragazza era una seijin.

– Di certo questa non è Leonie – commentò Bimbo.

– Sono d'accordo. E ora che si fa?

– Continuiamo con la massima copertura e portiamola in una delle "stanze per gli ospiti", ha bisogno di cure. E ringrazia il cielo che siamo sottoterra: quando questa signorina si sveglierà, è meglio che sia lontana dal sole.

Lorenzo prese la radio. – Cheng, abbiamo un problema. La ragazza non è Leonie. È una seijin.

– La Saint Nazaire si è appena messa in contatto con noi, sta arrivando. Sono sicuro che Cortés sarà molto interessato alla nuova ospite.

Valery si svegliò in una stanza senza finestre. Era sdraiata su una brandina, con indosso un pigiama di stoffacarta usa e getta. Due persone la fissavano: un uomo alto e un ragazzo con occhi scurissimi e capelli neri, un'ombra seria sul volto.

– Dove mi trovo? – domandò lei.

E quando era svenuta? Ricordava che stava volando su una distesa piatta di cielo, senza isole o altri punti di riferimento. Aveva finito da un pezzo la scorta d'acqua e stava morendo di sete. Con le ultime forze, era riuscita a versare nel serbatoio il carburante residuo, poi aveva spinto il condensatore fuori bordo, per ridurre la zavorra sull'elitrottolo. Era tornata al posto di guida e lì...

Cos'era successo? Era riuscita a inserire il pilota automatico prima di svenire?

– Nell'isola Lasplatas, una pista di transito e rifornimento per le aeronavi dirette a Janeira. Siamo solo pochi tecnici... e siamo onorati della sua visita – rispose l'uomo alto.

Valery sbatté gli occhi, confusa. – Non sono più sull'elitrottolo.

– Uno dei nostri uomini si è reso conto che era in difficoltà, è riuscito a collegarsi al suo computer di bordo e l'ha fatta atterrare. Era svenuta. Niente di grave, solo un eccesso di stanchezza.

Valery si sollevò a sedere, appoggiando i piedi nudi sul pavimento di cemento freddo. Lasplatas? Allora non era arrivata a destinazione, l'elitrottolo non l'aveva portata fino ad Airea. Probabilmente mentre era priva di sensi il velivolo si era allontanato dalla rotta... o forse gli uomini di quell'isola avevano deciso di aiutarla interrompendo il suo viaggio.

Si alzò in piedi, tremando appena. – Ho bisogno di consultare il mio indicatore di rotta.

L'uomo alto scrollò le spalle. – Mi dispiace, signora, ma non abbiamo trovato nessuno strumento di navigazione sul suo veicolo.

– Come sarebbe a dire? –. Valery sentì salire la rabbia. Quando era svenuta, l'ultima cosa che ricordava era proprio il dispositivo che brillava leggermente sul cruscotto. – Quell'apparecchio mi serve. È fondamentale! Devo raggiungere...

Si fermò, mentre uno strano pensiero le attraversò la mente: forse lei era arrivata davvero su Airea e quegli uomini erano ribelli. Ma prima di ammetterla fra loro, dovevano essere sicuri che non fosse un membro della Sfera. Era Valery a dover fare il primo passo e rivelare che era una fuggitiva? Il rischio era enorme.

Mormorò: – Non importa. Per il momento vorrei restare un po' sola. Ho bisogno di dormire ancora, sono molto stanca.

Quando i due se ne furono andati, si sedette a terra ed entrò nello stato di meditazione-attenzione che le avevano insegnato all'Istituto. Percepiva chiaramente che una delle due persone che l'avevano accolta al risveglio, probabilmente il ragazzo, era rimasta in piedi fuori dalla porta. Aspettò. Con gli occhi della mente lo vide che gironzolava per il corridoio, poi si fermava, si sedeva a terra e restava lì, immobile. Il suo orologio interno diceva che erano passate quasi quattro ore. Si era addormentato?

Valery si liberò dalla trance e si mosse senza fare alcun rumore. Attraversò la stanza rapidamente, a piedi nudi, e appoggiò la mano sulla semplice maniglia della porta.

Dall'altra parte trovò ad attenderla gli occhi neri del ragazzo, seduto a terra, perfettamente sveglio.

– Ciao – disse lei, colta di sorpresa.

Cercò di ragionare in fretta: si trovava in un corridoio stretto e male illuminato, chiuso in fondo da una porta tagliafiamme in acciaio spesso. Il ragazzo era solo, e per un momento Valery pensò di assalirlo. Sarebbe bastata una semplice mossa di arti marziali a metterlo fuori combattimento.

Ma lei era venuta in pace, dopotutto. Qualunque fosse l'isola su cui era atterrata, non era saggio farsi dei nemici. Doveva prima capire dove si trovava e poi decidere il da farsi.

– Hai bisogno di qualcosa? – domandò il ragazzo alzandosi in piedi. Il suo atteggiamento diceva invece: «Sapevo che avresti tentato qualche trucchetto».

Valery si sforzò di rispondergli con un sorriso. – Come ti chiami?

– Lorenzo.

– Perfetto, Lorenzo, piacere di conoscerti. Io sono Valery. Ho pensato di visitare la vostra bella base di Lasplatas. Ti andrebbe di accompagnarmi?

Vedendo che il ragazzo esitava, evidentemente preso in contropiede, decise di sfruttare la sua autorevolezza seijin. – Non penso che tu abbia l'autorità per fermarmi. Però puoi venire con me.

– Cosa cerchi?

– Uno dei radar dell'aeropista, tutto qua.

Lorenzo restò immobile, e a Valery parve di vedere i pensieri che correvano nel suo cervello. Si fissarono in silenzio. Sembrava quasi che stessero giocando una difficile partita a carte: nessuno dei due era disposto a esporsi troppo, ed entrambi tentavano di indovinare la mano dell'avversario.

– Andiamo – accettò alla fine Lorenzo.

Attraversarono alcuni corridoi fino a una piccola sala controllo. Una parete era formata da un'ampia finestra da cui si poteva vedere l'aeropista sottostante; sotto la vetrata erano incastrate una consolle di comandi e una poltroncina. Valery si sporse oltre il vetro e guardò giù: due uomini che stavano lavorando sul suo elitrottolo avevano alzato la testa e la guardavano. Anche Lorenzo la guardava, con una luce fredda negli occhi. Molto furbo, da parte sua, portarla in un posto con una finestra. Così ora gli altri jinsei sapevano che lei era lì.

– Cosa vuoi fare adesso? – chiese il ragazzo. Valery non rispose. Le bastò gettare un'occhiata allo schermo del radar principale per leggere le coordinate dell'isola su cui si trovava: 34° 36′ sud, 58° 25′ ovest. Altro che Lasplatas! Quel posto era Airea!

Si voltò di scatto verso il suo accompagnatore. – Ascoltami, – disse – posso fidarmi di te?

– Io...

– Sono arrivata qui dopo un lungo viaggio da Kyoto-17. Conoscevo Leonie, e temo che... non ce l'abbia fatta.

– Già – disse Lorenzo. L'ombra scura che Valery aveva già notato sul suo viso tornò ad addensarsi. – Di questi tempi muoiono in molti.

– Io sono venuta qui al suo posto. L'indicatore di rotta del mio elitrottolo diceva che avrei dovuto raggiungere la città di Airea.

– Non ne so niente.

– Le coordinate sono esatte: qui siamo ad Airea. E quindi conto sul fatto che voi siate le persone giuste.

Tirò un grosso sospiro e si sentì invadere da un misto di sollievo e angoscia. Aveva trovato la ribellione. E quello era il definitivo, completo tradimento della Sfera e di tutto ciò che aveva conosciuto nella sua vita.

– Io devo trovare... persone che conoscevano Leonie e che siano disposte ad aiutarmi.

– Queste persone sono membri della Sfera?

Il ragazzo faceva domande stupide, ma i suoi occhi diffidenti brillavano di intelligenza. Valery scosse la testa. – Credo che tu l'abbia già capito: sono una seijin, ma non lavoro per la Sfera.

Valery si sporse in avanti e strinse con forza la mano di Lorenzo. Aveva una bella bocca, il suo labbro inferiore tremava leggermente.

– Devi trovare il modo di farmi parlare con qualcuno che sappia e che possa aiutarmi. Porto una storia con me, e informazioni che potrebbero aiutare la ribellione. Devo trovare gli amici di Leonie. È molto importante.

Cortés era un uomo alto e massiccio, con gli occhi neri e i capelli color carota tagliati corti, a eccezione di un lungo codino che gli scendeva fino a metà della schiena. Vestiva con una giacca militare e un gonnellino scozzese appena sopra il ginocchio.

Lorenzo era convinto che il capo della ribellione avrebbe rifiutato l'incontro con la misteriosa seijin, e invece Cortés si era subito detto disponibile. Il comandante attendeva in una piccola sala riunioni insieme a Cheng, Daniel e Bimbo. Quando Lorenzo entrò con Valery nella stanzetta, i suoi occhi corsero subito al soffitto, dove lui stesso aveva installato una serie di telecamere di sicurezza per registrare l'intera riunione.

La seijin sembrava piuttosto innocua, ma per precauzione Lorenzo teneva una pistola al plasma sotto la giacca.

Cortés si alzò in piedi e il suo volto si contrasse in un sorriso freddo: si presentò come il responsabile della struttura di Lasplatas e fece un inchino rigido, che Valery ricambiò.

Lorenzo avvertì la tensione nell'aria. Strinse l'impugnatura della pistola, che formava un arco contro il suo stomaco.

– Da dove vieni, seijin? – le chiese infine Cortés.

– Quello che dico... se non sto parlando con le persone giuste... potrebbe...

Il capo dei ribelli sorrise. – Devi dirci chi sei, se vuoi che noi ti riveliamo chi siamo. Fiducia in cambio di fiducia, seijin.

A quelle parole, la ragazza si bloccò, come paralizzata, e rimase immobile per un lungo istante. Poi disse: – Mi chiamo Valery e vengo da Kyoto-17, da un Centro ricerche della Sfera chiamato WRC. Water Research Center.

– Chi è a capo del Centro?

Lorenzo sogghignò. Allora anche il comandante disponeva di alcune informazioni, e per prima cosa voleva controllarle.

– Il professor Tibald Yee. Un jinsei.

Cheng scattò in piedi con uno sguardo sorpreso. – Tibald? Ma è mio nonno!

Anche Valery spalancò gli occhi. – Tuo nonno? Ma...

Cortés fece un cenno con la mano. – Di questo parleremo dopo. Qual è lo scopo del Centro? E tu di cosa ti occupavi?

Valery raccontò tutta la sua storia: il suo arrivo dall'Istituto al WRC e le acquareti. Il suo incontro con Leonie e la nascita della loro strana amicizia, e poi l'uomo senza volto. Quando arrivò alla scomparsa dell'amica e alla fuga da Kyoto-17, la voce della ragazza diventò rapida e monocorde, come se stesse facendo uno sforzo per non rivivere il dolore di quegli avvenimenti.

Poi Valery si fermò. – Fiducia in cambio di fiducia. Come ha detto anche Leonie. Prima di continuare, vorrei sapere se voi siete quelli che stavo cercando.

Per tutta risposta, Bimbo si alzò in piedi, guardò Cortés ed estrasse di tasca la pennaluce che Lorenzo aveva già visto e sperimentato sulla propria pelle.

– Se lo desideri, verrai sottoposta a una prova della verità di quanto hai detto... E a un giuramento che ti legherà per la vita. Poi potrai sapere.

La ragazza annuì, e l'uomo le scoprì l'avambraccio. La penna si illuminò mentre disegnava sulla pelle candida il cerchio e la linea della ribellione.

Quando la sirena fischiò la fine del turno di quattro ore, Lorenzo decise di non lasciare il cantiere. Si calcò bene in testa il casco di protezione e controllò la fune di sicurezza, poi si arrampicò sull'impalcatura lasciando sotto di sé le ruspe con i tubi di scappamento soffocati da ingombranti impianti di riciclaggio.

Continuò a salire lungo la parete della grotta, appendendosi ai grossi pali metallici dell'impalcatura, finché arrivò quasi al soffitto di pietra scura. Sudato, restò per un istante immobile a guardare sotto di sé le file di operai che si affaccendavano per il cambio di turno. Raggiunse l'ultima passerella e si infilò nello stretto cunicolo davanti a lui.

Dovette strisciare per un paio di metri, finché il cunicolo si allargò di nuovo rivelando una caverna dal basso soffitto costellato di stalattiti umide d'acqua, che sgocciolava con colpi secchi sui pinnacoli di roccia a terra. La luce filtrava dal cunicolo d'ingresso e si rifletteva sul soffitto lucido in una miriade di sfumature rosa, bianche, grigie e giallastre.

Aveva scoperto quel posto quasi per caso, durante i lavori di scavo per la costruzione di un nuovo quartiere residenziale. Ma quello spettacolo naturale avrebbe avuto vita breve: entro un paio di giorni l'acqua sarebbe stata prelevata e riciclata, le stalattiti abbattute per far posto a nuovi appartamenti. Fra i jinsei non c'era spazio per la bellezza della natura: tutto doveva essere sacrificato alla pura e semplice sopravvivenza.

Lorenzo si sedette, sganciando il cavo di sicurezza che aveva cominciato a tendersi e a dargli fastidio. Appoggiò la testa a una grossa stalagmite, respirando profondamente l'aria ricca di umidità.

Su Airea in apparenza la vita non era diversa da quella delle tante comunità libere jinsei che Lorenzo aveva conosciuto nel corso dei suoi viaggi insieme a José. Un'esistenza ardua e operosa, dove le persone collaboravano per superare insieme le difficoltà. Ma il ragazzo si rendeva conto che in realtà i ribelli erano molto diversi. Nonostante tutto, avevano scelto di non arrendersi e di combattere. In un mondo in cui il problema principale era reperire poche gocce per dissetarsi, loro avevano trovato la forza di dire no. E adesso era arrivata la ragazza seijin.

Valery era legata al dossier Carlyle e le sue ultime parole a Cortés, durante la riunione di quel pomeriggio, gli erano entrate nel profondo.

«Ho deciso che non avrei lavorato tanto solo per distruggere Skyland» aveva detto la ragazza. «Io voglio che Skyland viva. Ho gli elementi per continuare i miei studi e i mezzi per mettermi in contatto con Tibald.»

Poi aveva indicato Cheng, il nipote del professore, e aveva aggiunto: «Quello che desidero è solo continuare il mio lavoro. Sono venuta qui perché speravo che voi mi avreste sostenuta in questo compito. Se è così, ne sono felice. In caso contrario, vi chiedo di lasciarmi una copia dei miei studi e l'elitrottolo, e andrò da qualche altra parte».

Alla fine, Cortés aveva rivelato alla ragazza che era stata la ribellione a strappare il dossier Carlyle all'uomo senza volto, si era alzato in piedi e le aveva dato la mano.

Lorenzo aveva guardato il capo della ribellione con gli occhi sgranati e per un momento aveva avuto l'istinto di gridargli di fermarsi. Quella era una seijin, lei e la sua gente avevano ucciso José e stavano riducendo Skyland in schiavitù. Come poteva Cortés fidarsi di lei? Avevano voluto tatuarle il lucky e parlavano di ammetterla in città... non si rendevano conto di commettere un errore gravissimo? Ma lui non si sarebbe lasciato incantare. Quando aveva trovato Valery svenuta, sull'aeronave, aveva provato un'istintiva attrazione per lei. Una bella ragazza priva di sensi, che si era svegliata puntandogli addosso due grandi e spaesati occhi blu. E quando lei era uscita dalla stanza e gli aveva chiesto di accompagnarla al radar... Era stato uno sciocco, per un momento aveva rischiato di farsi incantare. Come Cortés, come Bimbo e tutti gli altri. Invece doveva mantenersi lucido. Lui non si sarebbe fidato dei seijin. Mai.

14 TERMIDORO 2251. AIREA.
34° 36′ S, 58° 25′ O. 34 M S.P.Z.

Valery entrò nella Galleria Grande e restò a bocca aperta davanti allo spettacolo impressionante di persone, merci, negozi e veicoli elettrici che si muovevano a terra con un lieve ronzio.

– È... è... – sussurrò.

Le persone più vicine si fermarono e la guardarono. Di colpo, i suoni di quell'ambiente ricco di vita vennero soffocati da una densa coltre di silenzio. Tutti gli occhi si puntarono su di lei, le bocche restarono sospese a mezz'aria. Una seijin ad Airea.

Valery esitò e fece istintivamente un passo indietro, verso le porte dell'ascensore che si erano appena chiuse alle sue spalle. Marcela, l'inserviente che aveva avuto l'incarico di scortarla durante la sua prima visita in città, la afferrò bruscamente per la spalla e la spinse avanti.

– Da questa parte – disse in tono brusco. – Non ho mica tutto il giorno. Devo tornare a lavorare. E voi, non avete mai visto una ragazza calva prima d'ora? Tornate al lavoro, sciò!

Marcela era una donna sui trent'anni, più bassa di Valery di almeno una spanna e con una cascata di capelli scuri avvolti in riccioli stretti che lei definiva "dridloch" e che a Valery sembravano solo ciuffi irrimediabilmente sporchi.

– Forse – propose timidamente Valery – farei meglio a tornare di sotto. Nella zona dell'aeropista.

– Non dire sciocchezze. Hai il lucky e sei stata accettata su Airea. Questi perditempo si abitueranno a vederti in giro, fidati.

Marcela alzò una mano e un veicolo elettrico con una luce verde sul tettuccio si fermò davanti a loro. Salirono, e la donna impostò il computer di bordo. Poi nell'abitacolo calò il silenzio, e Valery si mise a guardare fuori, il viso premuto contro il finestrino. Si sentiva intimorita come una bambina. Era tutto così diverso dal mondo in cui era vissuta fino a quel momento! A pochi passi dallo strano robotaxi un ragazzo e una ragazza più o meno della sua età stavano in piedi, avvinghiati in un abbraccio strettissimo, le bocche unite in un bacio. E le persone attorno a loro li ignoravano. Era incredibile.

Girarono l'angolo della galleria immergendosi in una serie di strade che seguivano la naturale conformazione della roccia, finché sbucarono in una piazzetta circondata da palazzoni scavati nelle pareti dell'isola. Erano imponenti, tutti uguali, e si innalzavano con una forma a L rovesciata, ricoprendo anche la cima della grotta. La ragazza non aveva mai visto un'architettura simile: le finestre illuminate brillavano sulle facciate dei palazzi e sul fondo degli appartamenti appesi al soffitto, con un effetto sorprendente, come se i costruttori avessero completamente ignorato la forza di gravità.

Nella piazza c'erano diversi jinsei seduti su panchine attorno a un grande albero di plastica, le cui foglie illuminate rischiaravano l'ambiente di una bella luce verde.

– Siamo arrivate – disse Marcela scendendo.

– Arrivate dove?

– Al quartiere Boca Nueva, la galleria abitativa dove sarai ospitata. Ti hanno assegnato una stanza singola, ma dovrai accontentarti dei bagni comuni.

– Non è un problema – si sforzò di dire Valery. – Al mio vecchio Istituto era la stessa cosa... Ci sono abituata.

Mentre pronunciava quelle parole sentì il cuore che accelerava i battiti. Era vero, ma non aveva mai pensato di trovarsi a vivere a così stretto contatto con *loro*! Ovunque si voltasse, sotto la chioma dell'albero risplendente vedeva complicate acconciature e volti strani, misteriosi, forse ostili. Al WRC c'erano dei ruoli stabiliti e delle responsabilità, mentre adesso era tutto diverso... Per la prima volta si trovava accanto a jinsei che sembravano non avere consapevolezza del loro status né rispetto della gerarchia.

Valery e Marcela raggiunsero a piedi il palazzo, al numero 71, presero l'ascensore fino all'ultimo piano e attraversarono un corridoio dal soffitto basso.

La donna si fermò davanti a una porta grigia e porse a Valery un oggetto metallico. – Ecco qua – disse. – Le chiavi.

– Eh? Ah, sì, certo...

Valery guardò l'oggetto che reggeva nel palmo della mano aperta: una piccola chiave del vecchio tipo, molto diversa dalle tessere magnetiche o dai sistemi a scansione dell'impronta che era abituata a usare per aprire le porte.

Marcela sbuffò, riprese la chiave e la infilò sbrigativamente nella toppa, girò due volte e aprì.

L'appartamento era minuscolo e privo di finestre. In compenso, una spessa lastra trasparente al centro della stanza permetteva di vedere dall'alto la piazza sotto di loro. Si trovavano esattamente sopra la cima dell'albero illuminato.

– Eccoci – disse Marcela entrando. – Dovrai dare una pulita. Nei bagni in fondo al corridoio c'è un ripostiglio con l'occorrente.

La donna indicò un pulsante sulla parete. – Questo serve per far scendere dal soffitto il blocco cucina, ma tieni conto che non c'è acqua corrente, perciò ti consiglio mangiare in mensa. E lì puoi fare uscire il letto dalla parete.

– Bello – mormorò Valery. Quel posto le dava una sensazione di claustrofobia, aveva voglia di scappare.

– L'acqua dei bagni è razionata, hai diritto a una doccia ogni settimana. Non superare questo numero o gli altri inquilini del piano potrebbero protestare. In compenso ci sono molte salviettine igieniche e puoi usarne quante ne vuoi. Ricorda di riciclarle sempre, però.

– Inquilini? Vuoi dire "inquiline"...

– Le strutture abitative e i bagni sono misti, maschi e femmine insieme. Non ti scandalizzerai mica, spero!

La ragazza respirò a fondo, cercando di assimilare tutte quelle novità.

Marcela la squadrò per un istante con occhio critico, poi concluse: – Mi pare che a questo punto possiamo salutarci. Tu prova ad ambientarti un po'. Qualcuno verrà a chiamarti non appena ti avranno assegnato un lavoro.

Valery lanciò uno sguardo alla sala da bagno rivestita di piastrelle giallognole e fece un salto indietro per la sorpresa. Lì dentro c'erano uomini e donne nudi che passeggiavano insieme, con aria indifferente. I corpi non erano depilati, e gli uomini... Valery non aveva mai visto un maschio nudo, dal vivo. Era disgustoso.

Quei jinsei si fermarono, in silenzio, osservandola con aperta ostilità. Lei si ritrasse, rossa in volto per la vergogna, e si guardò intorno svelta alla ricerca del ripostiglio di cui le aveva parlato Marcela. Attraversò in fretta il bagno, con la testa bassa e cercando di ignorare ogni persona e ogni sguardo, aprì la porta in fondo e ritornò subito nella sua stanza reggendo un vecchio aspirapolvere e una confezione di salviette igieniche. Poteva scordarsi la doccia: meglio puzzare che affrontare di nuovo quell'umiliazione.

Ricominciò a respirare solo dopo che si fu richiusa alle spalle la porta della camera. All'improvviso nella sua mente echeggiò una vecchia massima dell'Istituto di Nuova Oxford: «Un seijin non deve mai provare imbarazzo o paura». Fece un sorriso amaro. Di certo non avevano previsto una situazione come quella... E neppure lei aveva mai previsto niente del genere. Non era pronta.

Iniziò a fare le pulizie, lentamente, soffermandosi a guardare ogni tanto l'albero illuminato visibile dalla strana finestra a pavimento. Si sentiva nervosa e sul punto di scoppiare in lacrime da un momento all'altro. Si trovava isolata in un mondo del tutto nuovo, che non la voleva. E Leonie non era con lei in quel momento, per rendere tutto più facile con un sorriso e una battuta...

Valery posò l'aspirapolvere contro una parete e abbassò il letto, che andò a occupare il centro della stanza. Si spogliò, restando in canottiera e mutandine, e usò qualche salvietta per rinfrescarsi. Si sdraiò a osservare il soffitto. Le lenzuola del letto erano di un tessuto strano, polveroso, e le davano prurito. Non poteva rimanere lì, avrebbe voluto andarsene, ma dove? Non era più una novizia, ormai, e doveva farsene una ragione. E cercare di non lasciarsi sopraffare dalle assurdità di quel mondo sporco, promiscuo e curioso in cui era capitata.

– Cosa ne pensi di lei? – chiese Bimbo.

L'uomo tese una mano e Lorenzo gli passò subito il cacciavite, osservando l'altro mentre smontava il pannello del refrigeratore su cui stavano lavorando.

– Lei chi?

– Valery, ovviamente.

Lorenzo riprese il cacciavite quando Bimbo finì di usarlo, poi insieme ruotarono la manopola del portellone principale. Con il tempo si era arrugginita, e serviva un notevole sforzo.

– È una seijin – concluse, dopo un po'. – E tanto basta.

– È una brutta faccenda – aggiunse Bimbo. – La sua storia è stata confermata dal lucky, ma non sappiamo che diavolerie mentali possano fare questi seijin.

– Secondo me è stata una sciocchezza ammetterla in città, tatuaggio o non tatuaggio.

– In realtà non c'era altra scelta, amico mio. La regola del lucky vale per chiunque. E non sottovalutare Cortés: sono sicuro che ha già qualcosa in mente. Ora bisogna solo aspettare la decisione dell'assemblea.

– Assemblea?

Con un ultimo strattone i due riuscirono a liberare la manopola e le fecero fare mezzo giro. Il portello slittò lateralmente rivelando gli ingranaggi e Lorenzo passò a Bimbo la chiave inglese.

– L'assemblea dei saggi. Saranno loro ad avere l'ultima parola, per decidere il destino di questa seijin.

– Ma ormai sa troppe cose. Non sarebbe più prudente...?

Bimbo scosse la testa. – Se possibile, non facciamo certe cose. Non vogliamo diventare uguali alla Sfera. E poi te l'ho già detto: uccidere un pelato porta grossi guai.

QUATTRO

17 TERMIDORO 2251. AIREA.
34° 36′ S, 58° 25′ O. 34 M S.P.Z.

Era incredibile. Pazzesco. Inconcepibile. Avevano osato metterla a lavorare! In tre giorni Valery era stata costretta a fare tutti i mestieri più umili e degradanti che avesse mai immaginato: pulizie, cucine. E quella mattina addirittura la lavanderia. Doveva caricare le immense lavatrici a secco con le divise puzzolenti dei soldati ribelli.

La ragazza afferrò un calzino con la punta delle dita, arricciò il naso e lo infilò in fretta nel foro circolare che le si apriva davanti come una bocca spalancata. Maledetti jinsei. Forse non avevano capito che lei era una scienziata: aveva studiato, sapeva risolvere equazioni e sistemi a più incognite! Altro che panni sporchi!

Marcela le appoggiò una mano sulla spalla e la ragazza fece un salto all'indietro, sorpresa.

– Non si fa così – borbottò la donna scuotendo la testa. – Ci metterai una vita, e noi abbiamo poco tempo. Guarda.

Le braccia solide si immersero nella cesta della biancheria, estrassero quasi metà del contenuto e lo tuffarono nella lavatrice, riempiendola, poi chiusero lo sportello.

– Io non sono qualificata... – cominciò Valery.

Ma Marcela la interruppe subito: – Ti qualificherai! Su Airea tutti devono lavorare. E a ognuno viene assegnato il compito più utile in quel momento, dunque non lamentarti.

Valery arrossì di rabbia, ma l'altra non le diede il tempo di reagire.

– Fai partire la lavatrice e poi passa a un altro carico di biancheria. Forza!

In quel momento si intromise una terza voce, che emerse da dietro una delle grandi macchine. – Forse sono capitato in un brutto momento...

Valery riconobbe subito gli occhi a mandorla e il largo sorriso di Cheng, il nipotino di Tibald. Si voltò verso Marcela e la fissò con sguardo freddo. – Posso prendere cinque minuti di pausa, vero?

La donna sbuffò. – Cinque, non uno di più. Non ho intenzione di fare io il tuo lavoro.

Valery scrollò le spalle e si allontanò di qualche passo con Cheng. – È bello vedere qualcuno che non ha ordini da darmi.

Il bambino ridacchiò. – Oh, be', all'inizio è così... ma poi ci si abitua. Io ho finito il turno e sono venuto a vedere come stai.

Attraversarono insieme i locali della lavanderia e Valery lo condusse al cucinino degli inservienti, dove c'erano un paio di sedie e una macchina per il sintocaffè. Il bambino non voleva niente da bere, lei invece riempì una tazza e la zuccherò, poi si sedette. – Non lo so, – disse infine – è molto più dura di come mi ero immaginata.

Cheng ridacchiò ancora. – Perché, cosa pensavi?

– Che sarei arrivata qui e avrei cominciato subito a lavorare... Parlo del *mio* lavoro, continuare gli studi. Io e Tibald, cioè tuo nonno, stavamo...

Il bambino la interruppe: – Come sta?

Valery sorrise e cominciò a raccontargli tutto. Vedeva gli occhi di Cheng brillare ogni volta che suo nonno aveva detto qualcosa di intelligente o fatto una cosa utile. Le sembrò un bambino un po' solo, com'era stata lei alla sua età.

– Poi la sparizione del dossier Carlyle ha fatto precipitare le cose. È stato Tibald a consigliarmi di scappare dal Centro. E ora spero tanto che stia bene.

– Io non lo vedo da moltissimo tempo – mormorò Cheng. – L'ho incontrato una volta sola, in realtà. Però, se ci pensi bene, è stata una fortuna che il dossier Carlyle sia arrivato a noi. Dovremmo fare un monumento a Bimbo e Lorenzo.

Al pensiero del ragazzo Valery si sentì inspiegabilmente arrossire, ma Cheng non se ne accorse e continuò: – Sono stati loro due a fuggire dal campo della Sfera con il dossier. Poi tu sei arrivata da noi, e ora potremo lavorare insieme al ciclo dell'acqua. Io ti darò una mano, se ti servirà un aiuto "tecnologico"!

Valery smise per un attimo di ascoltare. E così erano stati quei due a impadronirsi del misterioso dossier. Bimbo. E Lorenzo.

La Spuntineria si trovava a ridosso dei cantieri del quartiere Piazzolla: era un'unica stanza quadrata ingombra di tavolini metallici e alti sgabelli, dove si servivano solo tramezzini e pasti rapidi. Era più o meno mezzanotte e il locale era quasi vuoto, tranne che per un gruppetto di ragazzi in divisa da lavoro che ridevano sguaiatamente per chissà cosa.

Lorenzo entrò reggendo il casco da muratore sotto l'ascella. Era stanco morto e non vedeva l'ora di andarsene a dormire.

Al bancone sul fondo non c'era nessuno, ma si intravedeva del movimento oltre la tenda di perline colorate che separava il locale vero e proprio dalle cucine.

– Qual è il panino del giorno? – domandò.

Gli rispose una voce di ragazza: – Biosoia al prosciutto con salsa *saguara*.

– Bene, uno allora... e un po' d'acqua.

– Subito.

Le perline si mossero in una cascata multicolore e ne uscì l'inserviente. Lorenzo restò a bocca aperta. Era la seijin! Valery.

– Ehi, ciao! – lo salutò lei con calore, porgendogli il panino avvolto in un tovagliolo e un bicchiere di plastica chiuso dal ricircoperchio. – Come stai? Io sono esausta, per fortuna ho quasi finito il turno e poi, be'...

La ragazza dovette accorgersi del suo sguardo, perché smise di parlare e sul suo viso si disegnò un'espressione delusa. Con quegli occhi chiari e la bocca corrucciata, era veramente bella.

Lorenzo ringraziò per il panino con un cenno del capo e andò a sedersi a uno dei tavoli più lontani dal bancone. Quella ragazza: Bimbo gli aveva detto che l'avevano messa al lavoro, ma non pensava di trovarla lì, a due passi dal cantiere dove lavorava lui. Che coincidenza assurda.

Mangiò lentamente, intervallando ogni boccone con un sorso d'acqua e un lungo istante di pausa. Perché si sentiva così nervoso, combattuto fra il desiderio di scappare via dal locale e quello di restarci più tempo possibile? La seijin stava forse usando i suoi poteri per confonderlo?

Come evocata da quei pensieri, la ragazza uscì da dietro il bancone reggendo una scopa elettrica e iniziò a spazzare il pavimento, rovesciando gli sgabelli sopra i tavoli vuoti.

All'unico altro tavolo occupato, uno dei ragazzi che stava ancora ridendo insieme agli amici la apostrofò: – Ehi, tu. Pelata!

Valery alzò la testa e la scopa elettrica si spense. Lorenzo si soffermò sul tizio che aveva parlato: un ragazzo più vecchio di lui di qualche anno, con i capelli lunghi raccolti in una coda di cavallo. E poi c'era Jim, uno dei suoi colleghi al cantiere, e altri due uomini che non aveva mai visto. Tutta gente che, come lui, aveva smontato il turno, ancora con la tuta di lavoro addosso.

– Dici a me? – rispose Valery al ragazzo con la coda.

– E a chi se no? Mi pare che tu sia l'unica "pelata", qui dentro.

A Lorenzo parve di sentire l'aria della stanza che si faceva pesante. Quei tipi cercavano di provocarla, volevano una scusa.

– Che vuoi? – disse Valery, brusca.

– Niente. Mi chiedevo solo come ha fatto una stronzetta come te a farsi ammettere ad Airea. Hai convinto Cortés facendogli qualche giochetto?

Jim e gli altri uomini con lui sghignazzarono. Lorenzo notò che Valery si era irrigidita. In un moto istintivo, le gambe della ragazza si erano allargate e le ginocchia piegate, per cercare una posizione più stabile.

– Chissà quante cose strane sapete fare voi tizi senza capelli... non è così?

In silenzio, la ragazza sollevò la manica dell'uniforme e mise in mostra l'avambraccio. Sulla pelle bianca, lentamente, si disegnò il simbolo del lucky.

Al tavolo, Jim scosse la testa e sputò a terra. – Io non mi fido.

Voi siete capaci di qualunque cosa. Riuscite a far esplodere la gente con uno sguardo, figurati se è un problema far comparire un finto tatuaggio...

– Questa tipa non piace neanche a me – aggiunse uno degli altri. – Ci guarda come se fossimo delle merde.

– Perché lei è superiore! – rincarò la dose il ragazzo con la coda. – Si crede molto più furba di noi. Forse, visto che è calva, pensa che il suo cervello prenda più aria...

– Smettetela! – gridò la ragazza, e il tipo con la coda si allungò per afferrarle un polso.

Lorenzo assistette alla scena con gli occhi spalancati. Un istante prima il ragazzo stringeva Valery con un ghigno cattivo stampato in faccia, un attimo dopo era sdraiato a terra, con la faccia premuta contro il pavimento. La seijin era scattata così velocemente che non era quasi riuscito a distinguere i suoi movimenti.

– Avete visto! – piagnucolò il ragazzo. – Ha usato i suoi poteri! È una bastarda stronza traditrice!

I tre uomini che fino a quel momento erano rimasti seduti si alzarono, titubanti. – Lei è una e noi siamo quattro! Possiamo fargliela pagare, ragazzi!

La situazione era critica.

– Basta così – intervenne Lorenzo.

Tutti si voltarono a guardarlo, compresa Valery.

– Che vuoi? – gli chiese Jim. – Hai visto anche tu: ha usato i poteri...

– Nessun "potere", solo un po' di lotta libera. E se non la lasciate in pace rischierete di farvi molto più male.

Il ragazzo con la coda si stava rialzando in piedi, spazzolandosi

via la polvere dai vestiti. Gli rivolse uno sguardo carico di odio puro.
– Eccolo, il difensore delle ragazze senza capelli. L'amico dei seijin.

Lorenzo perse la testa. Scattò in avanti.

Valery passò a Lorenzo una busta di ghiaccio secco sopra il tavolo e lo osservò che la premeva contro il labbro inferiore gonfio, da cui scendeva un rivoletto di sangue. – Un altro pugno e lo avresti mandato in ospedale.

– Le ho date e le ho prese.

– Non avresti dovuto intrometterti. So difendermi benissimo da sola.

Sul volto del ragazzo comparve un breve sorriso. – Oh, sì, ho visto.

Dopo che gli uomini al tavolo erano riusciti a immobilizzare Lorenzo, avevano portato via il loro amico con un occhio pesto e un dente rotto. Lorenzo aveva dimostrato di non avere nessuna tecnica di combattimento, ma era una furia. La Spuntineria ora era deserta.

– Grazie – aggiunse Valery dopo un po'.

– Di cosa?

– Di... avermi difesa...

La ragazza si bloccò: aveva detto qualcosa di sbagliato? Non riusciva proprio a capire quello strano jinsei che si trovava davanti. I suoi occhi neri erano perle immobili che non lasciavano trasparire nessuna emozione. Occhi da predatore. «Da squalo» pensò, ricordando le descrizioni dei libri che parlavano delle grandi creature che un tempo abitavano il mare, prima che scomparisse.

Il turno di Valery era finito da un pezzo, era quasi l'una di notte ed era arrivato il momento di chiudere il locale. Il cuoco se n'era andato già da un paio d'ore.

Lasciando Lorenzo lì dove si trovava, con la borsa del ghiaccio premuta contro la bocca, la ragazza andò in cucina a sistemare le ultime cose. Quando tornò in sala, lui era sparito. Terminò di pulire e poi spense le luci. Di tutti i lavori che l'avevano costretta a fare da quando era arrivata su Airea, quello alla Spuntineria era senz'altro il più gradevole... Almeno fino a quella sera, e allo scontro con gli operai.

Valery uscì, chiudendo la serranda e lasciando la grossa chiave di ferro appesa al muro proprio vicino all'ingresso, come le era stato detto di fare, pronta per il turno delle cinque, quando altre persone avrebbero riaperto il locale.

Fuori, nell'enorme caverna, faceva freddo. L'aria era illuminata a giorno da potenti fari che rischiaravano il cantiere. In sottofondo, si sentiva il rumore dei macchinari edili.

Valery si voltò verso la strada, una striscia di cemento grezzo che spariva nelle profondità della grotta. Le serviva un robotaxi per tornare a casa. E dormire qualche ora, finalmente.

Poi lo vide e si irrigidì, colta di sorpresa: Lorenzo era lì fuori, seduto su un bancale di mattoni autocalcificanti ancora avvolti nel nylon di protezione. A testa bassa, le mani che rigiravano lentamente la borsa del ghiaccio.

– Ciao – mormorò lei.

Il ragazzo alzò la testa. – Ti... Mi... Non ti avevo ancora restituito questa.

– Non importa, potevi tenerla. Basta che la ricicli, poi, o se la prenderanno con me.

– Dove vai?

– A Boca Nueva, a dormire un po'. Hai visto dei taxi da queste parti?

– È un po' che non passano, ma... non è lontano a piedi. Conosco una scorciatoia.

Lorenzo parlava poco, ma quella era un'offerta di accompagnarla, per quanto impacciata. L'istinto di Valery le diceva di andarsene subito, di tornare al suo letto dove finalmente sarebbe potuta stare sola, senza jinsei intorno, senza dubbi e sorprese. Ma qualcosa la trattenne: a parte Cheng, forse, tutti su Airea sembravano ignorarla o peggio. E lei aveva un disperato bisogno di amici.

Iniziarono a camminare, fianco a fianco, uscendo dalla zona del cantiere e addentrandosi in una serie di corridoi e cunicoli che sboccavano di tanto in tanto in quartieri industriali, dove piccole fabbriche a tenuta stagna erano incastonate nelle pareti come gemme preziose.

Timidamente, con lunghe pause di imbarazzo, i due ragazzi iniziarono a parlare. Delle stranezze di Airea e degli altri posti che avevano visitato. Lorenzo non aveva la cultura di Valery, non era andato a scuola e non aveva studiato, ma nei suoi viaggi come cacciatore d'acqua aveva imparato tantissimo. Era geniale nella meccanica, era curioso.

– Hai mai pensato di fare il pilota? – gli chiese lei a un certo punto. – Mi sembra che le aeronavi ti...

Il ragazzo tornò serio, di colpo. La loro conversazione stava procedendo come i gamberi, un passo avanti e due indietro.

– Guidavo una sola aeronave, l'Arlequin. Ma non c'è più, purtroppo.

Valery stava per chiedergli che fine avesse fatto, ma poi decise che era più prudente cambiare argomento. Ormai erano nelle vicinanze di Boca Nueva, e poi? Avrebbe dovuto invitarlo a salire, per bere qualcosa insieme? Ma cosa le veniva in mente! Un "ciao" e via, lei non era tipo da...

– Sai, – raccontò per distrarsi da quei pensieri – ieri Cheng mi ha parlato di te.

– Davvero?

– Mi ha detto che sei stato tu ad accorgerti del mio elitrottolo quando sono arrivata su Airea. E mi ha detto anche che tu e Bimbo siete gli eroi che hanno soffiato il dossier Carlyle alla Sfera.

Aspettò un attimo, poi continuò: – Spero proprio che mi permettano di iniziare a studiarlo, finalmente. Secondo Tibald quei documenti potrebbero contenere delle informazioni rivoluzionarie, e forse...

Si voltò: Lorenzo aveva smesso di camminare al suo fianco e si era fermato. Il volto scuro, le mani strette a pugno, le braccia rigide. Cosa aveva detto di sbagliato?

– Tu... non sai di cosa parli – disse brusco il ragazzo.

Prima che Valery potesse ribattere qualsiasi cosa, Lorenzo le aveva girato le spalle ed era sparito in uno dei tunnel laterali.

Altro che amici fra i jinsei: quella gente era semplicemente pazza.

23 TERMIDORO 2251. AIREA.
34° 36′ S, 58° 25′ O. 34 M S.P.Z.

L'assemblea dei saggi era un gruppo di una decina di persone, più Cortés. Visti da lontano non incutevano particolare rispetto: c'erano Marcela, alcuni uomini dai capelli bianchi vestiti con la tuta di lavoro, un vecchio che si appoggiava al bastone. Lorenzo e Bimbo li guardarono attraversare la Galleria Grande e oltrepassare una pesante porta in acciaio. Quella mattina, Lorenzo aveva aiutato Cheng a installare in quella sala una serie di apparecchi elettronici antintercettazione. Airea era un posto sicuro, ma era sempre meglio essere prudenti.

– Ora che facciamo? – chiese Lorenzo.

– Mi pare ovvio: aspettiamo. Secondo me discuteranno per parecchie ore e poi ci manderanno a chiamare. Quindi tanto vale che ci rilassiamo un po'. Alla Taverna, per esempio.

Lorenzo sospirò: aveva trafficato per tutta la mattina con un vecchio reattore che non voleva saperne di funzionare, e il lavoro gli aveva fatto tornare in mente l'Arlequin. Non vedeva l'ora di rimettersi all'opera.

I due entrarono nel bar, uno stanzone fumoso arredato con semplici panche di legno. Qualche lampada appesa al soffitto lanciava riflessi giallastri sul banco rivestito d'ottone. A quell'ora non c'era molta gente, così i due scelsero un angolo tranquillo e Bimbo ordinò una grappa e un'acqua. Con la faccia seria Lorenzo si voltò verso Lisette, la padrona. – Niente acqua. Grappa anche per me.

– Come vuoi – rispose la donna.

Era una mistura fortemente alcolica e quasi solida, ricavata da un tipo di cactus che i ribelli coltivavano all'interno della città, alla luce delle lampade.

Lorenzo ne bevve un sorso e sentì subito la testa che diventava più leggera.

– Allora, – disse, dopo qualche minuto di silenzio – l'assemblea e Cortés devono parlare della seijin, vero?

Il ragazzo ripensò al loro ultimo incontro, qualche giorno prima. Le parole di Valery sul dossier Carlyle lo avevano fatto infuriare: per lei erano solo scartoffie. Ma per Lorenzo quel dossier significava le torture nel campo della Sfera e le urla di José che lui era stato costretto ad ascoltare, immobile, dentro il capanno del capitano Konrad. Significava l'immagine di suo padre che gli volava addosso e veniva abbattuto per aver cercato di proteggerlo. Stupida ragazza senza capelli.

– Direi che non c'è dubbio. È passato tempo sufficiente per prendere una decisione.

– Hai qualche idea?

Sul volto enorme di Bimbo si disegnò un largo sorriso. – Le voci corrono, amico mio. E Cortés è più furbo di quanto immagini. Secondo me, da quando quella ragazza gli è comparsa davanti per la prima volta, nel suo cervello non ha fatto che rimbalzare una sola parola: "Atlantys".

– Atlantys?

Bimbo lo ignorò e continuò a parlare. – E puoi scommettere le chiappe che anche noi due saremo della partita. Gli abbiamo portato il dossier Carlyle e per pura coincidenza siamo stati noi a recuperare la ragazza dall'elitrottolo.

– E allora?

L'uomo finì di bere e sbatté il bicchiere sul tavolo, con un rumore sordo. L'ostessa corse a portargliene un altro, sussurrando che era l'ultimo: avevano quasi finito le scorte. Bimbo sorrise e fissò Lorenzo. – Forse non hai compreso bene la nostra situazione. Siamo scappati da un campo militare della Sfera, portando con noi dei documenti preziosissimi. Ormai la nostra foto e i nostri dati saranno stati trasmessi a tutte le postazioni della Sfera su Skyland: siamo ricercati superspeciali. E questo vuol dire che Cortés non può lasciarci su Airea, mettiamo in pericolo troppa gente.

– Non siamo al sicuro qui?

– C'è l'allarme copertura, certo, ma pensa cosa succederebbe se per qualche motivo la Sfera riuscisse a entrare nella città vera e propria. La nostra presenza comprometterebbe l'intera base. Ce ne dobbiamo andare.

Bimbo ridacchiò, prima di aggiungere: – Perciò Cortés si trova tra le mani tre soggetti indesiderabili, che però allo stesso tempo potrebbero dare una svolta alla guerra tra Sfera e ribellione. Un bel problema, sei d'accordo? Per fortuna c'è la soluzione.

– Atlantys.

– Esatto.

Bimbo finì anche il secondo bicchiere di liquore e ruttò fragorosamente. – Si tratta di un avamposto della ribellione. Imprendibile, nessuno conosce la sua esatta posizione. Anche perché... be', lo vedrai con i tuoi occhi se ci manderanno davvero lì. Secondo me il piano è questo: spediranno tutti e tre su Atlantys con qualche capoccia dei ribelli, Cheng per esempio, e insieme dovremo aiutare Valery a finire le sue ricerche sul ciclo dell'acqua.

– Acqua, sempre acqua...

– In questo modo, Cortés potrà sfruttare le nostre capacità con il minimo dei rischi. Atlantys è un'isola piccola, con pochissimi abitanti. E il comandante è un vero diavolo di farabutto.

Lorenzo stava per ribattere qualcosa quando Cortés fece capolino nella taverna, con un sorriso velenoso. – Sapevo di trovarti qui, Bimbo. Voi due, venite subito fuori. Devo parlarvi.

I tre seguirono Cortés fino alla sala protetta dove si era appena riunita l'assemblea: un vano dalle pareti di nuda roccia, vuoto e illuminato da pochi neon. Il comandante dei ribelli teneva le mani incrociate dietro la schiena e la testa un po' curva. Chiuse bene la porta d'acciaio, rialzò il capo e disse: – Preparatevi. Domani sarete in partenza insieme alla ragazza seijin, Valery. L'assemblea ha deciso.

Bimbo annuì. – Partenza per dove, capo?

– Che domande: Atlantys.

EPILOGO

24 termidoro 2251. Airea.
34° 36′ s, 58° 25′ o. 34 m s.p.z.

L'aeronave era un vecchio macinino dalle linee tozze e arrugginite, con la scritta scolorita *Borgess* sulla fiancata.

Lorenzo seguì Bimbo e Valery lungo la passerella metallica che portava a bordo. Non appena si erano visti la ragazza aveva accennato un saluto, ma lui l'aveva ignorata, e Valery aveva dovuto rassegnarsi.

L'interno della Borgess era un semplice cubicolo di metallo alle cui pareti erano fissati due divanetti. Da un lato la paratia si apriva sulla cabina di pilotaggio in cui si era accomodato Bimbo.

Oltre a lui, a bordo c'erano solo Cortés e Cheng.

– Eccoci qui – disse il capo dei ribelli al loro arrivo. – Sedetevi. Partiremo tra poco.

– Non pensavo che veniste anche voi – rispose Lorenzo.

– Infatti per me e Cheng sarà solo una rapida gita, poi ripartiremo in direzione di Puerto Angel, la nostra base.

Bimbo si voltò verso di loro. – Se avete finito di chiacchierare, vi pregherei di mettervi comodi e allacciare le cinture: siamo in partenza.

– Aspetta – disse Valery. – Voglio venire in cabina. Ti servirà un secondo pilota.

– Come preferisci, ma sbrigati.

La Borgess uscì dall'aeropista di Airea per infilarsi nella gola scavata nella roccia. Aspettarono la conferma dell'assenza di aeronavi nemiche in zona e sbucarono all'aperto, accendendo i motori di spinta e allontanandosi sempre più dall'isola e dalle sue guglie di pietra scura.

Valery si voltò e vide che Lorenzo, Cortés e Cheng stavano parlottando fra loro. Ne approfittò per chiudere il divisorio che separava la cabina di pilotaggio da quella passeggeri, si stiracchiò sul sedile e chiese: – Il viaggio sarà lungo?

– Otto o nove ore, non di più. Se siamo fortunati.

– Che vorresti dire?

– Eh, eh, lo vedrai.

Le mani di Bimbo sembravano troppo grandi per la cloche di comando della Borgess e l'uomo stava rannicchiato sul sedile come un elefante appollaiato su un trespolo. Valery si accorse di provare un'istintiva simpatia per lui.

L'aeronave si spinse negli strati più alti dell'atmosfera. Poi Bimbo regolò gli strumenti per il volo orizzontale.

– Posso chiederti una cosa? – disse Valery.

– Spara.

– Perché Lorenzo è così serio e distante? L'ho visto due o tre volte in tutto, e ogni volta sembra una persona diversa. Si comporta in modo strano.

Sul volto dell'uomo si disegnò un sorriso triste. – Suo padre è stato ucciso da un comandante seijin quando siamo scappati con il dossier Carlyle.

Valery si portò una mano alla bocca. – Mi dispiace... Così lui mi odia perché sono una seijin... e in fondo è quello che provo anch'io: i seijin hanno ucciso la mia migliore amica, e se Leonie fosse qui con noi adesso...

Bimbo sollevò una mano dalla cloche e la poggiò sul ginocchio della ragazza. – Anche a me dispiace per quello che è successo. Ma non è stata colpa tua. Tu stai cercando di cambiare le cose.

Valery annuì.

– Se ci riusciamo, le cambieremo insieme.

Volarono attraverso Skyland spostandosi sempre più a nord. Bimbo si fece dare il cambio ai comandi da Cortés, poi li riprese. Mangiarono e dormicchiarono rannicchiati sui sedili. Evitarono con cura le isole di Janeira e degli altri centri abitati della Sfera e si mossero verso est, dove ai tempi della vecchia era si trovava l'Oceano. Ora di quell'immensa distesa d'acqua descritta nei libri non restava più nulla, solo un cielo vuoto privo di confini, azzurro, senza nuvole.

A un certo punto, Bimbo aprì la porta della cabina di pilotaggio e annunciò ai suoi passeggeri: – Ci siamo, signore e signori. Atlantys.

Valery e Lorenzo scattarono insieme verso il posto del copilota. Le loro spalle si sfiorarono e loro si bloccarono, imbarazzati.

– Eh, eh, tra i due litiganti... – rise Cheng, fiondandosi sul sedile. Il bambino rimase con la bocca spalancata per la sorpresa.

– Che cosa hai visto?

Cheng puntò il dito. Il cielo stava già scurendosi per l'arrivo della sera e il blu tendeva al viola intenso, in una sfumatura di colori che toglieva il fiato. In basso, sotto di loro, si trovava un'isola non molto grande, su cui spiccava una collina coperta di erba verde. Sulla cima si vedeva un'alta torre di pietra grigia che sorreggeva due vele ad ali di pipistrello, enormi come non ne avevano mai viste, sostenute da funi e da un'armatura mobile. In fondo al pendio della collina c'era un gruppo di casupole. Più giù, alla base dell'isola, erano stati fissati altre vele e un palo lungo un centinaio di metri, ancorato alle case con grossi cavi.

L'isola ricordava un villaggio medievale fuso con un antico veliero da qualche inventore folle.

– Atlantys! – gridò Lorenzo. – Ma è incredibile! E quelle vele...

– Possono farla spostare, proprio così. È come un'immensa aeronave.

– Le vele avranno una superficie di un chilometro quadrato!

– Quasi due, se si considerano anche quelle di direzionamento.

– Non ho mai visto niente del genere...

Cortés sorrise, sporgendosi nella cabina e poggiando le mani sulle spalle di Lorenzo e Valery. – Questa è la nostra base, Atlantys. Imprendibile, come potete ben vedere. Per la verità, la velocità massima che può raggiungere non è molto elevata, ma la Sfera non è mai riuscita a identificare la sua posizione. Guardate, stanno venendo a prenderci.

Dalla torre si era levata una strana aeronave simile a una libellula, con quattro ali trasparenti che fendevano l'aria e un abitacolo affusolato in cui trovava posto il pilota.

– È il capitano in persona, ragazzi. Non vedo l'ora di presentarvelo.

Lorenzo si voltò verso Valery. Per un attimo, l'ombra scura sul suo volto si dissipò lasciando spazio a un lieve sorriso. – Finisce un'avventura e ne comincia un'altra. Vero?

Anche Valery sorrise. – Proprio così. Per noi inizia una nuova vita.

27 maggio 2078. Città di Donaueschingen, Germania.
47° 57′ n, 8° 29′ e. 706 m s.l.m.

Lily Carlyle fu svegliata nel cuore della notte dal telefono cellulare che trillava e saltellava sul comodino. La dottoressa lo cercò con la mano, lo afferrò e per un attimo ebbe la tentazione di schiantarlo contro il muro e rimettersi a dormire. Che ore potevano essere? Le tre, le quattro del mattino?

Sul display era apparso un numero sconosciuto. Il prefisso era +244: uno Stato dell'Africa, forse?

– Bambina, non sei collegata a Internet.

Riconobbe la voce: il suo amico Leonard. Ma perché la chiamata arrivava dall'Africa?

– Stavo dormendo...

– Allora svegliati, è importante. E accendi il computer. Ti richiamo fra due minuti e mezzo esatti.

La comunicazione si interruppe di colpo e Lily sospirò. La voce di Leonard le era sembrata carica d'ansia.

Cos'era successo di così importante da non poter aspettare un'ora decente?

Lily si sollevò dal letto e spalancò le finestre: quella sera faceva caldo. Troppo. Raggiunse a tentoni lo studio, accese la luce, si sedette davanti al computer. Il viso di Leonard comparve sullo schermo esattamente due minuti e mezzo dopo la telefonata.

– Ti trovi in Africa, Leo? – chiese.

L'ingegnere era quasi irriconoscibile nel video. Un volto smagrito, segnato da profonde occhiaie, su cui apparve l'accenno di un sorriso stanco. – No, è un semplice depistaggio...

– Io ho grandi novità: sto continuando le ricerche, incrociandole con i dati che mi hai trasmesso tu, e indovina: la mutazione Jack è molto simile a quella che sta attaccando le piante qui. Non sono ancora riuscita a capire se l'energia ALFA-12 c'entri qualcosa, ma...

Leonard la interruppe: – Lily, non ho tempo. Davvero. Hai attivato l'FTP sul tuo computer?

– Non ancora.

– Fallo subito. Devo trasferirti dei dati.

– Ma cosa...

– Subito.

Il tono non ammetteva repliche. Lily armeggiò con il programma di FTP, configurandolo con i dati del server di Leonard.

– Fatto – disse alla fine. – Mi sono collegata.

– Ottimo, ora accetta il trasferimento.

Lily premette "ok". Guardò le dimensioni del file ed esclamò: – Ma è un sacco di roba!

– Lily, davvero, non ho tempo. Ora ascoltami: quando questa conversazione si sarà conclusa, spegni il computer e portalo in un luogo sicuro. Chiudilo a chiave, nascondilo. È probabile che per un po' io e te non ci sentiremo, forse per un *bel* po', e quindi dovrai fare da sola. Io ti ho aiutato più che potevo, ma adesso tocca a te.

– Di cosa stai parlando?

– ALFA-12. Ricordi la presentazione che hai fatto a Newman e Kimor? La tua simulazione prevedeva che il sistema sarebbe diventato instabile causando disastri. Be', è stato così.

Lily impallidì, con la testa che le girava. Era un incubo. Balbettò: – C'è stato un incidente? Come in Alaska?

– Nessuna esplosione stavolta, ma c'è stata una fuga di energia. Tutti gli strumenti sono impazziti, alcuni soldati sono morti sul colpo per via di strane radiazioni. Simili a quelle che hanno fatto fuori il tuo amico Mark.

– Ma cosa...?

– Non ho tempo. Nei dati troverai tutto quanto. Ti posso dire solo che tra dieci minuti dovremo evacuare, e quindi, oltre a noi qui, tu sarai la sola a sapere che cos'è successo. Fai buon uso delle informazioni.

– Leonard...

– Il trasferimento del file è completato. Devo andare.

Lily fissò il viso dell'ingegnere che ondeggiava sullo schermo. Mormorò solo: – Grazie.

Nelle ore successive Lily restò sveglia a sfogliare i documenti che le aveva inviato Leonard. C'erano abbastanza dati per finire in galera per sempre... Oppure per salvare il mondo. Tutti gli studi, i grafici, i controlli ambientali più accurati (e riservati). Incredibile. E pericoloso.

Verso le cinque del mattino il cellulare di Lily squillò ancora. Questa volta sul display comparve il prefisso +33. Francia.

– Leonard – disse Lily.

Le rispose invece una voce femminile, dal pesante accento francese. Sembrava spaventata. – Pronto, Lily? Sono Marie.

Marie, la sua amica che studiava il cambiamento climatico.

– Marie! – rispose la dottoressa. – Come mai sveglia a quest'ora? È successo qualcosa?

– Sì, purtroppo. Non hai acceso la Tv?

– No, be', sono solo le cinque del mattino.

– Accendila. Qualsiasi canale andrà bene. E poi sbrigati, ti sto aspettando.

La chiamata venne interrotta di colpo da una scarica elettrostatica. Ma cosa diavolo stava... Lily si alzò dal computer e andò in salotto, dove accese la Tv su un canale qualunque.

Trasmettevano un'edizione straordinaria del telegiornale. La giornalista, una donna con i capelli bagnati appiccicati al viso, stava parlando in tedesco a tutta velocità. Il servizio era in diretta, dal canale della Manica. Lily non riusciva a capire una sola parola.

Si sintonizzò sulla CNN in inglese: il reporter era un uomo di mezza età, anche lui con i capelli zuppi. Il braccio di mare alle sue spalle sembrava andare a fuoco: all'orizzonte si alzavano alte fiammate e un fumo chiaro. Sulla parte bassa dello schermo scorrevano le scritte:

Tragedia nella Manica: esplosione nel tunnel, si contano già sessanta vittime - Francia e Inghilterra si separano per un fenomeno naturale - Disastro ambientale, la nuova Rift Valley nel canale della Manica - Terremoto sconvolge le coste inglesi.

Lily corse a prendere il cellulare, tornò davanti al televisore e chiamò Marie. Dovette insistere più volte prima di trovare la linea libera. – Sono Lily. Ho visto le notizie.

– Si è aperta una spaccatura nel mare da cui sta uscendo lava. I terremoti hanno distrutto le scogliere di Dover, vittime... –. Una scarica elettrostatica disturbò la comunicazione. – È come se il clima fosse impazzito di colpo, tornando indietro fino alla preistoria, oppure accelerando verso un futuro di disastri.

– Ma quella non è una zona vulcanica!

La risposta fu coperta da un'altra scarica. Lily afferrò il telefono con entrambe le mani. – Marie, mi senti? Sto partendo, arrivo lì il prima possibile. Mi raccomando, aspettami!

Prima che la comunicazione si interrompesse Lily udì solo una frase, in francese: – Potrebbe essere la fine del mondo così come noi lo conosciamo.

Franz aveva risposto subito al cellulare, ma quando aprì la porta della casetta a fianco della chiesa aveva gli occhi gonfi di sonno.

– Scusa se ti ho svegliato – disse Lily.

– Veramente dovevo ancora andare a dormire, ho fatto un po' di festa con i ragazzi. È sabato sera...

Sabato, già. Lily non ci aveva pensato. Subito dopo la chiamata di Marie aveva copiato tutti i dati di Leonard in uno dei suoi computer portatili e lo aveva messo in uno zaino. Poi aveva infilato in una piccola borsa da viaggio qualche felpa e maglietta prese a caso dall'armadio. Era trafelata.

– Posso fare qualcosa per te? – chiese Franz. Poi posò lo sguardo sulla borsa ai piedi dell'amica e aggiunse: – Sei in partenza?

A quell'ora, con i capelli spettinati e un sorriso stanco sul volto, a Lily sembrò proprio un bel ragazzo. Le sue coetanee dovevano fare follie per lui. Si sforzò di sorridere. – Non hai ancora acceso la Tv, vero?

– No, certo.

– Allora fallo.

L'interno della casa era piccolo ma accogliente: un soggiorno con angolo cottura e, da un lato, le scale che portavano al piano superiore, dove dovevano trovarsi le stanze da letto.

Franz prese il telecomando abbandonato sul tavolo da pranzo e sul vecchio televisore al plasma un giornalista lanciò un nuovo servizio dal canale della Manica.

– Immagino che non ci sia tempo per un caffè, giust... –. Il ragazzo si interruppe non appena mise a fuoco le immagini. Si portò una mano alla bocca. – Che il cielo ci aiuti...

– Già – disse Lily. – Questa volta ne abbiamo davvero bisogno.

Continuando a guardare il televisore, il ragazzo parlò con voce di nuovo calma e fredda. – Se prima di partire mi hai chiamato, vuol dire che ti serve un favore. Cosa?

Lily si tolse il piccolo zaino dalle spalle e glielo porse.

– Dentro c'è un computer portatile. Contiene un dossier... Sono dati davvero importanti, e segreti. Credo che con te saranno al sicuro, a nessuno verrebbe mai in mente...

– ...di cercare nella casa di un giardiniere.

– Proprio così. Non so come si metteranno le cose nella Manica, ma può darsi che ti invii altro materiale via e-mail, o con un DVD per posta. Sai come fare a copiare anche quei dati nel computer e poi far sparire ogni traccia di quello che ti ho spedito?

Franz sorrise. – Sarò anche un povero giardiniere, ma sono pur sempre un ragazzo degli anni Settanta. Non dovresti nemmeno chiedermelo.

Anche Lily sorrise. – Grazie, grazie mille –. Poi tornò subito seria. – Mi raccomando, Franz, non hai idea di quanto questi dati siano preziosi... e pericolosi.

– Hai la mia parola. Custodirò il dossier Carlyle a costo della mia vita. Te lo giuro.

A Lily tornò in mente la frase che le aveva detto Marie prima che cadesse la comunicazione. – Secondo una mia amica, questo potrebbe essere l'inizio della fine. La distruzione del mondo così come lo conosciamo.

– Addirittura?

Lily annuì. – Pensaci: la malattia del colpo d'ascia, qui, e l'inquinamento, il surriscaldamento globale. Il disastro... –. Voleva dire «in Islanda», ma si trattenne. – E quello che sta succedendo ora sul canale della Manica. I segnali ci sono tutti, credimi. È il mio lavoro.

– E se il mondo dovesse finire...

– ...Non dirlo. Con i dati che abbiamo, forse siamo ancora in tempo per impedire il disastro. O per ricostruire, un giorno...

Franz strinse al petto il computer. – Grazie per avermelo spiegato. E per la fiducia.

D'impulso, Lily superò la breve distanza che li separava e posò un bacio sulla guancia del ragazzo.

– Io devo scappare, il taxi mi sta aspettando. Abbi cura di te, Franz. E buona fortuna.

– Buona fortuna a te, dottoressa.

Lily Carlyle uscì nella notte.

INDICE

PROVA D'ACQUISTO
PIEMME FREEWAY
SKYLAND - ISOLE NEL VENTO
566-1004-8

Anno 2078

la Terra
come l'abbiamo conosciuta
ha cessato di esistere.

È nata

SkyLand

Panorama della catena montuosa
delle Alpi Dolomen, sulle isole
del Dominio Europeo.

LAGUNA FRA *LE NUVOLE*, PANORAMA DI NUOVA VENETIA.

Acquerello su tela di Arnoldo Padoan.
Conservato nell'aula magna dell'Istituto
per allievi seijin di Nuova Oxford.

Città di Washington dopo la nascita
di Skyland, panorama dall'alto.

35° 00’ N, 135° 48’ E – Kyoto

Vista panoramica delle isole
nella zona di Kyoto, all'alba.

Vista della fortezza della Suomenlinna, agglomerato della Norvezia finnica. Dipinto olio su tela di Elisa Koskinen, senza titolo, conservato nel museo di Washington-5.

Isole della zona della Neraforesta.
Sullo sfondo, a sinistra, si intravede
l'isola esplorata da Lorenzo e José

40° 45' N, 73° 59' O – Hell's Kitchen

Veduta del quartiere di Hell's Kitchen,
New York.

L'ARCO DI TRIONFO DI PARIGI DOPO LA NASCITA DI SKYLAND

Disegno a olio di François Chevalier, 6 fruttidoro 2146.

Conservato nel museo di Washington-5

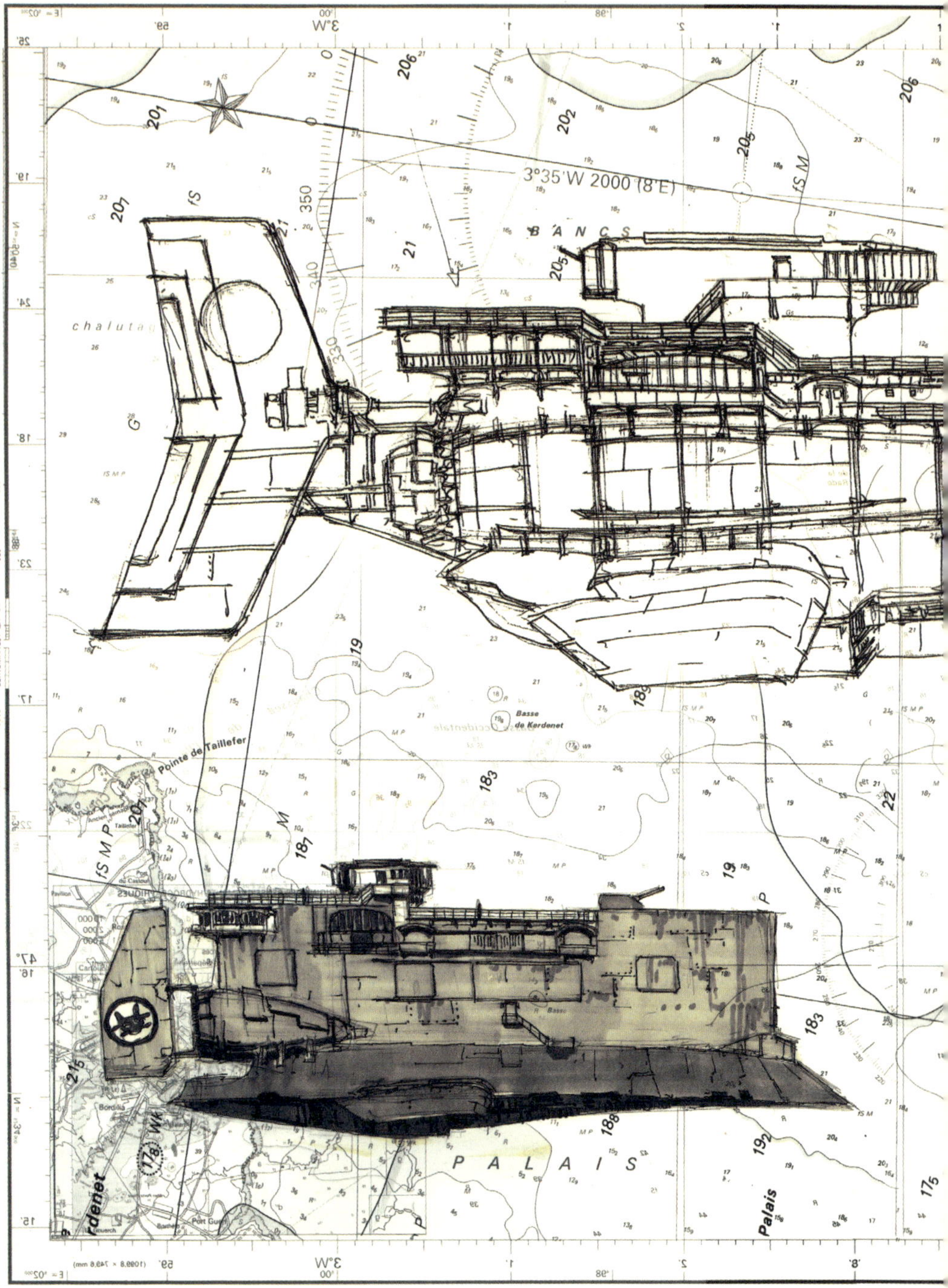
3°35'W 2000 (8°E)
B A N C S
chalutag
Pointe de Taillefer
Basse
de Kerdonet
P A L A I S
Palais